HUANGTUDI YINJI

黄土地印记

张陆游 ◎ 著

暨南大学出版社
JINAN UNIVERSITY PRESS

中国 · 广州

图书在版编目（CIP）数据

黄土地印记／张陆游著. —广州：暨南大学出版社，2023. 1
ISBN 978 – 7 – 5668 – 3622 – 9

Ⅰ. ①黄…　Ⅱ. ①张…　Ⅲ. ①散文集—中国—当代　Ⅳ. ①I267

中国国家版本馆 CIP 数据核字（2023）第 005563 号

黄土地印记
HUANGTUDI YINJI
著　者：张陆游

- -

出 版 人：张晋升
责任编辑：刘　蓓
责任校对：刘舜怡　陈慧妍
责任印制：周一丹　郑玉婷

出版发行：暨南大学出版社（511443）
电　　话：总编室（8620）37332601
　　　　　营销部（8620）37332680　37332681　37332682　37332683
传　　真：（8620）37332660（办公室）　37332684（营销部）
网　　址：http：//www. jnupress. com
排　　版：广州市天河星辰文化发展部照排中心
印　　刷：深圳市新联美术印刷有限公司
开　　本：787mm×960mm　1/16
印　　张：17. 25
字　　数：228 千
版　　次：2023 年 1 月第 1 版
印　　次：2023 年 1 月第 1 次
定　　价：69. 80 元

（暨大版图书如有印装质量问题，请与出版社总编室联系调换）

序

放下手机，一声叹息！

我已退休多年了，每次和亲人联系，话题总免不了扯到下一代人身上。

刚和住老家县城的二妹通完电话，我的内心五味杂陈，困惑油然而生。二妹家有四个孩子，三个已经工作，都在城市。她的大儿子在深圳打工，已经30岁了，这次回到老家县城，有人给他介绍了一个对象。那女子老家也在农村，个子高挑，人也端庄，在县城租了个档口做小生意，外甥和她试着交往一阵，彼此都觉得挺投缘。就在几天前，那女子说自己鼻梁骨有些低，要到太原做垫高鼻梁的手术，附带美化眼睛和下巴。整容的花费自然不菲，据说要一万五千多元。妹妹一听急了，说咱们普通人家娶个媳妇，为的是过日子生儿育女，又不是摆个花瓶，她让儿子劝对方别整容。可人家女子说花笔钱能让自己变得更美，做人更自信，花这钱完全值得。妹妹大惑不解，说这纯粹是胡作怪。就这样，一方认为正常，一方觉得古怪；一方坚持整容，一方坚决反对。谁也说服不了谁。

妹妹是从贫困农村走出来的，只好劝儿子，这女子不是咱穷人家的媳妇，娶过来，日子也过不下去，穷庙养不起富方丈，趁早拉倒算了！儿子却不以为然，说如今整容的女子多了，没必要大惊小怪。为了这件事，母子之间产生了隔阂，做母亲的伤心难过，当儿子的郁郁不快。

不必讳言，我和后辈孩子也有类似的观念冲突。应该说，我们从农村走进城市才三十来年，眼见孩子们身上的变化一个比一个大。一个大学毕业工作三年的晚辈，和我在同一个城市，钱还没攒几个就贷款买了私家车，天天开车上班。我觉得全无必要，明明门口有地铁，却开私家车上班，莫非是为了炫耀和虚荣？哪知晚辈另有他的道理，只是笑笑说："咱们走出穷苦的农村，终于扬眉吐气了，买台车有啥关系？现在有条件的年轻人，哪个不买车？"

我突然意识到，家族中的后辈不知不觉间正发生着潜移默化的蜕变。有的孩子经济条件稍好，消费上就大手大脚；有的网购上瘾，衣服、鞋子、手袋、各种零食、儿童玩具、小家电、家居装饰品等，不间断地买买买，快递包裹三天两头不间断。民以食为天，两代人的饮食习惯可以说发生了巨变。有的孩子习惯于舌尖上的享受，懒于自己动手做饭，总喜欢点外卖或者去餐馆吃，并且在不知不觉中开始挑剔生活。他们喜欢吃的饭菜就大嚼大咽，不喜欢的一筷子也不动。上辈人喜欢的五谷杂粮，他们并无多少兴趣。有一次，年近六旬的弟弟在电话中说，他在半年前去城里儿子家，带去荞麦面、小米、黄米、绿豆、红枣、豇豆面等杂粮，告诉他们老家的小杂粮上农家肥，环保健康，吃了养身体，让他们有空自己做着吃。可半年以后去了一看，那些杂粮一动没动。他劝他们总吃外卖不好，怕饭菜有地沟油，怕肉类有激素添加剂，啰唆的话说一大堆，孩子们的回答是"工作忙""没时间，也没兴趣自己做饭"，这让他无言以对。

说完吃，再说穿。在我家的衣柜里，衣服多而杂，几年前乃至十几年前的都有。十年前买的皮衣既厚实又暖和，由于穿得少至今还没烂，虽然样子老旧，但冬天天冷时我依旧拿出来穿。年轻人穿衣服讲究名牌档次，而在我眼里名牌和非名牌没多大区别，只要颜色搭配合理、穿着合身就行。广州的名牌服装店到处都是，我极少光顾，倒是广州的白马服装城、天马服装城卖的一两百元一件的大路货，我觉得物美价廉，晚辈们却觉得不可理解。女儿就曾经批评我不进高档商厦买衣服，总买些质次价廉的便宜货，穿得太像农民

工。我说我们本来就是进城的农民嘛！

我是个爱多操心、常勉励家族后辈奋斗拼搏的人，常在家族微信群发些励志奋进的正能量文字，遗憾的是少有人注意。有一次我和一个几年没见的侄子吃饭，被问到他能不能在广州找到合适的工作。我知道他一年之中换了三次工作：高速公路收费站的收费员、商城的保安、街边卖烤串的流动摊贩，每份工作他都干不长久。掰扯起来，每个行当都有他厌倦的理由：收费站的工作离家远，常要值夜班；当保安收入低，还要三班倒，耽误睡觉；做流动摊贩还可以，每天都有点进项，可是城管时不时要来驱赶，他被赶过几回后觉得心烦，干脆就收摊不干了。在我看来，大小困难都能难住他，且吃不得苦。我说："你不是缺机会，是缺咱们农家人身上那股韧劲。"

伴随着奔涌激荡的社会变革这一宏大浪潮，从 20 世纪 90 年代开始，我家族中绝大部分人陆陆续续走出农村，走进城市，开始在城市谋生。家族中的后辈有 80 后、90 后、00 后，我们这代人从小生长在农村，经历过艰难困苦；而后辈们则绝大多数成长于城市，根本不知道什么是极度贫困，什么是自然和社会的饥荒，什么是农家曾经摆脱不得的宿命，什么是上几代人对温饱的朴素向往。

他们以为社会发展到了今天，幸福常态化了，那些砥砺奋斗、勤俭节约、吃苦耐劳的家族传统都可以淡化了。

他们不知道，上几代人曾经有过怎样的生活！

正因如此，我想把过去祖辈们的生活用文字记录下来，记下那些年代的吃，那些年代的穿，那些年代的住，那些年代的拼搏，那些年代生活的艰辛，还有那些年代的悲欢，让晚辈们明白自己从哪里来，正在往哪里去，从而在人生道路上以此为对比和参照，更加珍惜如今来之不易的生活。

张陆游

2022 年 7 月

目录

第一章

在生存中挣扎的祖辈们

黄土地上的家族延续

晏晏良耜，俶载南亩。播厥百谷，实函斯活。

——《诗经·周颂·良耜》

追念先祖

在广袤的晋西北，吕梁山脉北段西坡，黄土高原东部边缘地带，有一片隔着晋陕黄河大峡谷与陕北遥相呼应的土地，那是我的家乡——山西省忻州市保德县。这片黄土地沟壑纵横，支离破碎，平均海拔1 000多米，属于黄土高原上极度贫瘠之地。这里虽则新石器时代即有人类痕迹，然而直到春秋时期仍为猃狁活动的区域，是中原的化外边陲；赵武灵王曾在此大破楼烦，自此这里被纳入赵国统治范围。黄河峡谷为天堑，历代均布置重兵于此，抵御更北方的羌胡。宋真宗景德元年（1004年），朝廷以定羌军改置为保德军，取意为"民保于城，城保于德"，"保德"一名自此见于史书。

《史记·孙子吴起列传》有"山河之固，在德不在险"的故事。然而，在古代，君主的德行仁政常常是不可预知的，而山河表里的凶险则是老百姓实实在在、年复一年面对的。家乡有一个广为流传的说法，清代康熙皇帝西征噶尔丹时路过保德，面对当地恶劣的自然环境，感叹民生艰难，脱口留下四句话："山高露石头，黄河往西

流，富贵无三辈，清官也难留。"因了皇帝圣口御封，家乡从此穷名在外，人们诧异连黄河到这里都一反常态，向西流淌。

这片黄土地，地理上北接内蒙古高原，西邻毛乌素沙漠，沙土混合，土质疏松，耕地多为梁峁沟坡，历史上多少年多少代，粮食平均亩产为30公斤。远的不说了，直到20世纪末当地的学者们统计，在1920年到1970年这50年间，家乡仅发生旱灾的年数就有39年，春旱严重时无法播种，伏旱严重时庄稼晒枯，秋旱严重时石崩地裂，冬旱严重时沙尘漫天。每遇大灾之年，农民无论怎样劳苦，都难于求得温饱。

我们这个家族，就一代代生息繁衍在这片黄土地上。据老辈人考据，我们这支族人的先祖在保德落脚，可以追溯到明代初年。保德古代设州，朱元璋称帝后，在蒙汉边界地区驻军，保德州成了黄土高原上一处屯兵御敌的重地。外来的诸多守军将士中就有张氏先祖，他们久戍边关无法回到原籍，后来就把家眷带来定居，在保德扎下根来生儿育女。至于先祖们为什么定居在远离州府几十里的农村，我们已无法考据清楚。

我成年之后，爷爷多次给我讲述家族的往事，叨扯祖辈们的辛劳，叹息他们生存的艰难。

对于家族上几代人来说，黄土地就是他们生存的根本。爷爷说，我们祖先居住在杏岭村，后迁来丁家塔，迁徙的原因就是土地冲突。当年太祖过世，杏岭的兄弟三人因为瓜分祖上留下来的几垧薄地，发生了激烈的冲突。在土地面前，淡薄的亲情、生存的危机、诡异的人性，让性子暴烈的老二看开了，他带着受伤的心灵，孤身一人悄无声息地出走，来到丁家塔开荒种地。

老二来到丁家塔时，村里只有四五户人家，他最终选择到人迹罕至、野狼出没的大雪梁山下菅草沟里开荒。沟里荆棘满地，荒草有一人多深，最恐怖的是蛇多。村人说，曾有一个羊倌赶着羊群踏进菅草沟，羊群低头吃草，几条潜伏在草丛中锹把粗的乌蛇，以闪电般的速度，伸头几口就放倒四五只羊，羊被咬倒地，四条腿一蹬就断气了。黑乎乎的蛇头慢慢缩回草丛，放羊人清晰地看到蛇头上长着狸猫胡子粗的黑毛。此后再无人肯踏入这片地方。菅草沟里还住着狼群，成群的苍狼大摇大摆地出没。狼在饿急了的时候，连路过的青壮年男人都敢袭击。

老二准备了明晃晃的砍刀，扛了铁锹、镢头，踏进菅草沟开荒。山沟里野草丛生，开荒时响尾蛇的脖子直梗梗地挺起，可老二不怕。比起饥饿的威胁和贫困的煎熬，这些危险都不算什么。

开荒第一年，老二在地里撒下了植物的种子。到了秋天，这片新开垦的土地，荞麦萝卜长满坡。

那个年代只要有粮食吃，就有女人跟着过日子。次年，老二就娶了媳妇成了家。

开垦的荒地种了两年，好景不长，第三年，地主找上门来了。因为老二是在人家的地头上开荒，他开出的土地，地主要收回去自家耕种。老二并不后悔，他付出了八年的代价，继续种这些地，条件是收获的粮食六成归地主，四成留给自己。八年以后地主死了，老二把自己积攒下来的粮食统统拿出来，用两石五斗谷子向地主后人买下了开垦出的大半土地。至此，张家先人在丁家塔站住了脚。

老二生下三个儿子，儿子们长大了，土地被一分为三。人多地少，各家日子其苦其难不难想象。

对于祖辈的印象，后人在描述时或许带着几分夸张。张氏第一代落脚仅有一人，到第二代发展为兄弟三人。三兄弟个个孔武有力，据说盘腿坐在村街下面，能把拳头大的石块扔到山梁上。传言虽然有些玄乎，但祖辈们身强力壮应该是事实。到了我爷爷这辈仍身体健硕、体力超群，都是种庄稼的好把式、受苦人中的拔尖人物，但始终无法摆脱贫穷的命运。

祖辈们只会受笨苦，我的家族多少年从未出过经商买卖人，更无书香门第和吃官粮者，倒是由于体力好、能打工、能受苦而名噪

四邻八乡。直到新中国成立前，丁家塔的张氏族人一百六十多年共五六代人都在土里刨食，繁衍生息，生存状态没什么实质性的改变，大多数年份过着食不果腹、缺东少西的日子。有些年份粮食不够吃，连糠秕也不多。

曾祖父是家族史上最悲剧性的一位人物。爷爷讲过，当他还是个孩子的时候，家里就年年欠债。一到春天青黄不接之际，啃野菜树皮也难以为继，只好到东家借三升粮到西家借五升粮，春借秋还，背着重利，熬到秋天，打的新粮大部分还了借粮。由于没文化，家人借粮食连个借据也不会写，都是人家写好了自己压个指头印子。

爷爷说，他十岁那年春天，家里只剩一瓮糠炒面、两升黄豆，日子实在熬不下去了，曾祖父只好去走口外。家族中有一些远房的族人走过口外，给财主家拉骆驼背大炭，挣点钱回来养家糊口，曾祖父也选择了这条路。爷爷回忆，曾祖父走的那天晚上长长地叹着气，蹲在炕上一锅接一锅地抽旱烟，久久地看着炕上的三个孩子，他知道走口外的凶险，不知道此去还能不能生还。纠结了一夜，第二天天一亮，曾祖父还是头也不回地走了。

说到走口外，带着悲苦色彩的民谣在家乡广为流传："河曲保德州，十年九不收；男人走口外，女人挖苦菜。"家乡人也把走口外叫作"走西口"，旧社会人们穷得生存不下去，就到内蒙古的中西部打工找生活，几乎家家有人走西口，辈辈有人走西口。这是奔腾四百多年的人口迁徙大潮，与"闯关东""下南洋"并称，然而更为艰险悲壮。在山西，走西口人数最多、最具代表性的是紧邻内蒙古的河曲、保德、偏关三县。《保德民歌》里收集《走西口调》二十六组，里面有"府谷县过来沙圪堵走，黄河上坐船我走西口""羊肚子手巾三道道蓝，西口外回到保德县"等描述。保德作家陈一创作的电视剧《走西口》，早在 20 世纪 90 年代初期就在中央电视台播出。

在以前，有新婚夫妇为生计所迫，男人过了蜜月就挥泪别妻走口外的，"正月里娶过门，二月里口外行"是真实写照；有年轻人丢下年迈父母独自走口外的；更有父子、兄弟同行到口外谋生的。内蒙古中西部广大地区，星散着众多的乡亲，以至于家乡迁居口外的人数甚至超过了本土人口数。

家乡人所到的口外地方，遍及包头、东胜、呼和浩特、后套、五原、大青山、达拉特旗、乌海等，家乡人出去给人家当长工打短工，挖大渠、背大炭、种粮食、赶牲口、拉大船、放牛羊，挣几个钱回来养家糊口。走口外谋生，可谓吃尽人世苦，受尽人间罪。老辈们流传下来的走口外顺口溜，就是浸透着血泪的写照："大青山背大炭压断背筋，乌梁素打芦苇爬雪卧冰，东三天西两天无处安生，饥一顿饱一顿饮食不均，拉大船走河路驼背弯身，上杭盖掏根子自打墓坑，遭瘟疫遇传人九死一生，沙蒿塔遇土匪几乎送命。"

仅说走口外到煤矿背大炭一项，当年大青山一带小煤窑都是深坡斜井，人们下煤矿背炭，煤窑巷道宽不足两米，高仅仅一米，雇工们到采煤工作面上背炭，距离数千米，背着150斤大炭只能猫着腰前行，半背半爬地顺着斜巷道把煤炭运到煤窑外面，沉重的大炭压得脊背皮开肉绽，于是民歌中就有了"背大炭压断背筋"的说法。若遇上矿井塌方、冒顶、瓦斯爆炸，背炭的雇工们往往还容易搭上性命。

走口外的人"掏根子"，是指挖中药材甘草。这类活是野外作业，死神时时伴随身边。当遇到粗大的甘草扎根地下三五时，人总往深处挖，沙土土质疏松，挖深了常常塌方，塌方时在深坑中的人躲闪不及，就被活埋了。

旧社会在口外碰上瘟疫流行也叫"传人"，那情形更加可怕，一夜之间周围就会有成片的人感染，不少走口外的乡亲逃避无所，便死于瘟疫。

当走口外的人舍命冒险，终于挣下点钱要拿着返回家乡时，又可能在路上遭遇土匪抢劫，运气好时仅仅失财，运气不好则可能丧

命。这就是旧社会走口外的人要面临的苦和险。

曾祖父走口外，一年没回来，两年没回来，三年后还是没回来，消失得无影无踪，无人知道他的下落。后来有人说他在口外拉大船时坠落黄河了，有人说他背大炭时葬身矿井了，也有人说他掏根子时出事了，留下一系列悲惨传闻。曾祖父一去不返，留在家里的孤儿寡母，孩子最大的十来岁，最小的不到三岁。

一年冬天，粮米罄尽，十冬腊月地冻如铁，曾祖母连野菜草根子也刨不到一把。熬到腊月二十几，眼看过不了年，为了给孩子们找一口吃的，万般无奈之下，曾祖母只好冒着大雪到周围村子讨吃的。她拧着小脚，万般恓惶，冒着凛冽的北风，从一个村子走到另一个村子，要到些干裂零碎的窝窝头，带回来好歹过了年。

孤儿寡母的日子有多难？爷爷说，那个冬天一家人是用一瓮糠炒面熬过来的。每天烧水熬一些黑豆面糊糊，每人抓把干炒面，舀进去两勺糊糊拌起来吃，天天不变样。从冬天熬到春天，大人孩子饿得只剩了一副骨头架子。曾祖母那时未满三十岁，丈夫撇下她走了，杳无音信，她只能哭自己命苦。旧社会推崇烈女不嫁二夫，无论丈夫生死，她只能在夫家守着，把孩子们拉扯大。

家族血脉

一个人生于贫穷无依的家庭，注定要过早忍受苦难压力。爷爷到了十岁，就开始给财主家放羊、喂牛，只要财主家管饭就行。他春天感冒时高烧不退，迷迷糊糊，浑身烫得像火炉子一样，也不敢歇一天，怕被人家赶出来没饭吃。

再大一些，爷爷给地主营务庄稼当长工。夏天亮红晌午，太阳火辣辣地晒着，也不能回去歇晌。旧社会的穷人有句口头语——"吃人家的饭，服人家的管"。东家派人送饭，长工坐在地里吃，吃完后送饭的人掉转头走了，长工就躺在地畔下阴凉处歇一会儿，再继续锄地。爷爷的实受①在十里八乡都出了名。他觉得人穷就该老老实实伺候人，就像牛要耕地、驴要驮炭一样天经地义。

穷人被人看不起，自己也有一种身份上的卑微感。

爷爷十七八岁时已经学会了耕种锄耧一系列农活，也学会了打石头的石匠功夫，还会做泥水活。

穷人天天受苦已成习惯，不知不觉爷爷已经过了三十岁，还没成家。按照乡俗，男人过了二十岁总得成个家，好坏也得娶个媳妇，能传递香火就行。可爷爷三十出头还没找到个传宗接代的女人，家族血脉面临着断裂的风险。

一个仿佛命里注定的机遇，让爷爷顺利地娶回了奶奶。

奶奶娘家在五里外的杜家塔，是一户中等殷实的人家。奶奶在娘家时，虽说算不上粉面桃花的翩翩美人，但也是眉目端庄、落落大方的秀气女子。奶奶在年少时心灵手巧，干什么活都利索，尤其是女红做得漂亮，周围上门提亲的人不少，那时的她心高气傲，不想过早定下终身大事。

奶奶十六岁那年，遭遇了人生路上的一次灾难。那年流行红眼病，乡下人将它叫作"害眼"，奶奶不幸染上这个怪病，伴着发烧，连续几个月眼睛发炎、发红、流眼泪，后来肿得像烂桃儿一样，可是不知道如何治疗，只能到庙上烧香拜佛，求神问卦。那场病让奶奶彻底毁了容颜。她的眉毛、眼睫毛全部脱落，眼睑周围红红的，下眼睑还下垂，翻出红红的眼皮肉，看上去是一副可怕的哭相。生人乍一看奶奶就觉得害怕，再也没人上门提亲了。时年爷爷三十出头，媒人到了奶奶家里牵线提亲，奶奶由于害病，留下致命的缺陷，于是只好接受命运，嫁给大她十四岁的爷爷。

奶奶出嫁时只有十七岁，爷爷已经三十一岁了。

奶奶被娶进门，那黑暗的土窑洞里有了光亮。曾祖母高兴极了，

---

① 实受：指忠厚老实。

老人家出门仰望朗朗青天，感恩上苍，跪地连磕了几个响头，这家族的香火总可以延续下去了。

那个时代，穷苦的农家子弟，生如蝼蚁草芥，为了延续血脉，甚至不知道"爱情"这个词。

奶奶嫁过来的时候，村人谁也不知道她的真名。因为她破了相，老是红着眼睛，说话低声细语，村里人就叫她"红眼媳妇"，后来人们就叫她"红眼嫂子""红眼婶子"，年龄再大些时，同辈人干脆就叫她"红眼老婆子"，好像她在世界上压根就没有名字一样。

奶奶为爷爷生下了五个孩子，一对苦命人除了生儿育女，便是守望人间烟火过日子。几十年后我观察这两位老人，爷爷对奶奶说不上不好，也说不上多好，奶奶说一家人生活下去才是最重要的事情，他们关注的始终是如何挣扎着把日子熬下去。

穷苦人家，女人的负担尤其重。奶奶嫁过来后，爷爷给地主做长工，有时做半年，有时做一年，常常不着家。家里洗锅做饭、缝补衣裳、照料孩子等事，全凭奶奶一人操持，尽管如此，她仍心甘情愿，毫无怨言，贫穷养成了她忍辱负重、任劳任怨的秉性。

夏天奶奶高一脚低一脚跟跟跄跄地到野外挖苦菜，冬天给人家磨豆腐，赚几碗豆腐渣顶口粮。尽管百般艰难，在这个贫困的家庭，奶奶熬成了十里八乡出名的理家能手，她老人家活出了光亮，活出了气势，活成了功臣。今天回头看，如果没有这个破了相的奶奶，家族上上下下这近百口人，也就无从谈起了。

奶奶裹着的小脚是真正的"三寸金莲"，她走起路来很困难，一辈子没少吃苦受罪，可是人世的艰难没一样能够难倒她，她传承了家族香火，带旺了一个家族。奶奶活到九十三岁才去世，尽管她离开多年了，但老人家仍然活在我的心里。家乡有句俗话："一个好女人旺夫家三代。"奶奶是最好的证明。

我至今不知道奶奶的名字。但我明白一点，面对磨难和困苦，心态好，责任心强，对生活始终不绝望，是她一生的健康良药。

爷爷，沧桑土地上的庄稼人

一之日觱发，二之日栗烈。无衣无褐，何以卒岁。

三之日于耜，四之日举趾。同我妇子，馌彼南亩，田畯至喜。

——《诗经·豳风·七月》

我的爷爷

过去的农村人，对土地有着与生俱来的依恋，视土地为命根子。家乡再贫瘠的土地，人们都遍耕不漏，哪怕山高坡陡，哪怕支离破碎，人们都要种上各类五谷杂粮。农村流行一句话："但凡个坡坡，种上就能吃个窝窝。"很简单，一小片荒地，打一把粮食，也能填塞肚皮，顶上一餐半顿。

我爷爷这一代人，过早体味了人世的悲辛。曾祖父走口外再无音信，家里失了顶梁柱，每逢初一十五，爷爷都要在院子里烧香叩头，期盼奇迹出现，从满头青丝盼到两鬓白发，期望一年又一年地落空了。

爷爷从十多岁就外出做工，冬天给有钱人家背炭放羊喂牲口，春夏给财主家耕种锄地，先后在东山上、水源塔、郝家塔、围儿梁、杜家塔、莺村、甘草塔打工受苦。到父亲七八岁时，爷爷带家人流落到了潘家塔，定居下来。

　　二十世纪四十年代，潘家塔是个寂寂无闻的小村子，只有七八户人家。村子虽小，爷爷还是偏居一隅。爷爷打工的财主家在村外，为了种地方便，在野外挖了窑洞，将它作为长工居所。

　　爷爷在潘家塔种地多年，四季忙碌，汗水在土地上洒了一遍又一遍。为了积攒家财，家人吃糠咽菜，从牙缝里攒粮，最终在潘家塔买下几片荒地。买下那些土地后，爷爷带着全家老少开荒，开出的土地先种山药蛋①再种黑豆，硬是把生地种成熟地。为了种地方便，一家人在远离村外的地畔挖土窑洞住下来。爷爷当年指望着后代人在那里扎根，把地永远耕种下去。

　　由于地方偏僻荒凉，加上太贫困，一家外来户种地的苦处难以名状：买不起牛无法犁地，就用镢头刨地播种，成天握住镢把刨地，累得人腰酸腿疼，浑身骨头像散了架，几天下来手上打起的血泡就被磨破结了痂，疼痛难忍，可仍然得握住镢头刨地，直到把种子全播种下去。

　　生活是严酷的，但这远不是全部。还有难以忍受的寂寞，荒野里的"一家村"，极少亲戚朋友上门。我上中学时，父亲曾经回忆，爷爷带着家人住在潘家塔荒圪梁上时，周围沟壑相连，狼群时常出没。白天大人去种地，孩子留在家里时，要朝外把门锁上，里面再用顶门棍把门顶上。孩子从门缝里看出去，常有狼路过院子，三四只狼大摇大摆，结队而行。有时夜里家人睡下了，狼爪子把门抓得"呲啦呲啦"响，大人拿铁锹仗胆，狗才敢跟着出门去。

　　父亲稍大一些，就跟着爷爷在地里劳动。

　　在潘家塔有了土地后，爷爷信心十足，盼望过上殷实的生活。农村人有句俗话："穷汉儿多。"爷爷和奶奶生了五个儿子，一个死于饥饿，四个活了下来。想到儿子们以后长大成家难，娶不上媳妇怕是要打光棍，于是在潘家塔时，爷爷用积攒的粮食为父亲和伯父

---

　　① 山药蛋：指土豆。

换来两个童养媳，也是穷人家的孩子。家里人口多了，日子过得更艰难。十多年后熬到童养媳长大了，新中国成立，主张婚姻自由，两个童养媳都走了。当然土地改革时自家的土地也归了集体统一分配。那时候贫苦农民走到哪里都可以分土地，于是爷爷熄灭了潘家塌山梁上的炊烟，回到了丁家塔。

一户离门在外的庄稼人回了老家，感受到的是一种久违的亲切。新社会在一个贫苦农家的生活中洒下了第一缕阳光。

沧桑的土地

从潘家塌回到丁家塔村时，爷爷被划为贫农。分配土地时，人们不愿意要最偏远的土地，爷爷要了，这些土地在大雪梁、小斜梁，地片虽远但相对肥沃。有了地，爷爷再度抖擞精神，带着家人去远离村外的道雪迩挖了土窑洞。住在山梁上，天一亮就能往自家地里跑，就近伺候庄稼，多打粮食；而从丁家塔上山梁，要多爬一道漫长的陡坡再走两道梁，耽误种地。

道雪迩在两条沟、两道梁之间，两条沟里都有水。让奶奶感到不适应的是，山沟很深，到沟里担水的路崎岖难走，且常有狼出没。爷爷身胚不高，但饭量奇大，体力超强，他老人家除了干地里的活儿，每天回家后不管天多黑，都要带父亲到沟里担水。父亲说，他十几岁时跟着爷爷去担水，常看到有狼从山梁上窜过，拖着长长的尾巴，眼里冒着绿莹莹的光。道雪迩这地方还有一样不好，四周山梁野地，坟墓东一座、西一座，住着时常感觉凄凉、单调、孤独、阴森，但是在爷爷眼里，为了生存，为了温饱，这都无关紧要。

听母亲说，父亲娶她时，说媒的人介绍，夫家住在丁家塔，可是母亲被娶进来时却上了道雪迩。一开始住进这个"一家村"，母亲很不习惯，一到夜里一个人不敢出门，到沟底担水，爬一道陡坡，累得汗流浃背。母亲认定这个地方没法住，闹着一定要回丁家塔村

黄土地印记

里住，我出生几个月后，就由父母带着搬回了丁家塔。我们先是借住在二爷爷家的一个土窑洞，后来父亲自己在村里掏了一眼土窑洞。

当年父亲说，住山梁上确实有很多好处：家里积攒的粪肥，春天要往地里背，山梁地近，背粪省了很多力气；夏天锄地囵禾，天天往地里走，少走许多路；秋天庄稼收割了，怕麻雀、野兔子、老鼠糟蹋，要赶紧往回背，人住在山梁上，背秋①也省了不少力气。

父亲和爷爷都很务实。

后来，随着农业合作化运动的实行，在山梁上的土地归了公。全村土地归在一起，大家集体劳动，集体分配粮食。大雪梁、小斜梁的土地不再属于自己，爷爷这才搬回了丁家塔。他老人家一辈子挚爱土地，一辈子追着土地居住，一辈子孤单，到集体化才回到村里，过上了群居生活。

父亲回忆，刚开始搞集体化，热热闹闹。春天耕地，山梁上人多牛多，一排排的犁痕，一队队抓粪点种人，那场面颇有诗意；夏天豌豆开花，五谷泛绿，田野里干活的人群欢笑声此起彼伏，农民整齐地排列在庄稼地里，像田园交响曲中一个个跳动的音符；秋天地里是红彤彤的高粱、黄澄澄的糜谷，宣示着庄稼人期盼的收获。

从互助组到合作化，再到生产小队、生产大队，随着生产单位越来越大，土地和个人、家庭的关系越来越疏远了。渐渐地，人们伺候那些贫瘠的土地就没那么虔诚和认真了，耕作粗糙，上肥减少，水土流失，土地的肥力也逐年下降。从"文化大革命"开始，村里不但不能向国家贡献粮食，还要反过来吃返销粮。

日趋贫瘠的土地，加上雨水侵蚀、风沙剥夺，地里的庄稼越来越黄瘦稀薄，村里人填饱肚子都成了问题。

为了多造土地，生产队在后沟打坝，在前沟的疯子坡下也打坝，想靠打坝来淤地。我放寒假时便参加打坝劳动，觉得那些冬日十分

---

① 背秋：指背回地里收割的庄稼。

漫长。老天像是专门和人过不去，北风呼啸着，太阳老不下山，似乎钉在了天上。人在北风里劳动，冻得手背开裂，脚如针刺，又是寒冷又是饥饿。人们吃罢早饭出来，回家时已经是暮色苍茫了。白天忙碌过了，夜里人们仍要出工"夜战"。月光晃亮，工地上闪烁着银晃晃的铁锹和镢头，奔跑着吱吱作响的小平车。夜深了，工地上仍传来"加油干"的呼喝声，整个冬天人们都这样干。但遗憾的是，花了那么大的力气，费了那么大的劲头，那些土坝第二年都被洪水卷走了，不但土地没增加一分，原来熟地上的松土还流失了不少。

那些年月，农民最关心的是自家那点宝贵的自留地。村里每块土地都有一个奇怪的地名，如大雪梁、小斜梁、陶龙苣、鳌子山、西头峁、酸林沟、道斜沟、苣树坡等。集体化时连片的好地由集体耕种，自留地多是边角地或者几乎丢荒的生地。我家那一亩多自留地，分在了两个地段，一块地爬梁走坡，道路蜿蜒曲折，要走将近半小时；另一块地在道斜沟的一片阴坡上，很难挑粪担水上去，一天阳光晒不到几小时。

矶蹶子的那一片红胶泥地，听地名就知土地特征——石头多、沙粒多，贫瘠得连荒草都长不大。地里满是碌碡石，集体耕种时那里稀稀疏疏长点庄稼，收获不了多少粮食。这块地分给我家作自留地后，父母用镢头刨石头，拳头大的石头捡走几十筐，镢头刨坏好几把。捡完石头，父亲爬上土崖，铲下崖面上的草根腐质。有了陈年旧土，再加上草木灰农家肥，这块地被种上豆角、玉米、南瓜、甜菜，种了两年，渐渐有了肥力。第三年赶上"割资本主义尾巴"，文件一级一级传达下来，所有的自留地都得收归集体，家人虽然很痛心，但也无奈，只好难受委屈地交了土地。

政策偶尔也有放松的时候。记得我十六岁那年夏天干旱，高粱糜谷全部枯萎，一看就是大灾年。人们愁眉紧锁，脸色乌青。八月的一场秋雨过后，公社忽然召集社员开会，宣布村子外的荒坡野地可以自由开荒种菜。会还没开完，有人就迅速离开会场，全家大小

跑得比兔子还快，去抢占荒地。我和父亲开完会，紧跑慢跑到野外，发现那些大大小小、六七十度斜的野坡巴掌地，稍稍平整一些的都被人占了。我们又找去另一条沟，结果那里平一点的土地也全被占了，一直走到离村子很远的地方才找到一点可以开荒的地，干了整整一下午。父亲撒下一些菜籽，当年收了两筐萝卜，家里人悄悄得意、高兴了一回。第二年一开春，又是一瓢冷水，队里宣布头一年开荒的土地不许再种，理由很简单——"堵不住资本主义的路，就迈不开社会主义的步"。

直到 20 世纪 80 年代，改革开放的春风吹起，在群众的呼声与诉求和党的决心与魄力下，农村开始实施联产承包、分田到户，家家欢欢喜喜，再也不用为没土地而发愁了。

人们高高兴兴地在自家的土地上抛洒汗水，土地虽然贫瘠，但家家起早贪黑，精心侍弄庄稼，很快解决了温饱问题。

进入 21 世纪以后，随着南北物资流通速度的加快，蔬菜和粮食按劳动性价比计算，在山区黄土地上种粮食明显失去了优势，国家推行退耕还林，家乡大量的土地或造林或休耕，山区农家摆脱了土里刨食的生活，土地有了亘古未有的生命循环期。村民谋生的方式也发生了变化。人们纷纷进了城，去寻找土地以外的财富。

细细回味起来，从旧社会到土地改革，从集体化、人民公社化再到改革开放；从梦想土地、争夺土地、千方百计开拓土地，到分田到户、辛苦种地，再到土地休整、退耕还林，历史见证了黄土地上社会生活的变迁，也见证了农家命运的起伏悲欢。

实受的庄稼人

几十年前，爷爷在我们那一带是很有名气的庄稼人，能吃苦，力气大，没什么苦活儿能难住他。

小时候听村人说，爷爷胃口奇大。爷爷十七岁时，东山上一个财主家招揽长工，七八个后生去报名应招，爷爷也去了。老财主招人有一套自己的法则，看一个人能不能干重活，一看身胚，二看饭量。常言道："力气饭来换，能吃才能干。"饭量大的人力气大，自然才受得了重苦，老财主才看得上。

那天老财主家焖下几大桶红豆子捞饭，搬到院子里，让来揽工的后生们坐下敞开吃。东家悄悄躲在一边观察。后生们有人吃了三四碗，有人吃了五六碗。爷爷那一天一口气吃了十三碗饭，东家看了暗暗惊奇，断定这人一定是个实受的好把式，于是二话不说就第一个雇用了他。

有一年八路军东渡黄河打日本侵略者，驻扎在东关镇。大冬天村上摊派任务，要爷爷给部队送一些秆草。爷爷背了一百二十斤秆草，鸡叫时从村里出发，走了八十里山路，中午就到了部队驻地。秆草过完秤，掌秤的人见称秆高高的，拍一把爷爷的肩膀夸赞道："好实受，好实受的庄稼汉子！"部队上赏他一碗开水喝，还捏进去了一撮盐。爷爷喝完后扭头往回走，回到家里实在是饿急了，把一家几口人的饭一口气全吃完，才吃了半肚肚，于是他又在炉膛里烧了几个山药蛋吃，这才算是填饱肚子。

从我记事起，父亲不知多少次地说，爷爷天生是受苦的命，只要一天闲下来不做营生，就身上发烧，浑身疼痛，感觉像生大病了一样。

牛一样的力气，牛一样的劳作。爷爷夏天给地主扛活锄地，中午从不回晌，土地远，家人不送饭时，他就在干粮袋里背两个干糜子窝窝头，足足二斤面，一顿就能吃完。

父亲说，你爷爷这个人不光死老实，还是个犟性子，又憨又愚。爷爷一辈子给财主打工受苦，抗战时成立了民主政府，村里来了工作队，说地主老财剥削穷苦人，穷苦人给他们种地，可是秋天打下粮食来二八分（长工分两成、财主分八成），这太不公平。民主政府帮扶穷人，减租减息，于是改成四六分，没一户财主敢说二话。工

作队开会讲定了，地主也同意了。可爷爷表面同意，秋后打下粮竟然还是暗地里和财主二八分，还说讲定的事情不能变，要讲信义，当时揽工种地时，怎定就是怎定的，一个愿打一个愿挨，不能说变就变。

大爹参加抗美援朝回来，部队驻扎在东北，父子多年没见，且不知道会不会再调去打仗，爷爷决定去东北见大爹一面，临走时将家里一头牛卖了当盘缠。他一路上不舍得买吃买喝，只吃家里带的干窝窝，连续多少天吃不好，嘴上都起了泡。爷爷到了东北见到大爹，在部队住了几天，临回家时大爹给了他几个大洋、几件旧军装，还有战友们送的毛巾、军裤，爷爷把这些珍贵之物打成一个包，把身上的大洋也裹在包里，捆结实了，随身背着往回走。包里藏着沉甸甸的大洋，还有可以体面族人和自己的军装，爷爷不仅感觉发大财了，心里还甜滋滋的。

从辽东坐火车一直经过北京，到了张家口，下太原，走了好几天。爷爷说和他坐在一起的那个人看着好实受，人也长得舒眉展眼的，两人路上互相照应，无话不谈。到了张家口车站要换车时，爷爷急着上厕所，就把行李交给那人看管，那人笑着说："大爷你只管放心去吧，反正咱是一路的，我也有行李，你上完厕所我再上。"爷爷把行李交给那人，紧紧张张地去上厕所，从厕所里走出来时，那人却消失得无影无踪了。这时候爷爷肚子饿得"咕咕"叫，想吃碗面，可带的钱全在行李里。他操着乡土口音在车站上大声呼叫，来回找了大半天，心里冷飕飕的，东找西找一直找到天黑，这才死心了。伤心绝望之下，爷爷只好迈开两条腿往老家走，从张家口步行了整整七天，一路上还饿着，几乎是讨吃要饭滚爬回家的。

回家以后，爷爷在家里躺了足足半个月，不久他就走出了这次打击的阴影，该干什么还干什么，继续为生存奔波。

我记事的时候，爷爷已经六十好几了，提起被骗的往事，他伤心欲绝地说："那个狗日的，球上画眉不是人！害得我好惨。做人到甚时候都不能丧良心。"

爷爷一世勤劳，除了农业劳动，他还抽空替人家打石磨，挣些钱粮来补贴生活。他一直很节省，腊月买几斤猪肉准备过年，南河沟的猪肉是八毛钱一斤，魏家滩的猪肉是七毛五一斤，为了买二斤猪肉省一两毛钱，他往返魏家滩多走五十里山路，也不嫌麻烦。

爷爷一生规规矩矩，老实做人，可谓恪守诚信；他劳累了一辈子，实受了一辈子，也节俭了一辈子。他生前特别羡慕旧社会地主老财穿的那种挂了布面子的绵羊皮皮袄，可是到临终的时候，他穿的仍然是那件粗皮板的山羊皮皮袄。说了多少次，他到底没舍得置换件好皮袄。

事情过去了五十多年，我仍会常常想起爷爷，他那憨厚的面孔、朴实的身影总在我眼前浮现，他说过的话语仍在我耳畔回响。

祈福

这些年面对餐桌上丰盛的菜肴、花样的饭食时，我常常会想到我的爷爷奶奶和父母，想到他们遭受的饥寒和艰辛。

我小时候每到逢年过节，爷爷总要在院子里祭祀祈祷，祈求神灵赐福。大年三十、正月初一，爷爷在小院子里摆好方桌，桌上供好鸡蛋大小的两个贡仙馍馍或者一小碗米饭，就带着我们跪拜神灵。爷爷点上黄香，跪下来拱手把香举过头顶，带领家人拜上三拜，默默向心目中的神灵诉说自己的期盼，盼望得到保佑。

在老辈人的眼里，农家生活摆脱不了一股无形力量，这种力量如影随形，唯有虔诚膜拜，认真敬奉，人们才有希望得到护佑。

丰衣足食是农家愿望，过年时贴的对联、喜帖，就成了这种期望的集中展示。大年三十，家里正面墙上贴的是"抬头见喜"，粮囤子上贴的是"五谷丰登"，柜子上贴的是"衣服满柜"，猪圈上写的是"六畜兴旺"，门上的对联写的则是祈盼风调雨顺、渴望吃饱穿暖

等内容。我上小学二年级时，年前父亲叫我写对联，我不情愿，有些胆怯，怕写不好，父亲骂我说念了两年书，连个对联都不会写，念书有甚用？我只好趴在柜盖上，硬着头皮当起对联书写人。我记得当年自家编了一副对联："种瓜要种大南瓜，养猪要养巴克夏。""巴克夏"是那时从苏联引进的优良品种猪，能长得又肥又大。一头肥猪就是农家富裕的象征。我对联上的字写得丑差，可是家里人看着都说好，因为他们不识字，字好字赖都是黑乎乎的一团，能表达意思就行了。

祈祷时人们还要在家里灶台墙面位置写上"灶君神位"几个字。"灶"字没人会写，全家人想了又想，都不知怎么写，突然不识字的父亲想起来了，写下肥皂的"皂"。原来父亲在太原西山煤矿当工人时买过肥皂，有模糊印象，父亲教我写下"皂君神位"四个字，贴在了祭灶王爷的位置。

对温饱向往的寄托，还有一个更重要的膜拜对象是财神爷。家人要在屋里柜台上方选一块最干净的墙面，挂上写有"财神爷"字样的黄布条，两边贴上"日进千样宝，月招万里财"的红对联。财神爷姓甚名谁，家人并不知道，但这并不影响他们虔诚的祭拜。过年那几天，家人天大摆上贡品，燃起黄香，做出来的饭菜要先给财神爷供上一碗，然后自己才动筷子。

叩拜过神灵，家人便有一种心理上的寄托，可有时候我感觉神灵似乎已经麻木了，并不在意穷苦人是否在忍饥挨饿。我想这大概是因为神灵生活在天上，与凡间隔着遥远的距离，对人间的一切未必能真正看得清楚。天下那么多穷苦人，都想吃饱穿暖，这怎么可能呢？爷爷知道了我的想法，极其严肃地批评我，他说人在地上，神灵在天上，对人世间的一切知道得清清楚楚，神和人之间的因缘，凡人看不清楚，只管虔诚叩拜就对了。数十年光阴流淌过去了，我至今还记得爷爷这些话。当年叩拜神灵，我自己恍恍惚惚，心灵浮荡，可是爷爷和父亲都非常认真，他们相信上天大慈大悲，相信有无形的力量能救苦救难。许许多多的节日里，他们上贡、烧香、磕头、祷告、许愿，期盼着命运里出现奇迹。

农村生活中总有许多半明半暗的事物。当年的自留地，是生产队留给农民的一些零星土地，用来种些蔬菜、山药蛋、红薯之类。每年正月初一鸡叫时分，父亲就起来发火笼①，火笼燃起来后，彤亮的火光四射，把小院子照得通明。那个夜晚我和弟弟妹妹们站在火笼前，反复烤着扎在筷子头上的白馍，感受过年的快乐时光。天亮以后火笼渐渐变成了灰烬，母亲说，炭灰里藏着我们需要的秘密。

村人有一个悠久的习俗——猜想新的一年里，地里到底种什么作物会有收成。吃过早饭，母亲拿起簸箕，一点一点地簸那些炭灰，寻找里面包裹的那个希望，簸完炭灰后有时会发现一粒糜子，有时会找出一粒绿豆，或是几颗谷粒。说来也怪，每年的火笼炭灰中总能找到一两颗完整的粮食，找到什么就预示着新的一年种什么会有收成，家人总把它看作来自上天的暗示。

家人年年祷告，破天荒地算转了一回运气。我读高小的第二年，过年祭祀完毕，父亲说他左眼总在跳，家里要有好事降临了。没多久，村里调整自留地。调整过后，父亲窃喜。我家分到了村后沟一块低洼潮湿的红胶泥地，那块地不怕干旱，正好种瓜菜。之前的自留地挂在坡上，总受旱，种瓜菜长不大，结个瓜好不容易长到小碗大，长着长着又不见了。困难年月总有些人比别人"多长一只手"，用割草、挖苦菜的机会，偷东家一棒玉米，挖西家几颗山药蛋，或者拔两个萝卜，摘一个水瓜，往自己家里拿。沟里的那块自留地，那年种瓜结得多，长得也快，南瓜一个接一个出现在瓜蔓上。由于地处人来人往的大路边，别人又不敢偷，那一年父母高兴得眉开眼笑，直感谢老天爷开眼了。

后来家里的土窑接石头面子，在墙上一人多高的地方留了一个

---

① 发火笼：指将炭块垫起的火笼点燃柴火烧旺。

黄土地印记

香炉，专门用来供奉神灵。正月初一、十五，六月初六，七月十五，爷爷都要点上黄香、摆上祭品，跪拜更加勤快了。只要我在场，爷爷也叫我一起跪拜，每次跪下，他嘴里总是默默念叨着什么，祈祷完了闭上双眼，仿佛在聆听神灵的旨意，过好一阵才睁开眼站起身来，离开前还要在香炉前再拜上三拜，仪式才算结束。

虽然如此，在干旱年月，盛夏的阳光如同火焰，一连两三个月照样不曾落下一滴雨来，地里的谷苗照样被晒死，豆苗在炙烤中落下层层枯叶，龙王爷仍像一个睡不醒的醉汉，完全忘记了施雨的职责。

在"破四旧"的年代，烧香被认为是"封资修"，一股整顿之风刮来，责令家家把院子里的香炉封上，父亲只好找几块石头封了香炉，石头缝上还被抹上稀泥封个严实。后来香炉上的泥土脱落，露出了石头缝隙，香炉竟然住进了麻雀。麻雀们飞进飞出，还在里面下蛋育雏。家人眼里，麻雀是贫穷的象征，必须赶走。可捣毁了麻雀窝，家里仍旧贫困。我每次住校回家，需要带粮食回学校搭伙，家里的面瓮是空的，米瓮也见底，就连为数不多的玉米糁子，家人都不敢放开吃，每顿饭大半锅水下半碗玉米糁子加一把豆子，煮熟后掺进去半盆苦菜就是全家人一顿饭。

那些被贫穷缠绕的岁月，战胜饥饿成了家人最大的难题，但在家乡恶劣的自然环境下，想求得温饱是那样的艰难。

老屋忆往

每次回乡，我一定会去看看家族老屋，我家的、三爹家的、四爹家的。情不自禁地，我会在院子里逗留很久，伸手触摸墙面石，端详擦拭旧门窗，扯两把院子里的荒草，抬头看看窑脑畔的鸽子窝。只要踏进老屋的院子，我就会想到很多很多。

离开老屋时，我恰是青春年少，如今我已经两鬓染霜。

我家老屋早已无人居住，伸手推门，门轴吱吱作响，灰尘纷纷落下。跨进屋门，墙角里一堆家什锈迹斑斑，手锤子、铁錾子、铁砧子、铁杠杆，还有一块破旧的皮围裙，这些都是爷爷过去用过的石匠工具。

睹物思人，眼前不由得浮现出爷爷和父辈辛勤劳作的身影。记忆中进入老年的爷爷身骨精瘦，黝黑的脸上颧骨高高突起，条条深深的皱纹如纵横交错的阡陌般布满脸庞，密密麻麻的胡子与苍白的头发难分难辨。爷爷身上总穿一件补缀过的黑夹袄，腰里常年束一条布腰带，慈祥的目光透着固执，一副吃苦耐劳的老农民模样。

七十岁之前爷爷精力尚好，爱背着石匠工具走村串户给人家铣磨，为的是挣一升高粱、一碗黄豆之类的吃食。七十岁的生日一过，爷爷说他离世之前还有一个心愿，就是想靠自己的石匠手艺，再为儿孙们出一把力，让我家和三爹、四爹家住的土窑洞都能接上石窑口子。

父亲和三爹、四爹听了只是笑笑，并没在意，以为爷爷不过是说说罢了。

那年月，土窑洞接上石窑口子，对于贫苦农家来说是很大的奢望。从开山打石头、把石料背回家，到把粗糙的石料铣成方方正正的面子石；从去河滩上捡青石，到去炭窑买炭烧石灰，再到备足材料动工修建，这种种艰难对于常年从事繁忙劳动的农村人而言，简直是遥不可及。

我从小就羡慕有些人家土窑洞上的石窑口子，一层层齐展展的面子石，中间夹着白灰，搭配起来错落有致，甚是好看。讲究的人家石墙面上还留着供奉土地爷的香炉，窑面子顶部还戴上可以挡土的砖帽子，相较之下，泥塌墙烂的土窑洞显得邋遢破败。

记得我十四五岁时，周末从学校回来去给爷爷担水，担完水我在爷爷的炕头上坐着。好几次爷爷看看我，用精瘦的手抚摸着我的头和肩膀，叹息着说孙子长大了，以家里的居住条件，过几年怕很

难娶媳妇，谁家的女子愿意钻咱们土窑洞呢？说这话的时候，爷爷灰黄着脸，眼神里流露着凄楚苍凉。

多年以后我仍然记得爷爷说话时的神态，担忧中带着恐慌不安，他在所剩不多的人生岁月里，想的仍然是子孙后代们如何在村里生息繁衍下去的问题。

爷爷老年时患有哮喘病，一到天阴下雨就发作，尤其到了冬天，到外面上一回厕所就被寒风呛得喘不过气来，进屋后鼻涕黏痰咳吐一地，老半天才能定醒下来。只有过完冬季，春夏天暖和了，爷爷的病才好转，才可以劳动。

也许是心理压力，也许是心愿诱发，不久爷爷就拄着拐杖到我家找到父亲，催父亲抽空去后沟打石头，准备石料接窑口子。爷爷承诺铣窑面子石的事情归他。父亲推说忙，说集体劳动没闲空，爷爷就冲他吼，数落他："儿大了打光棍呀，不想给拉扯成家了？人不能死脑筋不转。"

从爷爷的骂声中，父亲醒悟过来。父亲十几岁时就跟爷爷学做石匠，农闲时节为村里和周围许多人家打石头，挣点钱填补日常开销。这次父亲专门动手开始给自家打石头。秋天收了秋，打完场，每天收工早了，父亲就到后沟坚硬的岩石山崖上用炸药炸下大块石料，坐在大石头上用锤錾打眼，用大锤破石料，一个冬天下来终于备够了接石窑口子的石料，大概有上千块墩子石。

爷爷从大爹寄给他的多年积攒下来的家用钱中，取出二十元交给父亲，用于雇人从后沟背石头。父亲自己背，也雇人背一些，一个冬春就把石料全背回院子里。

以往爷爷每次到南河沟，会花上六分钱、四两粮票，买两个玉米面和白面混合烫成的饼子，爷爷吃一个奶奶吃一个，当时就算是奢侈的享受了。

爷爷喜欢喝酒，一般一年花一块多钱买一斤散装酒，逢年过节的时候拿出来喝几口，为了省钱，他把这点享受也取消了。

春天的阳光暖融融的，百草返青，风和日丽。爷爷手握铁锤子，手持铁錾子，猫着腰坐在我家院子里，开始铣窑面子石。一锤一錾，石头上打出了一条又一条笔直的石纹，打落的碎石崩到爷爷脸上、手上、身上。汗水从他布满皱纹的脸上不住地淌下来，流到了下巴和胡子中间，滴到了衣襟上。天气不好时不流汗了，爷爷的鼻子里又流鼻涕，鼻尖上有鼻涕时，他干脆用粗糙的手背去擦一擦。忙到吃晚饭的时候，爷爷似乎用尽了最后一丝力气，他双手扶着膝盖站起来，望着自己铣出的那些方方正正的石料，脸上泛起满足的笑容。

吃过晚饭以后，爷爷躺在炕上睡一夜，第二天身上就又有了力气。他又坐在石垛边，和一块块石头较劲。院子里"叮叮当当"的敲打声从早响到晚，爷爷一天又一天在顽石上消磨着力气，一块块顽石被修理得方方正正。

七月十五，扒楼沟开始唱大戏，那几天全村的老老少少都去看县剧团的名角，去喝一毛钱一碗的粉汤，去吃八分钱一条的麻花，也去戏场上见平时难得相见的亲戚们。爷爷自己不去看戏，也不让父亲去，他们一起在家铣窑面子石。

都说人老了会失去激情，临近死亡的年龄会万念俱灰，可是爷爷老年仍有梦想、有希望。他的愿望、梦想就是把自己尚存的力气和对子孙的那份情感，化成一份实实在在的家居不动产。

爷爷每天铣窑面子石，从春天持续到夏天，从夏天持续到秋天，对这件事情表现得十分执着。

第二年收完秋、打完场以后，我家接石窑口子终于可以动工了。父亲和三爹、四爹弟兄三人，在开工后齐心协力，几人拧在一起干。爷爷和父亲的石匠技艺算不上高超，但在乡村也算说得过去。父亲弟兄几人动手，爷爷在一旁指挥，半个多月后，石窑口子终于接起来了。完工的那一天，从来不苟言笑的爷爷那布满皱褶的老脸笑成了一朵花，感觉自己在垂暮之年再次实现了活着的价值。

我家接完石窑口子之后，仿佛在家族中起到了示范作用，第二

年、第三年，三爹和四爹家也先后开始打石头备石料，一有空闲，兄弟几人互相搭帮着干活，接下来几年，都为自家土窑洞接上了石窑口子。当然铣窑面子石的大部分事务还是归了爷爷。

说来也怪，那几年由于铣窑面子石出力流汗，爷爷的身骨反而硬朗了，人看着精瘦精瘦，可手脚很有力道。爷爷临终前，看着我家和三爹家、四爹家的土窑洞都接了石窑口子，提升了居住档次，看上去体体面面，他是带着一份满足感去世的。

那一年，爷爷七十八岁，患了一场重感冒，躺下就起不来了。爷爷不吃不喝，不久便驾鹤西去。他到临终时都在为儿孙们着想，走得干脆利落，没有拖累家人。

几十年过去了，时代变迁，世事更迭，老家山区弃耕还林，家族中的后人全都迁去城市。谁也没想到，那些老屋，现在仅仅留存下纪念的价值。

奶奶，艰辛岁月里的一道微光

凯风自南，吹彼棘心。棘心夭夭，母氏劬劳。

——《诗经·邶风·凯风》

奶奶和小磨

那年冬天回老家清理老屋时，我看见窑洞一角，放着一副薄薄的小石磨。小磨上面积满泥土尘垢，颇显岁月沧桑。其实好多年了，自从南河沟有了米面加工站，小磨早用不上了。侄辈们说："这东西放家里碍手碍脚，早该扔掉了。"

我说无论如何不能扔。看到这小磨，我一下子想起了奶奶。这副小石磨，在某种程度上承载着我们家人的一段历史，至少父母那一代和我这一代人，对它有着不一样的认知、不一样的情感。

回望五十多年前，我的家乡丁家塔，情形远不同于现在。全村没一户像样居舍，一溜散开的破烂土窑洞，常年弥漫着贫困的气息。我甚至埋怨祖先为什么会落脚在这个地方。祖上一代一代是如何熬受过来的，对童年时的我来说是个谜。

1959 年到 1961 年，全国连续遭遇了三年严重的自然灾害，土地大面积干旱。家乡的情况更为糟糕，秋天还多了几场霜冻，粮食大幅减产，老百姓日子过得非常凄惶。到了夏天，我们提了饭罐罐，

为在生产队里锄地的家人送饭，走在道道山坡梁峁上，经常能听到长辈们唱起忧伤的歌谣：

　　山药蛋蛋红粱面汤，天爷爷逼到苦路上。
　　一只只老鸹树梢上叫，穷人的艰难谁知道……

歌谣传达着人们的愁苦心绪，也点化着生活的悲剧色彩。

我们给大人送的饭，就是红粱面汤，加几个山药蛋，汤稀到能照见祖宗，人们把它叫作"面水水"。

至于保德山曲子，在我们小孩听来，实在没多少优美的乐感，曲调忧伤凄苦，旋律周而复始，像是在赤裸裸地诉说受苦人的心事。其实即便诉说过了，心理负荷还是卸不下来。

在我童年的记忆中，有几年饥饿的阴影总是挥之不去。家里粮不够吃时，母亲曾把荞麦秆磨碎混点面煮糊给家人吃，也曾把玉茭①芯子磨碎搅麸皮当过代食品，粗得根本无法下咽。

很庆幸，我有一个被贫穷磨炼出来的奶奶。是奶奶使我们度过了那时的饥荒，她老人家以一个农村妇女的勤劳和坚韧，带家人走出了困境。

我们村里有些很陡的坡地、山地，种不了高粱、玉米，就种黄豆。黄豆很耐旱，遇到好的年头，村里一人能分一斗黄豆（约二十五斤）；年头差，一人只分两三升（七八斤），就是这些黄豆，让奶奶有了用武之地。

奶奶从旧社会走过来，饱经磨难，虽没文化，但有主见。爷爷是石匠，有一副打石磨的好手艺，他给家里打了一副磨豆腐的石磨子。队里分了黄豆，每到冬春，奶奶就忙开了，她白天做各种家务劳动，一到晚上，就支起小磨磨黄豆。一次磨四五斤，豆浆细细过

---

　　① 玉茭：指玉米。

滤做成了豆腐，第二天奶奶就给村人发话："谁家想吃豆腐哩？快拿黄豆来换。"一斤黄豆可以换走二斤半豆腐，村里总有些人家拿黄豆换豆腐吃，他们觉得这比自己做豆腐划算多了，一是他们没磨子不方便做，二是自家一斤黄豆绝对做不出二斤半豆腐，而且还要汗水巴巴地受累，他们认为不值。

村人换走了豆腐，奶奶留下豆渣。她把这些豆渣掺水煮开了，点了酸浆水，在锅里结成块，再把豆渣捞起压干，和酸菜炒在一起，就成了全家人的主食。

我小的时候，父亲在太原西山煤矿当矿工，离家很远，母亲就带着我们兄妹和爷爷奶奶一起吃饭。母亲白天参加生产队劳动，晚上还要扛着铁锹随大队去深翻土地，参加所谓的"夜战"。在那些潦倒的日子里，我无数次看到奶奶一人夜里在煤油灯下一圈一圈地推着磨子磨豆腐，累了，就撩起衣襟擦擦汗，困了，就抬起手揉揉眼睛，歇一口气继续干，奶奶黑皱的脸颊、结实的胳膊、刚毅的神情，让我看到了她不向生活低头的坚韧劲头。

尽管奶奶总是忙碌，可她从来不说累，也从来不说苦。她隔几天就会用黄豆磨一小锅豆腐，豆腐又换回黄豆，黄豆再做成豆腐换出去。奶奶这样反反复复倒腾出了很多豆渣，成了我们家度灾时的宝贵食物。单调的豆渣，在奶奶手里常变化出花样：将豆渣和玉米面和在一起，做出窝窝头；将豆渣和土豆丝拌在一起，做成丸子；将豆渣和高粱面、葱花搅在一起，放在锅里煎出松软的饼子……那些日子奶奶脸上常常布满笑容。

即使贫困，人和人过日子的方式还是不一样。村里每年吃豆腐最多的那些人家，政府拨来救济粮、救济款，他们争得最厉害，得到的最多，可日子过得仍然最困难。

在那些最困难的年月，吃顿好饭是家乡人最高级的享受。村里的人有时走亲戚步行二三十里路，在亲戚家吃一顿白面，能高兴好几天。我有一个小学同学家境比较好，一年过六月六，他家割了几

斤猪肉，吃猪肉捞饭。放学后，他顶着太阳一路小跑往家里奔，到了家门口，由于太兴奋，蹦跳着进门，结果一头撞在门框上，脑门子上鲜血直流，缝了好几针。第二天上学时，这位同学头上虽包着厚厚的白纱布，脸上展露的却是吃过肉的满足笑容。

后来有些年景好了，我们村家家户户分到的黄豆多，人均有三十来斤。奶奶做豆腐的豆渣也多起来，人吃不完，她还用豆渣养了一头小猪。做豆腐外加挖野菜、打猪草，奶奶更忙了。奶奶的小脚走路慢，人又老了，夏天，日头把乡间土路烤得白晃晃的，她提起野菜篮子，一有空就顶着日头去挖野菜了。秋去冬来，奶奶养的猪长到七八十斤，那年冬天杀了猪，生活一下子变得丰盛了！家里能吃上猪油炒豆渣、猪腥炒面疙瘩，别提多香了，那是让村人羡慕的农家盛宴，比现在吃山珍海味还要让人兴奋！

奶奶活到九十三岁，患了一场重感冒，三天后驾鹤西去。安葬奶奶时我不在，后来我回去听村人说，那年，村周围好久没下雨，安葬完奶奶那一天，竟下了一场小雨。村人引用老话说："雨淋棺，主贫寒；雨淋墓，子孙富。你家后辈人日子要好过咧！"之后，家人的日子果真一年比一年好起来，当然我知道，这是因为改革开放了。

直到今天，想到奶奶，我就想流泪。我常常冒出遗憾的念头，要是奶奶能活到现在，看看我们吃的、喝的、用的这么丰富，看到子孙后代日子过得这么丰裕，家里的饼干、糖果、零食放很久都无人稀罕，看到子孙后代们享受的生活，她一定会高兴得几天几夜睡不着。

虽然午夜梦回，我再也找不到奶奶的身影，可是我多么希望人生能有时空穿越，让奶奶哪怕在今天生活上几天甚至几个星期，敞开吃几天鸡蛋白面、鸡鸭鱼鹅，敞开吃几天水果点心。在奶奶生活的那个年代，无人敢相信农家能天天吃大米白面，更不敢相信鸡鸭鱼鹅、猪牛羊肉能常上普通人家饭桌，如同不相信老母鸡能飞到天上一样。

补缀生活

奶奶离开我们二十多年了，我至今仍珍藏着她的一张老照片。照片上的奶奶头发花白，满是皱纹的脸上宁静慈祥。那是饱经风霜、洞明世事的温和宁静。

在我们的家族变迁史上，奶奶承载了许多艰难困苦，人世艰辛伴随了她老人家的一生，豁达的心胸也伴随了她老人家的一生。奶奶在我心里是一座山、一个标杆，也是家族精神的一块里程碑。

父亲曾给我讲了许多奶奶的故事。父亲说，他穿的第一双鞋子是奶奶捡来的，而且是一双女鞋。旧社会的贫苦农家没钱买布，孩子常年没鞋穿，穿鞋子是一件稀罕事。一次奶奶走亲戚，路过一户有钱人家门外，看到一双被丢弃的小女孩的鞋子，奶奶捡起来一看，鞋帮烂了，鞋口子也磨烂了，可鞋底还是好的。于是她把鞋子捡回家，把破烂处缝合，在鞋帮子上补了些灰补丁，给父亲穿上。父亲把这双鞋当宝贝，穿着满村跑。可村里人看了却笑话说，一个男孩子咋穿一双女鞋呢？不伦不类的。父亲屡屡受嘲笑，回家后就把遭遇告诉奶奶，奶奶说，鞋穿在脚上暖和就行了，不用怕人家闲言碎语，只管穿着。奶奶还说，人穷了就顾不了什么体面不体面，要想体面，咱得好好刨闹东西，有钱了买布做新鞋。

袜子也是穷人家孩子的稀罕物。有时候奶奶外出，捡到别人家扔掉的破烂衣袖筒子，回来修剪补缀，把袖口的一头缝上，打了补丁就将它改造成了一只袜子。下次她再捡到破烂袖子布片，又可以补成一只袜子。拼凑的袜子，穿起来不好看，奶奶就用黑豆水染成一样的灰颜色，穿出来也就没人笑话了。

奶奶不识字，但有生存智慧。公社化年代，秋天集体地里庄稼成熟了，收割以后，在地里堆放着，往往要放好几天才背回来，为的是利用深秋的阳光把庄稼晒干，背回来好脱粒。生产队背过秋，

黄土地印记

七沟八梁上，地里一片空旷，这时候奶奶就会从家里找出一个布口袋，对我说一声："走，捡豆子去。"于是我们就向空旷的山野出发了。地里那些收割后放过黄豆、绿豆、红豆的地方，总有一些干豆角炸开，颗粒落在地上，奶奶视如珍宝，她趴在地上捡豆子，我也跟着捡。在地里忙上一天，可以捡到一两碗黄豆，想着黄澄澄的豆子可以做成豆腐，也可以将它炒熟后磨成炒面，我们说不出有多高兴。奶奶还有一个发现，放过庄稼的地方，往往会有老鼠洞，老鼠喜欢藏冬粮。天寒地冻的时候，老鼠靠藏在地底的冬粮过日子。我们发现老鼠洞就深挖，往往能挖出一堆豆角，剥出几大把黄豆。

奶奶裹着小脚，行动不方便。可是每年春天奶奶都要买一只小猪喂着，夏天挖苦菜、打猪草的任务全落在她一人身上。那时候生产队分的口粮不多，都不够人吃，更不可能给猪吃，养猪全靠挖苦菜、割杂草。当年农村能养到一百斤以上的猪可以说是凤毛麟角。最差的年头，奶奶养的一头猪从春天喂到冬天，只杀了四十多斤肉。

奶奶节俭成性，艰难的岁月里，每次吃猪肉，啃下些猪骨头，她都要留下来，再放到锅子里面煮。骨头里煮出来的荤腥汤，下次做山药蛋酸菜饭时，放些荤腥汤进去，饭菜就有了肉味，吃起来特别香。

奶奶将粗糙的高粱面掺和玉米，发酵做成黄酒。冬天到了，北风咆哮，地冻三尺，我放学走回家冻得脸色发乌，就盼着奶奶给一碗热腾腾的黄酒。奶奶很会做黄酒，她把高粱和玉米泡水发芽，晒干了磨面，然后和水蒸熟，经过发酵、糖化，就变成了香甜的黄酒，每天早上烧开两碗水，加入一勺冻得起沙的黄酒，烧开后看上去像高粱面糊糊，可盛在碗里香气扑鼻，入口后味道特别好，大冬天喝一碗，顿时暖透全身。

奶奶做的黄酒自己喝得少，儿孙们喝得多。上辈的老人们很少为了自己，他们活着更多是为了子孙后代。在奶奶看来，尽管生活苦，可是看到儿孙们一大窝，自己再受罪也心甘情愿。

心口上的石头

奶奶曾经有一件悔不当初的事，任何时候提起那件事，她都是泪流满面。我小时候多次听奶奶说过，那件事如一块大石头压在她心头，压了一辈子。

"河曲保德州，十年九不收。"新中国成立前，老家遭旱灾是常事，还常常遇到虫灾和雹灾，每当遭遇灾年，家里的光景就非常凄惨。

那一年饥荒在南乡里蔓延，大人孩子都饿得骨瘦如柴。奶奶的第三个孩子三岁了还站不起来，只能光着肋骨条条的身子在炕上爬。那时候我的父亲八岁，他说，三岁的弟弟装满糠皮的肚子，清瘦的骨架子在白天能看得清清楚楚。大灾之年，春天家人要种地时，连种子都得去找财主家借。那时是春借一斗秋还一斗半，即便忍受这样的盘剥，在春荒时节借点粮食也是难上加难。财主家不借，害怕赤贫户全家饿死还不上。

父亲的那个弟弟，春天一直病着。那年春天爷爷借回一篮山药蛋种子。一天上午，奶奶正在剜山药蛋种子。她把珍贵的山药蛋拿起来，切成几块儿，把每个山药蛋的旮旯眼儿都均匀地切下来，一个眼儿就是一粒种子。大的山药蛋有七八个旮旯眼，小的山药蛋只有三四个。每块切下来的山药蛋有核桃大小，上面的旮旯眼种地里面发芽了，长出来就是山药蛋苗子。剜山药蛋种子时，奶奶尽量把山药蛋块切得大一些，以保证发芽苗壮，秋天有个好收成。

那时，奶奶说，睡在炕头上最小的孩子正病着。家里没粮，孩子一个冬天要么和大人吃秕糠、豆叶糠炒面，要么喝一锅清水放半碗豆腐渣、一把黑豆面的稀糊糊。孩子的肠胃毕竟不像大人的肠胃，吃着没营养的东西，已经病了一冬一春了。孩子说话时声音像一只小猫般有气无力，病恹恹的，一天天打熬着维持生命。奶奶剜山药

蛋种子，孩子嘴里轻轻念叨着说想吃一颗烧山药蛋。奶奶递过一颗有驴粪蛋蛋大小的山药蛋，孩子手里握着那颗山药蛋，奶奶说："咱先不吃，吃一颗山药蛋，就少了几颗山药蛋种子，到了秋天究竟是少了些收成。"

孩子几次说想吃个烧山药蛋，奶奶就是不给吃。

孩子微微弱弱的话语，还是喃喃着想吃烧山药蛋。奶奶望一眼孩子，有一点不忍心了，可眼光凝聚在山药蛋上，上面有四五个旮旯眼子。她想了一下说："孩儿，等秋天刨了山药蛋，咱天天给你吃，吃个够。"

孩子合上眼不说话了，奶奶继续剜山药蛋种子。孩子好像睡着了。时光已到半后晌，太阳已经偏西，门对面的山梁在院子里投下长长的影子，差不多该做晚饭了。这时奶奶再看孩子，孩子闭着眼睛，嘴巴微弱地一翕一张，像丢在岸上的小鱼儿。奶奶这才一下子灵醒过来。她赶忙从篮子里捡了一颗鸡蛋大小的山药蛋，到院子里抱一把黑豆秸秆，放炉子里点燃，把山药蛋放进去烧着。她回身对孩子说："孩儿，你等一下，妈妈给你烧一颗山药蛋，一阵儿就能吃了。"

山药蛋烧熟了。奶奶回头看孩子的嘴，还是一翕一张的，像是有话要说，可奶奶呼唤时他已经不会说话了。

奶奶用勺头子刮了一点烧熟的山药蛋瓢子往孩子嘴里喂，孩子已经不会下咽了，家里人眼巴巴地看着这孩子咽了最后一口气。孩子殁了，奶奶的心像被锥子扎了一样，她号啕大哭起来。

傍晚爷爷劳动回来，他和奶奶抱起断气的孩子，走向山梁上的老坟地畔。家门对面斜坡上，那一棵杏树开出的杏花和雪片一样，风一吹，纷纷落下。再过十天半月，家人就能吃上酸毛杏了。前几天，孩子还问啥时候能吃上酸毛杏，指甲盖大小的毛杏儿，吃进嘴里酸酸的，咽进肚里，也能顶住饥饿哩。眼下可怜的孩子永远断了吃的念想，失去了吃的机会。

野外刮着黄风，爷爷奶奶坐在山梁上老坟地畔的洋槐树下，爷爷目光呆滞，怔怔地坐着，像截断木桩子；奶奶抱着殁了的孩子，撕心扎肺地哭着。春天的黄风也仿佛带着巨大的悲痛，呜呜地刮着，像是在伤心哽泣；山梁上空的乌鸦"哇呀哇呀"地叫着，似乎也在为穷人的苦难发出悲声。奶奶哭了很久很久。

后来奶奶把殁了的孩子放在坟畔，两人仍然守着不走。坐了两个时辰后，天黑透了，他们才挪着沉重的脚步回家。

多少年以后说起那件事，奶奶还是责备自己当年穷疯了，穷傻了，穷糊涂了，也穷刻薄了。

接生婆婆

奶奶曾经是村里的接生婆婆，虽然过去她连一瓶紫药水也没有，连一瓶消毒水也没有，甚至连一把像样的剪婴儿脐带的剪刀也没有，可是村里只要有媳妇生孩子，有人上门来叫奶奶，奶奶就二话不说跟着去了。

在我的家乡，上几代农村人从不知道什么新的接生法。对农村妇女而言，生孩子就像母羊生羊羔、母猪生猪崽那样自然，瓜熟蒂落而已。

贫穷的农村人不怕事，对七灾八难都能泰然处之，一切都用命运来解释。当年村里的妇女生孩子，不管是头胎二胎，还是三胎四胎，都在家里生。当年村里的接生婆婆还不止奶奶一个，上了五六十岁的妇女都能凭经验给后辈们接生。奶奶作为接生婆婆，我自己和七八个弟弟妹妹，还有十几个堂弟堂妹，都是由她接生来到这个世界的。

村子里其他人家的年轻媳妇，眼见明天就要生孩子了，今天照样心平气和地劳动做饭。有的女人半夜要生孩子了，男人就来门口叫我奶奶，奶奶立马起身穿好衣服尾随而去。奶奶没有专门学过接生知识，更没受过生理医学方面的培训，只是在年轻时由她的婆婆、

她的妈妈传授过接生技能，加上奶奶聪慧，逐渐体悟和积累了经验，就成了村里新生命的接生者。奶奶的接生技术在全村有名，村里妇女生孩子时叫她去的最多。

奶奶也担心生头胎的媳妇。人们常说"人生人，吓死人"。头胎媳妇有的胎位正，有的胎位不正，有的胎儿头朝下脚朝上，有的胎儿脚朝下头朝上，也有胎儿在产妇肚子里横卧着，奶奶总能想办法让这些婴儿顺顺利利生出来。头胎媳妇们请奶奶去接生的时候，她一定会拿几根黄香，因为头胎媳妇产道太紧，生不出孩子时会痛得死去活来，有的尖叫，有的昏迷。产妇昏迷以后，奶奶就点燃黄香把产妇熏醒过来，让她喝口水再努力生。

农村生孩子的条件要多简陋有多简陋，家里烧一锅热水，备一床棉被而已，不冷着产妇就行。奶奶为人头脑冷静，遇事不慌。如果她年轻时有机会接受培训，有了文化，读了书，很可能就是一个优秀的产科医生。

也许是奶奶运气好，也许农村女性常年劳动体力好，奶奶接生的孩子，在村里大概有上百个，大部分都平安降生。极个别的女人生出来的是死胎，但是没一个产妇出事。

奶奶给村里的产妇们接生完了，大多数情况下，有的人家给几个鸡蛋，有的给个馍馍或者过满月时请她吃一顿油糕，算是酬劳。奶奶自然笑容满面地接受了。她把馍馍拿回来分给我们吃，鸡蛋却要积攒起来。有一回奶奶给人家助产忙了一夜，带回五个鸡蛋，兴奋地说："看看人家给了五个鸡蛋，五个鸡蛋卖给供销社，能换回二斤盐了。"

在奶奶眼里，这已经是很有分量的报酬了。

几世修的福

奶奶到老年时头发苍白。记得她每次梳头发用的都是一把桃木梳子，她把头发梳得柔柔顺顺的，在后脑勺上挽成一个髻。家里有一块碗口大的镜子，她平时不喜欢照镜子，梳头时才照一照。奶奶一照镜子，看见自己早年害眼病时留下的难看面相，表情就会变得黯然。镜子里那个形象，一定让她想起年少时秀丽端庄的自己，那张少女的脸，和后来这张有缺陷的脸形成了强烈的反差，这让她凄然忧伤。我发现有时候奶奶对着镜子，伤感的泪水会静静地流淌下来。

与洗脸梳头相比，奶奶更喜欢缠脚。旧社会的妇女都缠脚。奶奶裹了一双小脚，走前走后很不方便，可那双小脚却是她一生的支撑。奶奶窄窄的裹脚布展开后有三四米长，冬天解开它透透风，再裹上去；夏天解下裹脚布洗干净，晒干再裹上去，为的是保护好自己的脚。奶奶对待自己的小脚仿佛对待一件艺术品，裹得非常认真仔细。哪怕再忙，她也不忘定期打理自己的小脚。

奶奶那双小脚只有一个粽子大小，却支撑起她整个坚韧的人生。奶奶挖苦菜时穿行于村子周围的梁峁沟坡，风吹雨淋，摸爬滚打，能去的地方全去过了。我隐约感到上天给了奶奶很多苦难，可她心里流淌的却是温暖。童年时，我常到奶奶家玩。奶奶手头总有事情做，养鸡、喂猪、磨豆浆、做豆腐，或者缝补旧衣服、做鞋子、缝布老虎。我烂衣服上面的补丁，很多都是奶奶给补上的。她平时喜欢积攒一些碎布片，补衣服的时候会精心搭配每一块补丁的颜色，尽量做到协调好看。

奶奶心灵手巧，还会用碎布条做布老虎。她做的布老虎，身上有红黄蓝绿灰白黑各种颜色，色彩斑斓。平时，奶奶捡来人家不要的碎布条，花花绿绿各种颜色，两指宽的、巴掌大的，回来剪裁成大小不一的条条块块，间隔着拼接，用细针密线一针一针缝起来，就做成了一只栩栩如生的布老虎。将无用的碎布条做成布老虎，我从中看到了奶奶补缀生活的能力。

奶奶孙儿孙女多，家中每出生一个孩子，她都会给缝一个布老虎枕头。孩子还可以抱着可爱的小布老虎做玩具。奶奶常说，枕着布老虎睡觉，夜里不做噩梦，布老虎还能避邪呢。

旁人眼里无用的烂布条，在能干的奶奶手里能化废为宝。奶奶也会做虎头形状的帽子给男女孙儿。我们平时可以不戴，但出远门走亲戚，经过山梁野外一定要戴。春天大黄风刮得天昏地暗，人们常说这种天气有毛鬼神，儿童容易被邪祟入侵，戴上布老虎帽子，就能保平安。小时候，大人们常说些鬼怪故事，我脑子里妖魔鬼怪的形象时隐时现，戴上奶奶做的布老虎帽子，就觉得很壮胆子，一个人走到偏僻的地方也不怕。

奶奶没见过老虎，可她的艺术灵感不是凭空想象的。照猫画虎这话，用在奶奶身上，再贴切不过了。农村老鼠多，家家窗户下的墙根留有猫道，猫可以自由出入。冬天外面冷，猫就躲到家里来。黄猫狸猫，卧在暖烘烘的炕上，卷动着尾巴，眯眼睛养神。奶奶坐在猫身边，一边轻轻抚摸着猫背，一边低头观察猫的神态，猫儿大大的眼睛、长长的胡子、水晶珠子一般的眼睛，其神态都留在了奶奶的心上。奶奶就是照着猫的样子和神态做布老虎的。

即便生活艰难，可什么饭菜经过奶奶一做就特别香甜可口。今天的人们吃完杏子把杏核都丢了，可过去杏楂粥是传世的美食。夏天，奶奶一次次走村串坡，到各家的杏树下去捡杏核。一颗颗杏核在她眼里是宝贝。她打掉杏核皮，把杏仁炒过磨碎，能手工榨出油来。榨杏油时奶奶累得大汗淋漓，榨油后留下杏仁渣，放入小米或玉米糁熬煮杏渣粥，经过一下午熬出来的杏渣粥油津津的，成了难得的美食，那是我印象中的人间美味，给贫乏的生活增添了许多生机。

奶奶还富有同情心，是个热心肠。村里有个孤老太太，常来奶奶家里闲坐，有时聊天聊迟了，就留在奶奶家里吃饭。哪怕家里只有一锅稀饭或黄豆糊糊，奶奶也会给她分一碗。在粮食那样紧缺的年代，奶奶仍然表现出了少有的慷慨大方，这种善良品性，伴随了奶奶一生。

小时候我是奶奶的"小尾巴"，走前沟，串后沟，采蘑菇，挖苦菜，摘灰菜，奶奶走到哪里我跟到哪里。夏天后沟那些大柳树周围，长出了很多灰菜，嫩叶片毛茸茸的，奶奶提着小篮子，像寻到宝贝似的，一棵一棵地采，脸上总是带着喜悦。采回来的灰菜洗干净了，用高粱面包成包子，也是家人的美食。奶奶对生活有自己的理解，她常说，天爷爷同情地上生灵，长这么多野草野菜，也是给人留了一条生路。

值得一说的还有奶奶做的蘑菇拌汤。夏天雨后，村子周围的柳树下常有野蘑菇长出来。奶奶提个篮子，低头在柳树下细细寻找，发现哪片地方泥土拱起来，轻轻刨开就是一窝蘑菇。蘑菇灰灰的，肉质嫩嫩的，拌高粱面或者豆面滚成汤，喝到嘴里充满天然醇香。

凡是能长期保存的东西，奶奶都要存放很久。偶尔吃一次珍贵的白面馍，奶奶会留一两个切片烤干，装进小布袋，放柜子里锁起来，一直藏到哪天孙子们饿得嗷嗷哭喊时，她就会拿一两片出来，掰成几片分给孙子们吃。奶奶有几个糖果，自己也舍不得吃，像保存金银珠宝一样锁在柜子里，藏到逢年过节，均匀地分给每一个孙儿，柜子的钥匙藏在哪里，永远是一个谜。

发生在奶奶身上的往事，一件件，让我觉得亲切，奶奶满怀生存智慧。只有经历艰辛的生活，人的生存能力才能被磨炼到极致。

奶奶到七十多岁时，仍没上过县城，更没坐过汽车。从旧社会走过来的历代祖先们，一辈子的活动范围就在村子周围。对他们而言，百里之外便是遥远的世界，只能靠想象。村里和奶奶岁数相当的老人，大部分人的活动半径没超出五十公里，奶奶也不例外。奶奶吃了多少苦，流了多少汗，吞咽过多少泪，自己清楚，家人清楚。可村里和她年龄相仿的几个孤老婆婆，曾经好几次对奶奶说："哎呀！看你几世修来的福，一大群孙子围在身边吵着闹着！苦是苦，日子红火！"

奶奶也说，一大家子人就是她生命的寄托和快乐的源泉，有了这么一大群孙儿孙女，她这辈子无论受多少苦都值了。

老人们说，有亲情是福，能为儿孙吃苦流汗是福，炕上睡得安稳也是福。每当别人夸赞时，奶奶笑盈盈的，仿佛她真的是有福气的人。

第二章

艰辛拼搏的父辈们

大爹，烽火岁月里的家族荣光

肃肃兔罝，椓之丁丁。赳赳武夫，公侯干城。

——《诗经·周南·兔罝》

家族荣光

我少年时，大爹是家族中最风光的人物，我总觉得他身上透着一种诱人的光彩。我曾经是那么仰慕大爹，他在我眼中是那么高贵，似乎家族中的好运气都集中到他一个人身上了，我感觉到只有他那样的生活才是高贵的、荣耀的、有尊严的。大爹让我感受到了国家干部和老百姓之间的云泥之别。

五十多年前的一个冬天，我放学回家。黄昏时分，一队人马赶着两头毛驴，驴背上驮着行李衣物，笼驮里坐了孩子，风尘仆仆进了村子。当时交通尚不发达，大爹一家从西藏回山西保德老家省亲，车到岢岚公路就不通了。大爹说他们投宿老乡家住了一夜，第二天雇了老乡的毛驴，驮上行李铺盖、米面，还有走不动路的孩子，又步行了三天才到家。听说当时他们从西藏回来探家要走半个月，先从昌都坐汽车到成都要走六天，在成都歇两天，再坐三天火车到太原。从太原回家，路途上的麻烦还有不少。我当时是孩子，只是听大人们讲个大概，知道从岢岚回家这一段路上没饭店，只能带些干

粮。他们路过岢岚山时，还遇到野猪、豹子、羚羊，这真是令人新奇而又惊愕的旅途。

回忆当年的大爹，他很像电影《南征北战》里那个解放军首长，身材高大，腰背笔挺，脸上泛着红红的光泽，腰系武装带，透着军人的威武。大爹一家一进村后面就跟了一群孩子，村里大人们也纷纷来看热闹。西藏距离遥远，他们很少回来探亲，村里的男男女女都来看稀奇。大爹无论见了谁都露出一脸笑容打招呼，男人们接过大爹递过的纸烟，点燃后贪婪地吸着。几毛钱一盒的大前门香烟，在村人眼里极其珍贵。大妈给孩子们发水果糖，村里的孩子高兴得像在过节。有人仰脸看看大爹说："啊呀，村里数你福气大，挣着大钱，吃好的穿好的，我们能照你这样活上三两年就知足了！"

大爹一家回来后和爷爷奶奶在一个炉灶上吃饭。他们从外面带回了大米、白面，还有成捆的挂面。村人稀奇大米又白又大，说："怪不得城里人长得白，天天吃这雪白的大米。"大爹还从外面带回猪肉罐头、水果罐头、动物造型饼干、芝麻饼子，这些都是令我们垂涎欲滴的稀奇东西。看到大爹一家的生活境况，我心里是无限的向往。

大爹一家回来和我们同住一个院子。每天放学后，我第一时间跑大爹家去玩。两个堂弟带回的玩具有小汽车、小飞机、小皮球，这些我从来没玩过，想着有一件能据为己有该多好。有一天堂弟把一个乒乓球踩凹陷了，要扔掉，我要过来，拿回家放开水锅子里煮一下，凹下去的部分就复原了，扔在地上仍然跳得老高，我把它当宝贝藏起来，那是我拥有的第一个"高档"玩具。

我家的生活和大爹家比相去甚远。

有一天吃过晚饭，大爹走进我家。当他看到我家逼仄昏暗的土窑洞里，炕上的烂被褥打了补丁，唯一一块炕毡，铺不满炕皮，便眉头紧锁。他左看右看，又揭开米面瓮的盖子看，发现大半空着，不住地摇头叹息。大爹说他知道家人生活困难，但是没想到能困难成这样。

当年在农村看一家人穷不穷，要看家里有多少大瓮。如果有十个八个瓷瓮，自然说明这家人家境富裕，哪怕这些瓮是空的。我家只有四个大瓮，一个装生活用水，一个腌着酸菜，两个装高粱，瓮里只装满小半，还有几个小瓷瓮装点杂粮面，大爹看完之后有些伤感。

那个年代通信不发达，农村更没长途电话。以往每隔几个月大爹写信回来，爷爷就让我回信，叮嘱我要写些好听的话语，比如"全家老少身体健康，心情愉快""大人小孩一切安好，不必挂念"之类。饥饿、病灾、粮食不够吃这些情况，爷爷从来不让写。"文化大革命"开始后，我们经常在课堂上念报纸，背诵毛主席语录。我写信也多是如报纸上文章的开头："在毛主席无产阶级革命路线指引下，在党和政府的亲切关怀下，在全体社员的共同努力下，咱们村的革命和生产形势现在也一片大好。"然后我再写村里人的觉悟如何提高了，抓革命促生产如何有效了，粮食有希望丰收了，最后才讲讲家人身体健康、平安，生活快乐、不必挂念等。我在信中从来不敢说家里粮不够吃，也不敢说爷爷奶奶身体虚弱常生病咳嗽，更不敢说几家孩子经常饿得"哇哇"直哭。有时候大爹回信会表扬我字写得比较端正，还要求我多写点家里的事情来。

大爹比我父亲大七八岁，但头发浓密，脸色红润，看上去年轻很多。大爹一顿吃一碗饭就够了，父亲要吃三碗。我开头觉得奇怪，大爹吃那么少身体怎还那么好，大爹解释说，家里人吃的是粗粮搅糠菜，外面人吃的是精米细面，还有蔬菜、鸡蛋、肉类，吃一碗饭的营养顶三碗。我这才明白，难怪两兄弟在一起，父亲显得老很多。

家里穷是穷，父亲对这个当干部的哥哥从不张口求援，坚持"自己穷命自己面对"。父亲没钱换棉衣棉裤，冬天生产队修地夜战，北风呼呼，挡不住严寒，脚冻得开裂，腿冻得发麻，也咬牙顶着。不管多艰难，父亲都咬着牙面对生活。父亲说："官大是自己的威

名，钱多养不得众人，谁是谁的命。"

当年生产队分粮食有两种方式，一部分按人口分配，一部分按社员的工分分配，工分多的多分，少的少分，以每户人家工分总数兑换粮食。如果一家人挣的工分不够顶回全家的口粮，要么拿钱补交口粮超支部分，要么扣除一些口粮。父亲兄弟几家都人口多，拼命劳动，有的勉强够分口粮，有的还得补交口粮款。爷爷奶奶年届七旬，不能参加队里劳动了，可是年年要交口粮款，钱由大爹一个人负担，他为爷爷奶奶的晚年生活提供了难得的保障。

有一次我跟着大爹去了供销社，大爹说要买些饼干。售货员从蓝柜下搬出个纸箱子，大半箱饼干足有十几斤。大爹说这半箱饼干我全买了，售货员听了吃惊地睁大眼睛，买饼干一次能买十几斤，少见这么有钱的人。我当时也惊得半天合不上嘴，我在大爹身上再次见证了气派。

大爹一家休假探亲，我母亲说要请他们吃顿饭。父母商量后决定吃油糕。我家有七口人，大爹家四口人，一共十一口人吃饭，糕面就要好几升，母亲说糕面不多了，父亲说："咱自家人先喝汤后吃糕，让老大家先吃饱。"

那天傍晚大爹一家来吃饭，吃的是油炸糕、豆面汤。大爹大妈带着孩子来了，进门后大爹脸色不大好看，饭前和父亲叨拉几句，然后就坐下来低头吃饭，再没多少话。吃完饭他们马上就回去了，回到爷爷奶奶家，大爹在奶奶面前流泪说："老二家请我们吃饭，光抬举我们哩，给我们吃饭怎连你们也不请？"奶奶说："老二家平时大方，肯定是糕面不够了。"爷爷说："你们不常在老家不知道，老二家平时有好吃的还是请我们哩。"奶奶又说："这两年老二家生活困难，连个买盐驮炭的钱也没有。"大爹这才消除了误会，第二天给我父亲拿来十块钱，叫父亲留着买盐驮炭，父亲破天荒地把钱收下了。

大爹孩子们带的玩具中有个小飞机，拧几下发条放在地上会绕着圈子跑。大爹一家休假期满临走时，把那个小飞机留下来给我和弟弟了。还没等我们玩一下，那个小飞机就被爷爷收起来锁到柜子里了。爷爷说："这么贵重的东西，你们执掌不了，等以后长大再玩吧。"

大爹一家走后，我心里感到空落落的，怅然若失。

闲下来的时候，我总回想一个问题，将来我长大了，怎样才能过上大爹那样的生活呢？

"藏反"血泪

从小我就急切地想知道大爹是怎样熬成"人上人"的。

稍大一些，我开始打探大爹的一些事情。我知道大爹很小就参加八路军离开了老家，但不知道具体缘由。一次他探亲回乡，我问起过去的事，大爹兴致上来，说起来滔滔不绝，告诉我他在老家的苦难遭遇。

1939年夏天，日本侵略者的铁蹄踏上家乡的土地。日军"扫荡"到了杏岭村，那年大爹十岁，就急慌慌地跟着大人去"藏反"了。

杏岭村离我们村只有几里地，地土相连。村人听说日军来了，都很惊恐，有往西河畔逃的，有跑山上藏亲戚家里的，更多的是到村子周围的山沟里躲藏起来。

大爹说，"藏反"这个词，小时候在他脑子里留下了很恐怖的印象。手无寸铁的老百姓，为了躲避日军杀害，只能提心吊胆，失魂落魄，去山沟里躲藏，躲出去饭也吃不上，营生也做不成，整天人心惶惶。

日军来杏岭村"扫荡"时，枪声穿过起伏的山梁，传到附近的村庄和山野，在我们村山梁上听得真真切切。村里流传着恐怖的信息，传说日军见男人就杀，见小孩子就割舌头，见婆姨女子就强奸，

凶残无比。大家赶紧把家里的粮食埋到地下，拖儿带女地往山沟里跑。老人们临走时跪在香炉前，点上香，一边磕头一边口中念念有词，祈求祖宗保佑、神明保佑，盼望大人孩子都能安安全全活下来。

村里的人有藏在王家沟的，有藏在道雪迩沟的，还有藏在大雪梁沟的。爷爷带着四家人藏在大雪梁，其中三家是本族人，即爷爷一家、二爷爷一家、枝元叔一家，还有外姓杨大娘家。杨大娘和奶奶相处好，杨大娘丈夫外出扛活不在家，一个女人带三个孩子处境艰难，要求和奶奶搭伴"藏反"，奶奶接纳了他们。

知道日军要来祸害，爷爷早有准备，在大雪梁深沟里的隐蔽处挖了一个土窑洞。那儿离村子很远，坡上有自家种的几亩瘦地，东、西、南三面都是沟坡，从外面望去，荒坡野沟里杂草丛生，还有些小灌木丛。"藏反"的窑洞像个山药蛋窖，口子小，里头大，还盘有一个小火炕。那个土窑洞宽不足两米，深有六七米，怕被发现，大家在口子周围挡上树枝和柴草。白天不敢生火，怕冒烟被日军发现，招来杀身之祸，天黑以后才煮些豆角，算是一天的饭食。

山沟底有水，土窑地上很潮湿，四户人家二十多口人，全藏在一孔土窑里。夜里睡觉时，女人孩子睡炕上，男人们就在地上一个挨一个坐下靠着墙睡。夜里打呼噜的，咳嗽吐痰的，磨牙说梦话的，互相干扰，一开始大家都睡不好，往后多天才慢慢习惯了。

各家带来的窝窝头很快被吃完了，坡上是爷爷的豌豆地，大家悄悄在地里摘豆角煮着吃。像月牙儿一样弯弯的豆角，夜里热气腾腾煮一锅，众人饿急了，转眼之间，抢吃一空。

大爹说，最惨的是"藏反"的时候，枝元叔家两个孩子在出疹子。日军来了，爹娘带着孩子火急火燎去"藏反"，孩子出疹子最怕吹冷风，可是没办法，大人抱着孩子跑到野外山沟里，吹风自然是免不了。住到"藏反"的土窑里，孩子发烧不能喝冷水，因为喝冷水只会加重病情，可是想烧热水，又怕生火冒烟引来日军，可怜两个孩子只能干渴着，实在渴得顶不住就喝冷水，顾不得那么多了。

"藏反"在外，两个出疹子的孩子病情一天天恶化了，孩子不住地咳嗽，烧到身子都发紫了。孩子烧得糊涂，开头还说胡话，后来连胡话也不说了，孩子爹冒着危险，去白家沟找医生，结果老中医也"藏反"走了，不知藏到了什么地方。孩子还在发烧，却没有医生医治，最后熬不过去，出疹子的孩子一个死了，一个发高烧把眼睛烧瞎了。

"日本人把我们害得好苦啊！"孩子的父母说，"日本人是咱的死仇人呀！要不是'藏反'，我们孩儿怎能丢了命呀?!"

打那以后，大爹就决定，长大后只要部队上招兵，他就跟着去打日本侵略者。

雇工辛酸

大爹早年还经历过另外一些事情，也促使他下决心离开老家。

大爹第一次单独去做工，是在南乡一户财主家。在旧社会人们的心目中，十二岁已经是一个可以打工受苦的年龄了。大爹说他去了财主家，第一次看到穷人和富人之间有那么大的差别，真是一个地下一个天上。财主家住的是条石砌墙、青砖镶顶的石窑，窑洞四周院墙高耸，大门威风凛凛，牛舍羊圈也是条石砌成的，齐齐整整。再看财主家里，他惊奇得像做梦一样，穷人家年年糠菜果腹，财主家那高大的粮仓，装着十年八年都吃不完的粮食，储藏粮食的大囤小囤、大缸小缸到处堆得满满的，连东家养的那条黄狗也是高大肥硕壮如牛犊，一个穷汉子走入这样的富人家庭，自觉一下子矮了三分。

来到这么富有的人家打工受苦，大爹一开始很高兴，以为能天天吃几碗好饭了。穷人家常缺粮断炊，冬天用秕谷炒面当粮食充饥，夏天要经常吃苦菜。给财主家打工受苦，没想到人家米粮满仓，应伺长工也照样刻薄抠门、吝啬小气，早上给长工吃的山药蛋炒面里

加了磨碎的秕谷，夏天在山药蛋捞饭里放苦菜，在红豆子稀粥里放苦菜，在糜子窝窝里掺苦菜，一日三餐都少不了加苦菜。东家在河沟里有菜地，明明蔬菜不稀缺，可人家宁把收割的蔬菜卖了，也舍不得多给长工们吃。

大爹年龄虽小，却知道揽工受苦，东家给自己一碗饭吃，自己就得扑上身子顶上命干活。一年四季，鸡叫时分，东家还在被窝里酣睡，长工们就得起来给人家担水，给牛驴垫圈。夏天，除了正常做地里的营生，收工后东家还要指使长工们推碾子磨面，切草喂牲口，半步不得闲，在东家眼里长工身上有耗不尽的体力，"我雇了你，你就该没白没黑地给我干活"。

"吃东家的饭，由东家使唤"，大爹说他尽量勤快做事，凡事不敢出声，干再多的活也忍气吞声，即便如此，事情稍微做得不周到，就要受东家的辱骂。

有些乡村财主游手好闲，可是大爹伺候的这个东家却身体力行，天天跟着长工一起干活，耕种锄耧、收割背秋东家也亲自上阵，一边干活一边当监工，唯恐长工偷奸耍滑。大热天收麦子，毒日头晒得人大汗淋漓，东家和长工们一样挥汗如雨，哪怕晒晕了也不能歇着。

长工再卖力气，扑身舍命干活，东家还是天天板着脸色，好像长工们力气还没出尽，欠着他家什么。

当天收割的麦子当天就得背回来。在地头背麦子，老财主提醒大家，成年长工每人要背十六捆麦子，他看大爹还是个孩子，瞟了一眼说："你十三岁了，就背十三捆。"

大家默默地打摞麦捆，捆得结结实实背起就走，大爹身子细瘦，没那么大力气，十三捆麦子摞起来像一座小山。他把麦子捆结实了，两条胳膊伸进麦捆，使劲儿挣扎着想背起来，可就是背不起。麦捆只在地上缓缓动弹着，他毕竟身体尚未发育全，加上劳动一天肚里空虚，背东西实在是力不从心。东家在一边看着发火了："你是大烟鬼呀？力气哪里去了？"说着，他走过来，在麦捆背后扶大爹一把，大爹算是背起来了，可是差点朝前打个趔趄，步子迈得困难重重，只能咬着牙往前走。

那些沙梁地离村子远，身子精壮的大人背着十六捆麦子也是大汗淋漓，大爹背着麦子，走得跟跟跄跄，几乎要被压趴在地上了。走在大爹后面那个老长工背着十六捆麦子，脸上的汗珠子直往下滴，他抬头看一眼走在前面摇摇摆摆、苦苦挣扎的大爹，实在看不下去了，就把自己背的麦子搁在地塄上，也叫大爹放下背上的麦子，解开绳子揭下两捆替他背着走。少了两捆，大爹这才觉得背起来稍微轻松些了。

不料老长工的这一义举被东家看到了，东家冲着老长工气咻咻地骂道："咦？你吃谁的饭？挣谁的钱？你有那多余的力气，咋不在地头多背两捆麦子！"财主无法理解穷人帮穷人，更不体谅穷人和穷人之间同病相怜的那点怜悯心。

累了一天，回来吃饭了。背麦子这一天，东家给长工们改善生活，吃的是谷米捞饭。长工们个个饿得慌，端起碗自己盛饭，你一碗，我一碗，盛得满满的，狼吞虎咽吃得很享受。大爹是最后一个盛饭的，他端起碗，金黄的小米捞饭、青绿的豆角烩山药蛋，盛起满满一碗正准备大快朵颐，没想到站一边的东家瞅见了，突然来了一股无名火，走过来一把夺过饭碗，鼓着腮颊训斥道："你背麦子没力气，吃饭咋恁能吃？哼！"东家说着用筷子把碗里一半的饭菜拨回锅里，只留了半碗递给他，还恶狠狠地瞪了他一眼。

大爹在众目睽睽之下受到羞辱，感到又委屈又气愤，眼泪扑啦啦地掉下来。他真想转身离开，回家不干了。但他强行吞咽下眼泪，端着碗走到院子里，就着眼泪把半碗饭吃了。

他一边吃一边想着，要不要离开？要不要回去？想来想去，家里穷得米干面净，断炊熄灶，回去只能喝西北风，外头有人雇自己干活好歹还有口饭吃，罢罢罢！该受的委屈还得受，该吞下去的眼

泪还得吞，等长大以后再做打算。

吃完那半碗饭，他把空碗拿回去，可能东家也觉得自己做得过了，瞅一眼饭桌上筐篮子里还有一块剩苦菜窝窝头，于是抓起窝窝头塞给大爹，带着责备的口吻说："大烟鬼！多吃些，长力气好干活！"

大爹说从那时起，他就明白了地主老财们是压在穷人头上的一座大山，只有共产党同情穷人，帮助穷人打天下，只要共产党的部队一来，他就跟着走。

希望之光

大爹如今年过九旬，仍然身骨硬朗，腿脚利索，天天骑着自行车上街买菜、逛公园。

大爹十六岁离家，加入了共产党的部队。他参加过抗日战争、解放战争、抗美援朝、西藏平叛，后来在西藏转业，在公路养护系统干了近三十年，直到内调离休。

家族中能够走出大爹这么一个人物，堪说幸运；大爹能在战争年代的枪林弹雨里生存下来，堪称上苍的恩典。

我真正了解大爹的人生细节，是多年后的事了。

我们坐在老家的窑洞里，喝着大杯的粗茶，大爹向我细细地讲述了他这一生。

"那是一九四五年夏天，"大爹仍然记得很清晰，"地里的玉茭子刚刚结上棒棒，山药蛋蛋还没到核桃大，家里还煮着苦菜吃，上面来扒楼沟区上征兵，我们这批新兵集中在区政府。招来的新兵，穿的衣裳杂七杂八、破破烂烂，那时候老家穷，很多人连鞋子都没有，和我一起当兵的有扒楼沟的七十二，甘草塌的张树孩、高保存，咱村的张买蛇等很多熟人，两百多人都是自愿报名参军的。有些人家弟兄三个，前两个当了兵第三个还要走，有些独生子也当了兵，从十六岁到四十五岁的，能走的都去当兵了。"

我问大爹那么小就参军，心里怕不怕？大爹说日本人来了，实行烧光、杀光、抢光的"三光"政策，大家被祸害得活不成，只能拿起枪来干了。"有一年夏天，杏岭村的亲戚下来丁家塔说，日本人从保德县城下乡'扫荡'，见人就杀，见东西就抢，见了妇女就强奸，日本人在杏岭把农民的耕牛开枪打死、剥皮吃肉，把门窗拆下来当柴火烧，把村里人的水缸打烂，菜瓮里拉进大便，粮食全抢光，根本不让中国人活。人们知道不赶走他们是活不成了，所以政府一征兵，年轻力壮的都踊跃报名。"

大爹接着说："那时候，老百姓送儿女参加抗战，家家户户都很积极，那场面很感人。娘送子，妻送郎，兄弟一同上战场。"有的父母嘱咐儿子"对家里不用多操心，多杀鬼子，替咱老百姓报仇"；有的说"打不完鬼子不要回来"；还有的说"孩儿，甚时打完了鬼子，爹娘给你置办娶媳妇"。这时候谁也不说一句不吉利的话。扒楼沟区上的妇救会主任说："孩子们要参军走了，做娘的再给他们补补破衣烂裳吧。"这时候有的母亲才含着泪为儿子补衣裳。当时大家都不知道部队要开到哪里去，亲人们什么时候才能回来。

"新兵们在扒楼沟集中以后，每人胸前戴了一朵大红花。"大爹蛮有兴致地回忆说，他参军的时候，年龄小身板弱，用钩子秤一称，体重才八十来斤。他们那批当兵的，当时年龄大的直接被编入正规部队，年龄小的就被编入保德县游击七大队三中队。部队开走的时候，大家望着家乡的山山水水，望着一块块熟悉的农田和苍老的父母们脸上的泪水，这才觉得有些难受。谁也没想到，多数人这一走，就永远也回不来了。

大爹说自己当时能参军，觉得很高兴，首先是能打日本人报仇，其次是能吃饱饭。小时候家里穷，一把米和几大碗苦菜和在一起做饭才稠一些，偶尔吃一顿纯粮面黑豆糊糊或者懒豆腐，家人们就算是改善生活了。家里破窑烂窗户，冬天没钱买炭生不起火，夜里冻

得睡不着，就到外面抱一些黑豆秸子，放炕上点着了，把炕皮烧热，再把灰扫开，人睡在热摊摊上才睡得着。

人穷就没了自尊。那年月地主家把长工当奴隶，对长工很凶。大爹说，他伺候地主时发生了一些最令他伤心的事。"我才十三岁，就和大人一起干重活，受尽人家的凄凉。给东家种地，忙活了整整一天，累得都没力气吃饭了，回到地主家时，主家仍然颐指气使，一会儿对我说担土垫羊圈，一会儿又说猪圈也成稀泥了，猪圈也要垫。垫完猪羊圈，又要拉牛到井沟里饮水，稍微不顺从就要被主家撵走，人家不高兴时，舀到碗里的饭还被夺过来拨出一半。地主家粮食多得吃不完发了霉，拿水淘洗过晒干又让长工背着去卖，可穷人家揭不开锅的时候，想借几升粮他都不干。"

我从与大爹的谈话得知，旧社会绝大多数人家穷得可怜，地主占着大部分土地，地租高得吓人，农民租种地主的地，打十斗粮食要交给地主七八斗。第二年春天没粮吃再找地主借，地主还不借。即便借给你，春借一斗秋还一斗半，所以民间有"宁叫孩子瘦，不借财主豆"的说法，太吓人了。

大爹说，他十四岁那年村里来了八路军，他知道这是帮助穷人的队伍，就想跟着走，人家嫌他年龄太小，到十六岁够条件了，区政府来征兵，他二话不说就跟着走。

说起当兵的好处，大爹一边喝着茶一边述说着参军时的感动："我当兵时穿了条烂得不成形的裤子，实在遮不住羞，部队一时半会儿还发不了军装，区上的领导看了，马上召集十一个村子的村主任开会，专门商量解决我裤子的问题。扒楼沟区上十一个村子，每个村子拿出一升米，把布扯回来，第二天就给我做了条新裤子。我还是头一回穿那么好的衣裳，内心感到无比幸福。我看看周围，觉得到处是亲人的微笑和宝贵的乡情，心里别提多高兴了。"

从那以后，大爹就认定要死心塌地跟着共产党走，流血牺牲也在所不惜。在那个年代，只有共产党把穷人当人看，给了穷人做人的尊严，这比任何的革命口号都能凝聚人心，激发了穷苦人跟着共产党奋斗下去的决心。

烽火岁月

大爹小时候没念过书，他参军以后，部队里有文化教员。除了军事训练，部队里还教大家学文化、唱歌，他非常高兴。作为苦水里泡大的穷人家孩子，他觉得这是从未有过的好事情。

追怀往事，尽管过去了七十多年，往事依然如老影像般清晰地存留在大爹脑海里。大爹说，他们参军后部队开到岢岚训练，条件相当艰苦。冬天到了，部队给每人发了一块粗布和几大把山羊毛，让战士们自己做棉衣。大家用荞麦秸子水把粗布染成了灰色，布眼子很粗，棉衣里的羊毛很快就从布眼里钻出来了，几乎挡不住严寒。但是干部战士一样苦，大家谁也没有怨言。

"咱们的军队和群众之间是鱼水深情，"大爹说他当兵以后走到哪里都受欢迎，部队每到一个地方，帮助老百姓扫院子、担水，战士们很受人尊敬。领导对战士们有着真诚的关心和爱护，"冬天夜里站岗冷，班长或排长会拿一件棉衣来给你披上，大家相依相偎共担风雨，革命大家庭里就是温暖。"

一个苦难的农家孩子，祖祖辈辈生活在社会最底层，进了部队这个大熔炉，找到了生命全新的意义。大爹他们在岢岚一边练兵一边搞生产，他当年就当了练兵模范，第二年二月入党，三月转正。

"游击七大队的朱大队长可会关心人。"大爹充满感情地回忆，"我被评为练兵模范，部队发了一枚奖章，我挂在胸前。有一天练兵时，我把奖章弄丢了，很是后悔。那天我正在站岗，朱大队长看见了我，问我'奖章呢？'我说练兵时不小心丢了。朱大队长说，那么大的荣誉怎能丢了呢？他立即向上级申请，又给我补发了一枚，那枚奖章我后来挂了很久。我当练兵模范的时候，部队还奖励过一条

黄土泡印记

毛巾和一支铅笔，铅笔上绑了一条红带子，强调革命军人不能没文化。发奖以后轮到我讲话，我没念过书，不会讲，只说了几句'练兵、练兵，练好本领战场上好用，平时多流汗，战场上少流血'，这是把首长们的话重复一遍，下面一片掌声。"

大爹说，部队练习攻城可真是苦啊。部队把盆子粗的大柳树砍倒，做成长度超过十米的云梯，让大家抬着跑，抬到城墙下面竖起来练习爬城墙，粗大的湿柳树死沉死沉，十几个当兵的要抬着快速跑，有的新兵都累哭了，仍然要抬着跑。直到累习惯了，再也没人哭，连抱怨都不再有。

讲到部队的吃穿条件，大爹说："战争年代部队供应匮乏，游击七大队三中队后来到寨沟村住过几个月，为了赚取菜金，游击队到渡口帮人家背煤炭卖，半路上歇着的时候，就坐下来捉虱子，游击队员衣裳破烂、虱子多，寨沟村的孩子们就叫'游击队，游击队，蚤子趴了一脊背，天天背着把炭卖'。即使在那么苦的条件下，我们也没想过打退堂鼓。"

大爹参军训练以后，先是进了晋绥野战军下属三军第九师警卫连，跟着去宁武、偏关、河曲、五寨、宿县一带打仗，后来被正式编进了许光达的部队。提到许光达，大爹连竖大拇指。在抗日战争最艰难的岁月，许光达来到对敌斗争激烈的晋西北，担任晋绥军区第二军分区司令员，兼任八路军一二〇师独立二旅旅长。许光达夫妻来晋西北时还带着没断奶的女儿。根据地的生活异常艰苦，和日本人打仗经常缺吃少喝，女儿患上了肠炎。听说部队当时缺医少药，在残酷的战争环境里，夫妻二人无法顾及孩子，孩子最后被病魔夺去了生命。这事在部队影响很大。首长们带头舍家为国，战士流血牺牲还有啥好说的！

1945 年 8 月 15 日，日本宣布无条件投降，抗战胜利了，然而国民党又挑起了内战。1947 年，大爹所在的部队开到了陕北，又投入了陕北保卫战。

为了在主战场上打击敌人，1947 年，解放军大部分部队被调往中原战场，西北野战军只留下两三万人，和国民党军在陕北周旋。为了避开敌人的锋芒，部队要经常急行军。大爹说："陕北的行军真是苦啊，佳县、吴堡、绥德、延川、延长、宜川、米脂这些地方，来来回回不知道跑过多少回。最苦的不是打仗，是急行军。俗话说，'是兵不是兵，负重四十斤'，要背着老式步枪、手榴弹、子弹袋、干粮袋、行军背包，我跑不动，那些老兵们就帮我扛枪。这都是革命队伍里的情谊啊！在部队里再苦我的心里也觉得温暖。"

　　听大爹描述，夜里部队隐蔽在山梁上，忽然就乌云满天，大雨一阵紧一阵地下起来，不多一会儿并排坐着的人墙背后，积下来的水就有一尺深，排长叫一声"一二三，放水"，大家同时站起来，让背后的水流走，这才又坐下。纵队首长许光达带着妻儿，也和大家一起守在山梁上，他比战士只多了一块小小的雨布，也是坐在泥泞里，眉头紧锁，咬牙顶着。

　　大爹说许光达那么大的首长转战陕北的时候，他的儿子许延滨才七八岁，也跟着部队遭罪。有时候敌机来轰炸，要多危险有多危险，许司令一家人都这样，其他人自然也就不惧危险。

　　提到有名的榆林战役，大爹说那场战役对他震撼非常大，让他感受到了共产党部队的坚韧，那壮烈的场面在脑子里永远擦不掉。"打榆林的时候，咱们的作战部队非常勇敢，榆林城池坚固，由国民党第二十二军驻守，当时我们缺乏攻城经验，火器也很少，攻城付出的代价很大，不少人牺牲在了榆林城下。攻城最激烈的时候，云梯被推到了城墙下面，一批一批的战友往过冲，敌人在城墙上疯狂扫射，城墙内暗堡里的敌人也居高临下射击，咱的人倒下一批，又一批往过冲。冲到城墙下的人多了，敌人接二连三扔出手榴弹，把盆子粗的云梯炸成几截，爬城墙的战士有的死、有的伤。第一次没攻下来，战士只好撤回。在沙堆旁、战壕里、城墙下，躺着一具具战友的尸体，有的浑身血迹，有的面目全非，缺胳膊少腿。昨天还

一起练兵、睡觉、吃饭的战友，今天就这么牺牲了。"

讲到这里，大爹语气沉重，浑浊的眼睛中闪着泪光。"仗打完了，要打扫战场。牺牲的战友，如果时间从容就挖个土坑掩埋，卫生员随身背了些小木牌子，木牌上写上牺牲战友的姓名和籍贯，没牌子的时候，就只堆个小土堆，连牺牲者的名姓都没有记录。"前面的人牺牲了，后面的人不会惧怕和退却，尽管战斗如此惨烈，部队依旧要啃下这块硬骨头，连续三次组织攻城，作战部队最后终于攻下了榆林城。

1948 年 2 月，大爹参加了有名的瓦子界战役。在陕北洛川到宜川公路的咽喉地带，有一条长十几公里的峡谷，山势险峻，荆棘丛生，便于部队打伏击。大爹回忆道："西北野战军先对附近宜川敌军发起攻击，逼着敌军来增援。果然，敌军二十九军军长刘戡率领四个旅八个团前来增援，我们设下埋伏，等敌人进入瓦子界，我们佯装败退，将敌人三万多人引入峡谷川道，重重包围。战役打响之后，两军争夺制高点，咱们牺牲了很多人，可是最终还是把敌人牢牢扎在'口袋'中，将其全部歼灭。"这是西北战场上有名的大胜仗。和大爹一起参军的桥头村的孙命兴、榆树里的高向杰、郝家里的康官良等人，都在瓦子界战役中牺牲了。

大爹说，当年牺牲的那些战友都只有十几二十岁。打完仗部队撤退，很多时候来不及擦干净烈士身上和脸上的血迹，就匆匆铲几锹土掩埋了。当时，由于一起参军的老乡们分散在各个连队，每打完一仗谁牺牲了谁还活着都不知道。下一次老乡见了面，第一句话就是："哈呀！你还没死？"彼此都感到活着真是侥幸。

我问大爹在战场上有没有打过自己的小算盘，他说也有。仗打完了，打扫战场上缴获的枪械子弹，大爹见子弹很多，就会私留一些，找机会练枪法。大爹一直很喜欢手枪，国民党军官们用的手枪小巧精致，几次打扫战场时，他想从死人身上找手枪，怎么也找不到，后来一个陕北的卫生兵告诉他，找手枪要在"大盖帽"身上找，他还真找到了，不过自己藏起来玩了几天，最后还是上交了。国民党军的手榴弹轻巧，爆炸威力大，一炸就炸倒一片人。打扫战场时他看到好的手榴弹，就赶快装几个到自己的榴弹袋里，把威力弱的换掉。

说起当兵的苦，大爹早已习惯，吃的苦多了，也就不觉得苦了。共产党的部队不打扰老百姓，当兵的哪里方便就在哪里睡，住过人家的院子里、墙根下，天冷时甚至也住过牛棚马圈。大爹说，1947年他长了一身疥疮，也没什么药，就把报废了的手榴弹拆开，倒出黄色炸药和猪油混在一起往身上抹，抹了半年多也不见好。"有一回一个老兵打死一条镰刀把粗的蛇，他给我一些蛇油，说蛇油治疥疮很好，我天天往身上抹蛇油，过一段时间真的好了，多亏那个战友，不然我不知还要遭多长时间的罪，可那个战友在打榆林时牺牲了。"

大爹说："每当想到这些事，我就觉得，自己活下来不知得了多少人的情谊。咱们活着永远不能对不起那些烈士。"

解放陕西之后，大爹随部队又到青海、甘肃、宁夏一带追击"马家军"——马步芳、马鸿逵的部队。1949年7月，大部队浩浩荡荡行进在西北黄土高原，不分昼夜往甘肃赶。当时甘肃东部大旱，万里无云，土地旱得冒烟，大爹说："路上的干黄土有半尺厚，庄稼叶子干成了卷卷，我们行军时肩上扛着枪，背着子弹袋和行李，腰里挎着手榴弹，在烈日暴晒下干渴难耐。许多人嘴唇干裂渗出血来，结了焦黑的痂子，急行军仍然不能停歇。"

甘肃陇东地区水源稀缺，许多地方连条有水的小溪也没有，老百姓挖了水窖积冬天的雪水用。部队好不容易找到点水，却连众人润一下喉咙都不够。有的战士渴得快昏过去了，只好接一点尿来解渴。

马家军盘踞的兰州，北临黄河，三面依山，地势险要，国民党军队在这里修了大量工事，还在主要阵地上建了钢筋水泥碉堡群，布置了地雷阵。

　　大爹回忆道："兰州这个地方很难打，不光防御工事牢固，马家军都是些亡命之徒，他们冲锋的时候，前面的尸体堆积如山，后面的人踩着尸体仍然往过冲，就像绿头苍蝇，消灭一批又来一批。双方反复争夺阵地，我们许多连队的人牺牲了一半以上，有的连队只剩二三十个人，和我一起参军的老乡有的就牺牲在了兰州。"打完兰州，部队又马不停蹄去追击马家军残部，一直打到了甘肃的张掖、武威和酒泉，直到甘肃全境解放。

　　我问大爹参加过这么多战斗，有没有受过伤？有没有生命危险？他说他一生好运气，真是少有，由于从小吃过苦，忍耐力强，在战斗部队一天走一百多里路不在话下，关键时候跑得快也能逃命。

　　"那是在陕北，"大爹说，"有一次我们一个排去侦查，撞上了国民党军的一个团，在山路上打了遭遇战，我们边打边退，对方紧追不舍。跨过一条河时，河里淤泥很深，我的绑腿布里灌进去很多泥沙，腿重得像绑了铅，可我还是没命地跑，一直跑到了安全的地方，吐了一摊血，命算是保住了。"

　　"1948年春天，在渭北行军打仗，和国民党的保安团短兵相接，对方有九百多人，我们才一百多人，对方人多火力强，重武器也厉害，一颗炮弹打过来炸穿了我三条裤子，可是只伤到皮肉，没伤到骨头。"

　　"还有一回部队驻扎在米脂，我在房顶上站岗，夜里换岗时不小心踩空从房顶上跌下来，跌到炭垛上，跌破了膝盖，碰伤了额头，当场昏死过去，被战友们背回房子里，身上全是血，用盐水洗了洗，休息了十多天也就好了，和人家比，我都只受了些皮肉小伤。"

　　提到这些往事，大爹说："感谢在部队时吃的那么多苦，磨炼了我的身体，也磨炼了我的意志。"

生死磨砺

　　打垮国民党军队，建立了新中国，大爹以为可以安下心来学习了。他从小没读过书，一直以来都想学好文化知识，可是仍然未能遂愿。

1950年朝鲜战争爆发，美国组织十六个国家的联军，把战火烧到了鸭绿江边。

1951年大爹报名参加了抗美援朝。他当时想的是，这么大的战争，报不报名都得走，自己主动报名参战更光荣。他说作为当兵的，这是天经地义的。那时候他们部队正在甘肃，大家出发时坐着闷罐子车，五六天才抵达东北的鸭绿江边。

部队开到边境线，当地政府请战士们吃了一顿饭就开往朝鲜。来到鸭绿江边，桥被炸坏了，人们架了一座浮桥，部队从浮桥上过去，过桥前每人发了一支苏式步枪、四个手榴弹、六斤饼干、六斤炒面，还有七十发子弹，都得随身背着。大爹是排长，还多了一部报话机，这么多东西都要随身背着。

"我们被补充进四十二军，刚过鸭绿江，敌人就来了个下马威。"大爹说，部队宣布了不让抽烟，有人偷偷抽了烟，一下子来了十几架飞机轰炸，老兵们就地趴下，新兵吓得往树林里跑，敌机追着炸，炮弹炸下了十几米的大坑，当下就有人伤亡。

自踏上朝鲜的土地，敌人的轰炸就没消停过。大爹率领的一个排守卫在一个叫作附城山的山头，山上有防空洞，白天敌机来轰炸就钻防空洞，夜里敌人消停了就出击。"咱们的军队善于近战夜战，出击时常能获得一些战利品。住在防空洞里吃不上饭就吃带的干炒面，在低洼的地方舀上水，泡两把干炒面就顶一顿饭。"朝鲜的山是松散的沙石岩，防空洞的水"滴滴答答"地往下渗漏，潮湿发闷，日子很难熬。

当时，美军飞机狂轰滥炸，火车道被炸毁了，汽车路也被炸坏了，桥梁也被炸断了。大爹说，后勤补给运不上来，他们遭遇了最难熬的日子。"吃完了自带的饼干和干炒面，最苦的日子来了。原先储存在防空洞里的干炒面，装在铁桶里运输时风吹雨淋，放防空洞

里又潮湿发闷，全都发了霉，可就算发了霉也得吃。我们几个月没见过一根黄瓜、一个西红柿、一片菜叶子。朝鲜老百姓都躲山上去了，周围村子里没一个人。"

说起部队的纪律之严，大爹的脸色僵住了。他说有一个排长，在朝鲜时摘了老百姓一根黄瓜，被发现了，尽管排长做了检讨，说吃不上青菜实在太想吃黄瓜了，是自己意志力脆弱，违反了部队纪律，但最后这个排长还是被撤了职。

每当夜深人静，战斗停歇，美军的宣传攻势就开始了。大爹说美军除了撒传单，还驾驭宣传飞机操着洋腔喊叫中国话："中国军人们，赶快回家吧，不要为朝鲜卖命了，家人正在鸭绿江边等你们，等着你们回去团聚呢！"洋腔哇里哇啦一遍又一遍，吵得他睡不成觉。一开始飞机飞得很低，能贴着树梢飞，叫"抓帽子飞机"，后来战士们用机枪打下了一架飞机，美军再没那么嚣张了，改为高空撒传单。

大爹回忆，有几个月阵地上开饭，天天拿来的都是防空洞里捂黑的炒面，加一勺黄豆汤，汤底上有几颗黄豆。战士们端起碗就开骂了："狗日的美国鬼子，祖国运的大米白面他们全炸了，只留了这臭炒面，害得我们天天两头吃苦。"大爹说，臭炒面咽不下，吃了又拉不下来，那时候好想念一碗家乡的小米稀饭，或者一碗豆面拌汤，可那是在残酷的朝鲜战场上，想也白想，只有靠意志来支撑。

"记忆最深的是，到了朝鲜几个月后部队给每人发了一袋牛肉干，干部战士每人一斤，大家舍不得吃，放在防空洞里很久，太馋的时候才嚼一小片。几个月后营长来了，大家还拿出牛肉干来待客。"

作为军人的他们，一切的苦都得忍受。大爹和部队在朝鲜有一年之久，夜里不能脱衣服，穿着衣服在防空洞里睡觉，一有情况就提起枪冲出去开战，有时候一个晚上只能睡两三个钟头。在那样艰苦的环境下，大家从未有过悲观情绪，想到保家卫国，想到自己的家人和亲人，觉得为国家、为家人奋斗牺牲，再苦也值得。

后辈们很难想象，大爹他们那代人有着怎样强的忍耐力。说起防空洞里的生活，大爹怔怔地望着地板说："我们住的那个防空洞，像咱北方的窑洞，地上铺着石板，可以睡人，下面盘着地炉子，可以生火烧水。石板上面住人，夏天像在一个蒸笼里。防空洞墙壁渗水，又潮又热。到外面执行任务的时候，钻树林子草丛也是一身的水，从夏天到秋天衣服干了又湿，湿了又干。在战场上，我们很少有机会洗衣服。"

在朝鲜打仗，洗衣服、洗澡都成了奢侈要求，那个时候大爹很想家，想家乡山沟里那清凌凌的泉水。

"条件这么苦，师里组织的宣传队前来慰问，唱歌、跳舞、演节目，大家一起乐。志愿军慰问团来了，带来慰问品不容易，我们一个排领回三份慰问品，每份慰问品是一把牙刷、一袋牙膏、一个吃饭用的小勺子。慰问品少不好分配，牙膏就集体用，牙刷给最需要的同志，我分了一把吃饭的小勺子。大家开玩笑，'抗美援朝，得把饭勺'。环境虽然苦，大家照样有说有笑。战场上鲜血凝成的友谊最暖人心。冬天冷，我们缴获了敌人的两条军毯，谁也不用，最后剪成片大家每人分两块，包在脚上取暖。"

大爹回忆，连续几个月吃发黑的炒面，有时胃一阵一阵地痛，脸色煞白，没一丝血色。后来运来大米白面时，大家高兴得没法形容，白米饭吃到肚子鼓起来，肚子敲得"嘣嘣"响还想吃。

"在朝鲜的时候，衣服长久不洗，浑身上下一身臭，回到东北走在街上，迎面走过一些调皮的女孩子，看见我们就赶快捂上嘴巴，我们的战士看着生气，就用手捂上屁股。"大爹说，"为了这事，人家在军民联欢会上还提过意见。"

这就是大爹当年的青春，这就是他走过的一段人生，这就是他见证过的一段历史。

落户西藏

我青少年时，大爹每隔三年从西藏回一次老家探望亲人，那时爷爷奶奶还健在，大爹带着家人风尘仆仆地回来，路远山高，单程就要走十来天，回来一次非常不容易，一路花钱多，人也很受罪。

大爹是怎样落户西藏的呢？

原来，大爹抗美援朝回国以后，随部队先后驻扎东北、武汉、广州。几年后他又进了汉口军官学校，学军事、学政治、学文化，参加实战演习。那时部队实行薪金制，他每个月的工资有一百一十五元，比当时县委书记的工资还多十几元。

1959 年，西藏发生了反革命武装叛乱，叛匪在山南、昌都、林芝、日喀则等地抢劫物资，破坏交通，围攻驻藏机关。由于交通线漫长，西藏物资运输困难，驻藏的解放军人数少，只好调动内地部队去平叛。

部队到军校选调干部，这次大爹又自愿报名去西藏。有战友私下劝他："你已经打了那么多仗，好不容易安定下来了，轮也轮到别人了。"

他说："咱们是军人，关键时不去打仗，国家养着你做啥呢？"

1959 年夏天，大爹从汉口报名去西藏时，几千人的军官学校只选了三十几人进藏。当时大爹已经结婚，先带着家属去成都，把家属安排在成都后，自己随部队进了西藏，走走停停，坐了七天汽车才到昌都。大爹到昌都休整几天，就被派去叛匪猖獗的芒康县，进了一五六团。这个团下面直属四个连，没有营的建制。他开始任团作战参谋，后来任一连连长、二连连长。他们的前任团长在剿匪中牺牲了，新的团长叫张明达，是一个年轻勇敢的军人。

大爹到西藏才知道剿匪的艰难。坐车到西藏要经海拔四五千米的高山，内地人因高原反应头昏脑涨，要尽快下山，或者吸氧气袋。

当时土匪躲在山上，盘踞在深山老林中，战士们要翻山越岭步行去追土匪，一开始不适应高山气候，常累得喘不过气来。夜里部队埋伏在山上，实在太冷，就点一堆火睡在火堆旁，可后背对着火时前胸冷，前胸对着火时后背又冻。更多的时候部队因害怕暴露目标不敢烤火。

大爹回忆："当时许多藏人都有枪，上山为匪下山为民。零散的土匪盘踞在山林、寺庙、村寨，装扮成喇嘛、僧侣、牧民，打你时是土匪，不打时是百姓。"

西藏有一种植物叫青稞，很像内地的草麦，炒熟了磨成面随身带着能当饭吃。西藏人不种菜，当时找遍城乡，没一个菜市场，想吃菜就得自己挖野菜，大爹他们尤其想念大米饭和白馒头，可是这些都运不进去，他们只能盼着打完土匪早点回家。

大爹说，冬天剿匪时，他们潜伏在高山上，夜里北风一阵阵地吹，冻得大地开裂。有两个四川籍战士，躺在山上喘气困难，听说把头睡在低处好受些，于是头低脚高睡着了。两个时辰后，大家发现两人昏迷不醒，就赶紧送往山下海拔低的地方抢救，抬到山下，这两人还是因肺气肿死了。

还有一次，部队去江达剿匪，头一天夜里出发，要求第二天凌晨赶到。正遇上大雪，大部队顺着山走，通讯员想抄近路，一个人翻山沟走，待大家赶到目的地才发现通讯员走丢了，土匪也逃走了。部队回去找通讯员，顺着脚印找到一个村庄，再没了线索，估计是被土匪抓住杀害了。大爹说："我们在村子里喊叫着找通讯员，一只凶猛的藏獒扑出来咬人，被我一枪打死了，为了这条狗，上级还批评了我，说我违反军纪，我当时想不通，我想我们的通讯员都死了，杀一条狗还值得大惊小怪？虽然不服气，但是部队有纪律，老百姓的一条狗一只猫也不能伤害。"

不知时间、不知地点，随时可能牺牲，这就是军人。

"还有件内疚的事，"大爹接着说，"军分区安排一个参谋来芒

康县调查匪情和了解群众基础，来的时候有几个人护送，回去的时候，我们派的护送的人少了，结果他们走到半路上遭到土匪埋伏，全被打死了，那些牺牲的人都在三十岁以下。"

那时的西藏，旧的地方势力尚未肃清，大多数老百姓很害怕。

大爹所在的连队一年中遭受了三十多次土匪伏击，小股的土匪打完就跑，他们有时躲在深山，有时化整为零藏在老百姓中，很难对付。土匪逃亡的路上，抢到老百姓的牦牛，砍掉牛尾巴，把牛赶进树林里，留下一条条血迹，解放军沿着血迹去追土匪，往往就中了他们的圈套。追到林深地偏的地方，埋伏的土匪突然一排子弹打来，当场就有人牺牲或者受伤，总之部队一不留神就吃大亏。大爹说："还有一次川西、云南、昌都好几股土匪聚合起来，上千人骑着马，我们几个连队和他们打还是吃了亏，马还被他们抢走了一批。"

两年的剿匪下来，大爹所属的那个团牺牲了一百多人，有的是遭到土匪伏击死的，有的是被冷枪打死的，还有高山病发作死亡的，虽然不是打大仗，但那些代价也不算小。

西藏平息叛乱后，大爹并没回内地，而是留在西藏又工作了二十多年。我问他这次留西藏是不是自愿的，他说不是。当时上级提出让他就地转业，一开始他不情愿，很想回家乡。大爹说："在少数民族地区，语言、生活习惯、高原气候我都不适应，可是首长们说和平来之不易，我们解放西藏还要建设西藏，劝大家都留下来。"那时的人们最怕被人家说犯个人主义，于是大爹就留下来，在昌都交通局管理公路养护。

我问大爹转业时为什么没选一下工作，比如去公安局、工商局、文化教育局、民政局，在西藏管公路养护，是个苦差呀！他坚定地说："党叫干啥就干啥，咱是苦出身，没文化，复杂的干不了，管公路养护有个好处，业务单纯，能保证公路畅通就行。"

大爹当时根本没有想过，留在西藏是又一条漫长而艰苦的人生之途。任劳任怨、不畏艰苦的大爹，成了家族中后辈们学习的榜样。

本色

离休后的大爹，住在河南信阳市运输公司大院。离休前他管理着这个六千多人的大单位，可他不像是单位的领导：住房在一楼，房间不算大，客厅外墙下是另一个单位的单车棚，搭了遮光瓦，把光线挡得很暗；大爹卧室的墙角里，积了一堆待卖的旧报纸；厨房隔壁的储藏间里，一堆旧月饼盒、易拉罐也是准备卖的；桌子上那种老式铁皮暖瓶已很少见；卫生间的脚盆里积满洗澡水用于冲厕所。大爹睡的那张木板床，是西藏内调时带回来的，用了三十多年也一直未换。孙媳妇说："爷爷喜欢下班时去买便宜菜，生活从不讲究。"

大爹穿的那件的确良衬衣，款式陈旧，透风也差，是1978年夏天在西藏买的，西藏天冷一直没穿，压了几十年不知怎的又翻出来穿。我问为什么不买新的？大爹的儿媳妇说，她们几次提出要给老人买些新衣裳，老人坚决不让，急了还瞪眼睛呛人！

多少年了，大爹一直很节俭，对后代也近乎苛刻。他的孙媳妇说，几岁的重孙子扔半块饼干在地上，太爷爷命令他捡起来，孩子不捡，他拉过来就打屁股，重孙子很怕他。

一次和大爹一起在街头吃小吃，他最喜欢的是三块钱一碗的热干面，加一碗两块钱的胡辣汤，老人坐在地摊上吃得满头大汗，夕阳照在他笑容舒展的脸上，闪着古铜色的光亮。

长期以来有一个谜，我一直解不开——以大爹的资历，为什么活得那么低调，那么清苦，甚至可以说生活得有些寒酸？他拿着离休工资，经济上并不窘迫啊。

大妈曾说："你大爹这辈子，无论吃亏与否，总是心安理得，对争名争利没兴趣，除了死心塌地干工作啥也不会，算是老实到家了。"这究竟是为什么呢？我很想刨根问底地和大爹深谈。

我发现，除了部队长期的磨炼和党的教育，多年所处的艰苦工

黄土地印记

作环境，也让大爹根本没法子多为自己考虑什么。

　　大爹在西藏转业后，管理公路养护。当时，西藏的公路每十公里就设一个道班，从成都到拉萨有几百个道班，从昌都到波密四百多公里有四十几个道班，那时候道班工人都配着枪，虽然剿完了土匪但零星残余还在。大爹说："我转业地方的时候一个道班就是一个班，像部队编制，三个道班是一个排，道班上有机关枪、步枪，工人出去养路的时候带着枪，关键的时候可以打土匪。尽管这样，昌都青泥洞还是有三个道班遭到了一伙土匪袭击，三个道班的人都被打死了。"

　　大爹先主管吉塘县养路段，后来被调到昌都养护段，工作多年后到扎木地区养护总段，从十几个道班到几十个道班、上百个道班，最后管理着东到金沙江畔、西到林芝几千公里的公路主线支线，以及滇藏线路的养护。这么长的线路，地质复杂，常有山洪暴发、道路塌方、泥石流等灾害。大爹也要不断四处奔走，指挥抢修，现场调度解决问题，一年有两百多天回不了家。

　　他说："西藏地质复杂，交通险恶地带很多，川藏线通麦山沟经常暴发泥石流。一次一辆卡车路过，一块石头挡着路，司机下去搬石头，结果山上又有大石头滚下来，把一车十几人全都砸在了山沟里，一个也没活下来，最后在出事的地方立了一块碑。第二年昌都地委的夏书记路过那里，想看看往年灾害发生的地方，下车走不了几步，又赶上泥石流，结果也被石头砸死了。还有一次五辆军用卡车通过通麦山沟，又遭遇一次大滑坡，一个人也没幸存下来。"这些地方，大爹去指挥过排险，所以他印象特别深刻。

　　"西藏的养路工人太苦了，"他说，"那时候没有柏油路，全是泥土路，工人都是人工作业，劳动工具是铁锹、十字镐，还用肩挑泥土，可是工人们的工资却很低。当年国家困难，道班工人长期劳累过度，高寒缺氧，身体状况都很差，人也晒得很黑。当时西藏流传着一句顺口溜——'远看是要饭的，近看是掏炭的，细看是养路段的'。"

工作这么苦，我问大爹待遇如何，大爹说他1959年进藏后工资调到180元，到1983年内调时工资降回148元，调回河南省工作时扣掉高原补贴工资是110多元。这么说，他几十年工资没涨，还减少了几十元。至于为什么减工资，他说从部队转业后，正是20世纪60年代初期，他到拉萨开会，自治区领导说国家经济困难，部队转业到地方的同志工资高，要多为国家着想，应该取消军龄补贴。他内调后第一个申请取消了军龄补贴，工资从180元减到了148元。后来发现那些没有申请的人，以后还一直拿着军龄补贴，没减工资。

也不是没涨工资的机会。和大爹谈话中得知，每次轮到调整工资，大爹看到养路工人们干那么重的活儿，拿着那么少的工资，自己作为部队转业干部，比人家待遇优厚多了，就一次次把调工资的机会让给别人。他1961年转业，从县养护段段长到地区养护段段长，再到大区养护总段段长，最后调任昌都交通局局长，职务调整很多次，可是工资一分钱也没涨过。

大爹说："比起那些躺在地下的战友，咱们算赚大了。"当时和他一起出去当兵的，牺牲的多，活下来的少，比如化树塔的张茂清，解放战争打到甘肃的时候已经当上了副营长，还是牺牲了；土门村的郝根月，1948年在陕北就牺牲了；扒楼沟的七十二、桥头村的李外孩、青草沟的王新宝等人都是在陕西牺牲的；土崖塔的王利虎、木瓜耳的张存儿，也在陕北牺牲了。"还有青草沟的王坝子，人家还是独生子，也在前线牺牲了，咱们村的张买子，有文化，人也机灵，也早早牺牲了。这么多人本来都可以活到白发苍苍，儿孙满堂，可是连新中国成立都没看到就牺牲了。想到那么多牺牲的战友，咱们能活到现在，还敢说亏吗？"

大爹一口气讲了这么多牺牲的人，我想，七十多年过去了，老人如果不是经常怀念这些战友，就算记忆力再好，这么多人的姓名、出生地，怎能记得如此清楚？

大爹还告诉我，战友中活下来的，还有不少落下了残疾。杜家塔的黑子被炮弹炸掉了一条胳膊，复原后回到村里赶了一辈子的牲口；偏梁的王连奎，打榆林的时候炮弹碎片打进胸腔取不出来，成了二等残疾，也回乡当了农民；韩家塔的韩茂青，刚出去的时候和他一个班，在战争中也残疾了，回来当了一辈子农民……

那些活下来的战友，打完仗大多回乡了。他记得扒楼沟的张亮子，曾经当过侦察排长、连长，抗美援朝回来后，国家给了二百斤小米，就回乡当了农民；杏岭的三老虎，打完仗回到村里当了一辈子的泥水工；还有东庄塌的尚拖驹，打完甘肃也回乡当了农民。他问："和这些人比，咱们能说亏吗？"

到此我算明白了为何多少年来从没听过大爹抱怨生活。对于吃不吃亏，苦与不苦，他有自己的理解。大爹讲这些时，喜欢用手摸着稀疏的白发，好像自身的倔强和忠贞固执就安稳地驻扎在那里。

大爹说自己没多少文化，没为国家做过什么大的贡献，更不觉得自己有多大功劳。在国家和社会面前，他并不认为自己有多么了不起。

这就是乡土出身的老一辈革命人。

仔细想想，没有这代人为民族的解放和祖国的建设去顽强奋斗，没有这代人充当民族大厦的支柱和砖瓦，没有这代人坚韧不拔的付出和奉献，哪有我们的今天？大爹为家族后人树立了一个标杆。

父亲，打拼是一种生存本能

陟彼岵兮，瞻望父兮。父曰：嗟！予子行役，夙夜无已。

——《诗经·魏风·陟岵》

黄土地印记

穷根难断

晋西北这片支离破碎的黄土地，在历史上因穷出名，旧社会祖辈们穷得活不下去时，不少人就背井离乡走西口，到内蒙古逃荒。新中国成立后农村走上集体化道路，情况有了大改观，但穷根子仍然斩不断。

二十世纪六七十年代，农村开展人民公社化运动。这是一场宏大的社会实验。公社下属有生产大队、生产队。生产队是农村基本生产单位，一个村子一个队，农民统称为公社社员。社员统一参加集体劳动，统一分配口粮，年终统一分红结算，反映出极度的"平等"。

农村生产集体化，如何体现个人的劳动价值呢？办法是记工分。生产队根据每个劳动力的年龄、性别，先进行集体评议，叫作"评工计分"，大凡18岁以上到50多岁之间的成年男性，劳动一天的标准是10厘计1工分；成年女性的标准工分是8厘，女性的酬劳相当于男性的80%。老年人根据年龄体力降低标准工分。

　　男性之间力气有大有小，劳动技能、思想觉悟更有差别。有的人干活下劲出力，有的人干活四平八稳，慢慢悠悠，可是挣的工分都一样。女性差别更大，有人手脚麻利，有人磨磨唧唧，勤的懒的、巧的笨的、能干的不能干的，大家干一天都记标准工分，所谓人人平等，同工同酬。

　　当年生产队发给社员统一印制的记工本，一个巴掌大的牛皮纸本子，人手一册。大家白天到地里劳动，记工本子如果揣在身上，下雨被淋湿就会皱成一团烂纸，因此只能放在家里。每天收工后回家吃过晚饭，社员们集中在街口上或者社窑里，队长为大家逐个记工分，在本子上打钩压红印章。

　　工分是社员和生产队年终结算的依据。曾经淳朴敦厚的庄稼人，在集体化之前种自己的土地，劳动时有韧劲有耐力，春天送粪肩挑背扛，夏天锄地汗流浃背，秋天收割起早摸黑，从来都不惜抛洒血汗。集体化之后情况就发生了变化。众人一起劳动要靠自觉性，各人干多干少弹性很大。春天往地里背粪，人人背一个粪篓子，自己往篓子里铲些粪背到山梁上，这时候，老实敦厚的人多背，偷奸耍滑的人常少背。春天播种时，有人扶犁耕地，有人抓粪，有人点种子，有人打土坷垃①，付出的力气也不一样，奸猾的人尽量想拣轻的干。夏天锄地时，一群人撒在山梁上，看着都在挥锄头，出不出力全凭良心，劳动效果也大有区别，有人懒于下力气把草锄掉，就刨点湿土把野草盖住，过几天草又冒头了。实干的和偷懒的在地里熬的时间一样长，熬到时间就可以回去记工分了。

　　好在村里有一批种庄稼的好把式，也是老实人，别人偷懒耍滑，他们看不顺眼，却也无可奈何，想想毕竟要靠集体土地生活，如果不下苦种地，秋后就得喝西北风，无论别人怎样偷懒，他们该下的苦还下，该出的力气还出，尤其是家大人多的那些男人们，不想在

———————

　　① 土坷垃：指土块。

地里磨洋工，害怕秋后老老少少饿肚皮。这样，年年地里下苦耕地、抓粪、锄禾，受重苦的就是那些老实人。

记得二月初的一天，全村劳力往地里背粪，一天往山梁上背八回。背完一天，各人记自己的标准工分。背了大半天，一大堆牛粪只背出去不到三分之一。到了中午，大家休息片刻，众人在篓子里铲进粪又准备背着上山梁，队长突发奇想，让大家放下肩上的粪篓子一个一个过秤。社员中有背七八十斤的，有背四五十斤的，也有背二三十斤的，背得最少的是个十八九岁的后生，他篓子里背的驴粪蛋蛋只有九斤重，众人觉得奇怪，细看才发现他的篓子下面垫着松软的糜秸草，上面打了个隔层，铲进去几锹干驴粪蛋蛋和粪草沫，看上去显得不少，可是重量不到别人的五分之一。从此众人给这后生起了个名字叫"九斤叔"。

俗话说，工分工分，农家命根。家家都对工分看得很重。春天播种，学校里放几天农忙假，我们这些十来岁的孩子参加生产队劳动，大人们开沟犁地，我们跟在后面点黑豆种子、玉米种子，干一天挣三厘工分，收工后把工分记在父母本子上，心里充满了愉悦感。

再大一些到十四五岁的时候，我们放暑假更是要忙着去生产队挣工分。夏天生产队有一种定额工分，是为牛驴割青草。割五十斤青草可以记五厘工分，八十斤记八厘工分。干得好，一天两次外出能挣回七八厘工分，那就更有成就感了。

公社化时期，与工分挂钩的是工分值。一个工分值多少钱，要看年成好坏和生产队当年集体收入的多少。那时生产队的副业就是放羊，两群羊有一百多头。还养了十几头牛和驴，如果母驴下了俩驹子，长大后卖了三四百元，集体的羊长得肥壮，能卖掉三四十只，又能得五六百元，有了这一大笔家底，当年的工分值就比较高，可能达到两毛钱。如果驴驹死了，羊卖得少，生产队的钱就少得可怜，一个工分值就可能降到一毛钱，甚至是几分钱。

每年年终分红时，生产队要先算清全年总收入：牛和驴卖了几

头，羊卖了多少只，共得多少钱；夏天剪的羊毛羊绒卖了多少钱；队里几棵红果海棠树结的果子卖了多少钱；还有几家男人挣工资、妻儿老小吃农村粮交的口粮款，通通算进去。再算清队里的开销：学校订报纸、买粉笔、买灯油的费用，供养五保户的费用，生产队买犁铧农具的费用，牛驴生病请兽医的费用，社窑里开会学习点煤油灯的费用等。最后二者相减，余下的钱除以全体社员的总工分，得出的商就是每个工分的值了。

父母天天出勤，一天不敢耽误，两人一年能挣 700 多个工分，好年头如果一个工分值达到两毛钱，父母全年总收入可折合 140 多元。可当年农村每个人的口粮款在 30 元上下，我家 6 口人，口粮款是 180 元上下，算下来还要倒欠生产队 40 多元。如果一个工分值是一毛钱，欠的款就更多了，欠的钱交不上，借又没处借，就只能让生产队扣掉一部分口粮。

生产队少有大进项。记得有一年冬天，母驴产下两头驴驹子，村人仿佛得了大宝贝，个个眉开眼笑。驴驹子生下来，不一会儿就哆哆嗦嗦站起来，拱到母驴肚子下面吃奶，村里大人小孩围住看，你一言我一语，叽叽喳喳议论着，有人夸驴驹毛色好，有人夸驴驹腿长腰细能长到骡子大，以后能卖个好价钱。队长再三叮嘱饲养员要喂好母驴，护好驴驹，照看好村里的宝贝摇钱树。

饲养员三爷爷在一边颤巍巍地站着，布满皱纹的脸上露着喜悦的神色。队长说："三叔，夜里给牲口多添些草料，好好喂上，不要有任何闪失。"三爷爷那件旧棉袄已经磨破，露着好几处发黑的棉絮，夜里起来喂牲口冷，队长又说："今年来了救济棉袄，第一个给你穿，说话算话。"

那是一个少有的好年份，一个工分值年底竟然达到了两毛五分钱，许多人家不欠口粮款了。但当年黑市粮食贵，一斤黑市小米五毛钱，即便那是个好年头，两个劳动日的工分值也才够买一斤小米。

后来母驴老了，生驹子不顺当，生下的是死胎，村里经济就陷入了困境。广播里天天喊形势大好，村里欠粮款的人家却越来越多，并且人均口粮标准降到了 270 斤。更令人寒心的是，在粮食紧缺的年代，人们的道德堤坝也不牢靠了，村人偷集体粮食的行为时不时上演，秋天刨开土偷地里的山药蛋，掐地边成熟的谷穗，怀里揣集体的玉米棒子，贪一点是一点。集体地里的粮食不知不觉少了，至于是谁偷走了，说不清楚。

那个时代，人们想满足温饱是那么艰难。久而久之，人的心气也大受影响。

父母心

公社化时最艰难的一段时光，要数 1959 年到 1961 年连续三年的自然灾害时期，老百姓的光景一年比一年差。当年抗御自然灾害的能力远非今日可比。

父母那时只有我和弟弟两个孩子，我 1955 年出生，已经能跑能跳；弟弟 1958 年出生，赶上三年自然灾害，三岁了还不会走路。

1959 年春天公共食堂解散了。办食堂时，家里绝大部分存粮都交了集体，村人敞开吃喝，也就红火了不到一年的时间。食堂解散后家里没什么粮食，偏偏又赶上自然灾害，粮食几近绝收，这就等于给生活雪上加霜，家家户户都免不了挨饿。

母亲营养跟不上，弟弟刚半岁就断了奶，到 1960 年饥饿袭来后，母亲脸是浮肿的，腿也是浮肿的，饥饿年代弟弟和大人一样，也喝高粱混玉米面糊糊，吃麸皮搅拌的牙糕。弟弟偶尔吃点偏食，是一颗蒸熟后捣碎的山药蛋。由于营养不良，弟弟胳膊细瘦，眼窝子深深的，脸上和脖子上露着青筋，唯有灌了汤水的肚子鼓鼓的。白天弟弟无精打采地坐在炕角，坐到没劲时会忽然一头向后倒去，后脑勺磕在炕皮上就"哇"的一声哭了。后来母亲就用被窝卷起来围住弟弟，弟弟坐在被窝中不再往后倒了，只是整天无精打采地吸

吮自己的手指头。

爷爷当石匠，有时外出给人家铣磨，挣点粮食回来磨碎了蒸窝窝头，优先给弟弟吃。爷爷非常关心孙子，父母出门劳动，只要爷爷在家，弟弟就由爷爷照看。弟弟饿了，爷爷就拿窝窝头放在嘴里，一点一点嚼碎喂他。让我眼馋的是，爷爷有一点白面蒸成了馍馍，很少舍得给我吃，切成小片的馍馍烤干了被锁在柜子里，隔几天拿一小块，咬在嘴里细细嚼碎，口对口喂到弟弟嘴里，像燕子喂雏燕。弟弟都吃出经验了，每当爷爷给他喂食时，他嘴巴张得大大的，等待着嚼细的那一点吃食。

母亲有时候给弟弟煮一点独特的面糊糊，很香。一般母亲在灶前用勺头子煮面糊，炉膛里的柴火烧得噼啪响，窜出的火光映着母亲的脸庞，照出她专注的样子。我看着热气腾腾的面糊馋得流口水，母亲说这是细粮，只能给弟弟吃。面糊糊黏黏的像糨糊，放了盐香味四溢，我站在一边等弟弟喝完了，碗底上能留一丁点，母亲把碗给我，我便拿着碗干干净净地舔完了。

后来我才知道，那是小米面炒过煮的糊糊，有着独特的营养价值，可是太少太少了。

记得一个夏天的傍晚，父亲野外劳动回来，衣兜里装回了十几个石鸡蛋，说是从崖畔蒿柴丛中的石鸡窝里捡到的。浅灰色的石鸡蛋，个个有核桃大小，父亲小心翼翼地把它们放在一个碗里，我看着很高兴，想着那东西煮熟了一定很好吃。我嚷着要吃石鸡蛋，被父亲制止了，父亲看着炕上的弟弟，说这些石鸡蛋只能给弟弟吃。听了父亲的话，我眼泪涌了出来。父亲用一种安抚我的语调说："弟弟吃上好东西能走了，好和你在院子里一块玩，他长大了还是你的臂膀，两兄弟走在一起没人敢欺负。"听父亲这么说，我心里的委屈才消失了。

母亲把石鸡蛋装在糠罐子里，每天煮两个给弟弟吃，几天后弟弟真的长精神了，坐在炕上不用被子围住也不会往后倒了，他还试着站，但试了几次终究没能站起来。

父亲到野外劳动，还想再找些石鸡蛋，很长的日子里，他到了荒坡野外隐蔽的地方就东寻西找，希望能发现石鸡窝，可他一次次地失望了。

从那时候起，我也盼望着弟弟能健健康康，快快站起来学着走。可他细瘦的腿脚胳膊，大大的头颅，枯黄的头发，深深的眼窝，没有血色的嘴唇，似乎没太大变化。我幼小的心灵里，也常浮起悲凉感，尤其孤独的时候，我多么盼望弟弟能跑能跳，和我一起玩。

生产队几年前卖了一头驴，一直要不回驴款。一天早上父亲被生产队派去刘家大塔要驴款。队长在父亲走时叮嘱他，这回再难也得把欠款要回来，人家要是不给你就住下来不走，就住他们队长家。父亲去了那个村子要款，果然又被拒绝。于是父亲真在他们队长家住下了，人家吃饭他也端碗，对方先是辱骂，后来又说好话，父亲说不给钱就是不走。到了第六天，对方终于凑足了钱还了款，拿到钱那天后晌父亲回来了。

那几天爷爷外出铣磨走了。母亲到队里劳动，家里只留了我和弟弟。母亲劳动外出后，我就到外面去玩了。

我在外面疯玩了大半天才跑回家来，还没进门，就听到母亲的哭声。我推门进屋，看见母亲躺在炕上，头朝着炕尾，哭声很响。我吓坏了，再一看弟弟不在了。

母亲问："你疯哪里去了？"

我也哭了，我问她弟弟呢？母亲哭着说："咱孩儿殁了，后晌殁了，殁了哇……"

不多时候，父亲也正好从大塔村回来了，听到母亲的哭声，他推门进来问："怎咧？"

母亲哭叫着："我那孩儿呀，我那苦命的孩儿呀……"

母亲向父亲诉说弟弟殁了的过程，说是早上起来孩子就无精打采，她煮了一碗高粱面糊糊，弟弟只喝了几口就不喝了，母亲想背

着他上医院，摸摸头上也没发烧，就想再煮点小米面糊糊，可小米面已经没了。她知道孩子只是缺营养，可也没什么办法。母亲吃完早饭就忙着去上工了。母亲在地里劳动，中午时分，见红坡顶上那个破烂的小庙边一棵枣树上有一只乌鸦，老是"哇呀哇呀"地叫，好像在预报什么不好的消息，她听着心里揪得很紧，就请假提前回来了，回来时见孩子躺在炕上，手指头含在嘴里，可是眼睛闭着，已经殁了。

母亲抱着孩子哭了半天，最后让四爹把殁了的孩子抱到山梁上的老坟畔了。

灶台上，半碗高粱面糊糊还放在那里。

父亲听了跳起来，接着拔腿就往山梁上跑。双涛爷爷在山梁上放羊，他见父亲跌跌撞撞，像是急疯了。父亲走到老坟畔，抱起断气的孩子，解开衣襟捂在胸口上，用嘴对着孩子的嘴，一口一口给孩子灌气，希望孩子能活过来。

双涛爷爷劝他："孩子没气了，咋能活过来哩？快别费心思了。"父亲不听，只管嘴对嘴给孩子灌气，一口接一口，不停顿地、耐心地给孩子灌气，像是被什么人施了魔法，身不由己。双涛爷爷在一边看着，觉得实在太恓惶了，他抹了一把老泪，接着劝父亲："唉，你醒悟吧！孩儿殁了还能活过来？"

父亲头也不抬，仿佛疯癫了，回答了一句："孩儿的身子焐热了，兴许活来呀！"他只顾忙他的，根本不听劝，继续嘴对嘴给孩子灌气。

直到太阳落山了，天色渐渐变暗，父亲才死了心，他把孩子放在坟畔，泪水止不住地流。双涛爷爷把他扶起来，叔侄二人赶着羊群回了村。

回家后，父亲懊悔得不能自持，埋怨自己不该走这么多天去给生产队要账，他趴在家里的柜盖上哭啊哭，说是有要账这几天的工夫，出去走村串户哪怕能借来二三升谷米，这个孩子也能活下来了。

几年以后母亲又生了弟弟妹妹们。那以后不管有多困难，父亲都会想办法，买回二三十斤最有营养的小米，全留给母亲喝小米粥，保证母亲有足够的奶水喂养孩子。

鼠洞寻粮

过去的家乡人眼里，春天是愁苦的，正所谓"肥正月瘦二月，半死不活三四月"。有那么些年月，极"左"思想盛行，社会动乱。走大集体道路的农村人，谁都不想出力气，人哄地皮，地哄肚皮，粮食越打越少。过完年进入二三月，粮食就不多了，要靠汤汤水水过日子。人在饥饿时肚子里火烧火燎，倒一碗水，捏进一小撮盐，或者夹一筷子酸菜喝下去，肚里才好受些。

为了家人填饱肚子，为了我们能健康长大，父亲想了很多办法。办法之一就是刨老鼠洞，从老鼠洞里寻粮食，老鼠洞成为穷人的又一片希望之地。

记得有一年春天，晚饭后父亲拿把镢头，带着我到山梁上去刨老鼠窝，背阴的山梁上积雪未化，我们先寻找雪地上有老鼠爪印的地方，跟着老鼠的爪印寻老鼠窝，找到了老鼠窝兴许就能刨到粮食了。

经过了漫长的冬天，野地里大多数的老鼠洞都是空的，费了半天力气，挖开了啥也没有。过了一冬，老鼠们藏起来的粮食，也大多吃完了。

都说狡兔三窟，老鼠则有十窟八窟。那些狡猾的成年老鼠藏粮食的地方往往不止一处，我们偶尔也能挖到有粮的老鼠窝。父亲尤其有耐心，他朝有的老鼠洞下深挖好几尺，曲曲折折，往往能有所获。

粮食就是生命，每次出去刨老鼠洞，我们父子都满怀希望，天黑透了还舍不得走。一天，我们刨着刨着忽然眼前一亮，奇迹出现

了，一米多的地心深处刨出了白生生的黄豆芽子。由于春天地里潮湿，老鼠藏下来的一大堆干豆子发了芽，长得又白又嫩，我们小心翼翼地捡出这些豆芽，脱下衣服包起来，那可真像挖到了金娃娃一样。

跟着父亲挖老鼠洞久了，便有了经验，我有时自己拿一把镢头去山梁地刨粮食。出于对粮食的渴望，我觉得刨老鼠洞这个营生太诱惑人了。

春节以后很长一段时间，黄土高原上依然是萧瑟的面貌，山野草木枯黑，背阴的地方覆盖着积雪，十分荒凉。望着灰漠漠的大地，心里不免几分凄凉，我想秋天多好啊，每到夏末秋初，人们的脸上就有了喜色，老鼠们也格外兴奋，成熟的庄稼一片金黄，田鼠经常出来和人们抢粮食，把谷穗拖到鼠洞里去，秋天真是让万物充满希望的季节。

但我那时毕竟太小了，身体瘦弱，刨老鼠洞很容易累，加上平日的饭菜就是汤汤水水，一到下午就饿得头发昏，每一镢头挖下去都要用尽全身的力气，每一次都得咬牙坚持着，想着也许再刨一阵就有希望，可是从早到晚刨一天，到天黑回家时仍然一无所获。

失望之余，我每天都在想，怎样才能有更省力的办法。有一天我终于想到了，我拿了斧头，到后沟砍了两根长长的红柳条，那是农家编筐子用的，有两米长。我拿着柳条爬到山梁上，发现一个老鼠洞就用红柳条子伸进去捅，捅着捅着田鼠就会"吱吱"叫着跑出来，在野地里狂奔。在一片向阳地，发现老鼠洞，刨一阵歇一阵，歇一阵刨一阵，几次失望又几次不甘心，正准备放手时，忽然挖到了一些肥嘟嘟的谷穗，捡起来细看已经发霉了，但是发霉的粮食也是粮食呀！

我把发了霉的谷穗拿回家，问母亲这些发霉的粮还能不能吃？她高兴地说："荞麦秸子、高粱皮子都能吃，谷穗发了点霉怎就不能吃呢？"

母亲把谷穗拿到太阳下晒干，去了霉，磨碎以后真的可以吃。要问什么是幸福，对当时饿得快要发疯的人来说，从老鼠洞里刨到点粮食就是幸福。

我那个时候大概就类似于后来所说的淘金者，抱着寻找金矿的那种心态，不断地挖啊挖、刨啊刨，总是怀着收获的希望，怎么也不愿意停下来。

到了十四五岁时，我已经跑遍了周围很多的山坡、梁峁，那些高粱地、谷子地、黑豆地、山药蛋地、糜子地，凡是有老鼠洞的地方都被我刨过。当然太偏远的地方我不敢去，那个时候，偏远的山沟里还有狼。

刨鼠粮，最早磨炼了我的毅力，也让我懂得了人必须学会绝处求存。

乡村火镰

小时候的农村老家，由于太偏远一直用不上电，一到夜里村子里就黑咕隆咚的。以往推碾子磨面这类杂活，在农忙季节多是在晚上进行，只能借助天上的月光。

说起当年的农村，尚存在许多原始色彩，我们村有几年家家生活中都离不开一个重要物件——火镰。抽烟打火、点灯照明、烧火做饭都离不开这个古时候流传下来的物件。

什么是苦？父亲他们那一代人的经历是最好的注脚。那时由于经济落后，农村什么都短缺，人们买什么都要凭票证。买布要布票，买棉花要棉花票，买肥皂要肥皂票，买香烟要香烟票，除了发的票，农村每户人家都有一本购货证，限量供应生活必需品，比如一户一年十盒火柴、两块肥皂、两斤煤油、一斤洋碱之类的。你想多买半斤煤油、两盒火柴也几乎不可能。

在我的青少年时代，正值社会动乱，有那么几年，偏远乡村连

火柴也断供了。生活总要继续，于是家里开始靠火镰取火。

依稀记得小时候起夜的情景。半夜里被尿憋醒了，不敢摸黑去尿，就叫醒父母。父亲在锅头摸索着找到打火笸箩，抓起火镰，拿一块火石，"啪啦啪啦"地敲打。窑洞里黑黢黢的，火镰打击火石摩擦出串串火星，落在装着艾绒的小木盒子里，艾绒被火星点出麦粒大的暗火，父亲再抽一根沾着硫黄的触灯子放在暗火上，"哧"地一下引燃，这才有了明火可以点燃煤油灯。

那时候吃饭吃的都是汤汤水水，偏偏起夜次数多，害得父母也睡不好。每天半夜，父母醒来点一回灯不容易，会把孩子逐个叫醒，轮流起来尿尿，直到所有的孩子都尿完了，才一口吹熄灯，继续睡觉。

用火镰引火还有一道麻烦，就是要手工自制触灯子。一般先要用刀把麻秆破开，晒干后削成黄香粗细的棍棍，截到十来厘米长，然后蘸上化开的硫黄存起来。引一次火抽一根，硫黄一见火绒就燃烧。那时农村人把火柴叫作"洋火"，村里不少精打细算的人家，在勤俭节约上显出了非凡的才能，尽量用触灯子点火。

我们村几十户人家，家家户户有火镰。各家各户的火镰形状各异，有工匠精工细作包了牛皮的，有铁条镶嵌在木柄上的，有像马蹄环形铁掌的，我家那把火镰弯弯的像一把小镰刀，镶在一块枣木柄上。全村的火镰收集在一起都能组成一个火镰博物馆了。至于火石，几里外的大寨塔石崖下就有，红褐色的石块，有鸡蛋大的、核桃大的、杏核大的，随便拣。

爷爷长年累月抽旱烟，从来舍不得用火柴而用火镰。爷爷使用火镰技巧娴熟，他用火镰敲打火石三五下就能引燃艾绒。爷爷那把火镰据说是早年从魏家滩买来的，打火部位是一根小指粗的铁条，抓手部位是用鞣熟的牛皮做成的，厚实的老牛皮缝成了一个坚硬耐磨的小皮袋，里面可以装小块火石以及少量艾绒。火镰铁条用铆钉固定在牛皮袋上，牛皮袋的边上还包着铁皮子，磨得锃亮。爷爷那一套火镰如果放到今天，绝对可以算作乡土文物了。

那时候要两三块钱才能买到一副好火镰，对于农村穷人家而言，两块钱可不是个小数字，能买二十个粗瓷大碗，或者买十几斤红盐、好几斤煤油。即便这样昂贵，爷爷还是说花两块买那把火镰很值得，因为它结实耐用，十几年没烂。当时的人有一把好火镰，在人多的场合拿出来很显身份。

家家火镰取火都要用艾绒，地里的野生艾草经常被割伐，自然越来越少。有一年夏天奶奶提了篮子，拐着小脚蹒跚着去挖野菜，在王家沟一处土崖上看见几株艾草就急忙去采，不慎滑脱滚到沟里去了。奶奶跌得昏了过去，直到太阳落山了，家人焦急地等奶奶回来，可就是不见人。天黑时一个放羊人捎话回来，才知奶奶出事了，父亲去野外把奶奶背回来，奶奶在炕上躺了半个多月才恢复过来。

为了弄到制作触灯子的材料，我还委屈地挨过打。一年秋天，村里一户人家的自留地里，种了洋蔓荆，荆秆长得有镰把粗，晒干剖开是做触灯子的好材料。那家人的女儿正在收南瓜，是个独生女。她的母亲有病，父亲体弱，女孩从小支靠出来了，人很强悍。她家地里大大小小的南瓜多，我向她要一根洋蔓荆秆子，她答应给我，条件是要我帮她往家里抱两个大南瓜。自留地离她家不近，她摘了一个最大的南瓜让我抱。我一时心急，抱着瓜一路小跑，爬井台上的红胶泥坡地时不小心滑倒，南瓜滚到沟里跌成了几块。她见我把南瓜跌烂了，追上来二话不说，冲我脑瓜盖就是几巴掌，打得我眼冒金星。我当时满心委屈，可是不敢还手。她比我大四五岁，我打不过她，只好自认倒霉。当然我也自知理亏，把人家一个大南瓜跌烂了，挨一顿打也只好忍了。

无人考证火镰发明于何时，是新石器时代、青铜器时代还是黑铁器时代？不过祖先们的这个发明，在一代代人生生不息的岁月中，断断续续沿用到了二十世纪七十年代，直到改革开放才彻底消失。

父母之间的"战争"

大约是 1960 年春天，我五岁的时候，有一天，父母为了一个"吃"字闹起了矛盾，大吵了一场。

早上父亲从地里劳动回来，一进门就喊饿。父亲那时年轻，火气旺、胃口盛，母亲应道："饭正做着哩，一阵儿就做好了，稍微忍耐一下。"

不一会儿母亲把饭从锅里端出来，是豆腐渣掺麸子团团。父亲一看脸就黑了下来，他没端碗，坐在炕头抽起旱烟。父亲抽完烟，对母亲说："今儿我要吃一顿精粮，喝一碗精面疙瘩汤，稀些也行。"

母亲说："哈呀，还有穷尽了！家里几升玉稻黍面，就是搅上代食品节省着吃，也将就不了几天了。"

父亲一听来了气，问母亲："平时咋过日子的，有粮的时候不知道节省，这阵儿脸黄了吧？"

在父亲看来，家里粮食不够吃是母亲的错误，他说年后有粮的时候母亲还爆过玉米花，这可好，精粮吃完了，往后可熬受吧！

那些天，母亲做的饭有荞麦秸秆压碎掺高粱面搅的牙糕，有豆腐渣搅玉米面和成的团团，有红薯叶子加麸皮做的杂和饭，父亲埋怨道："光吃这些东西，哪有力气下地劳动？"

母亲接上话茬："谁不想吃好的，看大人孩子瘦成甚了，要是有精米细面，我也想吃。"

父亲说："你糟践的还少咧？我不在家时你娘母们炒黑豆爆玉稻黍花，糟践的不是粮食？"

母亲反驳："你少妄说，炒黑豆你也吃了。"

父亲母亲你来我往，一对一句，互不相让，嗓门越来越大。

吵着吵着，母亲反守为攻，埋怨起父亲："你刨闹不回东西，就知道埋怨我，哪像个大男人？村里哪个男人不比你强！"

父亲火了："嫌我没本事，你寻那有本事的啊！你走，你走！能的你！"

"走就走！我回娘家。"母亲气得咬牙切齿，"你个没良心的，我还怕了你？"母亲同样瞪起了眼睛，毫不退让。

父亲连续吃代食品饿了好多天，本来就有气，想不到母亲又和他顶嘴吵架，更是火上浇油。当母亲还在继续咒骂时，他忽然走上前冲母亲头顶一巴掌扇过去，打得母亲一个趔趄，"哇"的一声哭开了。奶奶在院子里听到了，赶快跑过来劝架。

母亲对着奶奶哭诉："他娘娘，冤枉死我了！前几天他就说我和孩儿们吃了好的，给他吃赖的，今儿又闹着要吃细粮，他娘娘你评评理，你甚时候见我们吃好的了？"母亲伤心地哭着。

那时候我已经进入记事的年龄。两年前村里开办公共食堂，我跟着母亲到食堂领饭吃。食堂在四娘娘家院子里，我清清楚楚记得，一开始有白面馍馍、糜子面窝窝头、山药蛋腌酸菜烩菜，还有高粱面河捞、谷米拌着豆面的杂和饭，领到的那些饭食吃起来真香。依稀记得有些日子，饭后每人还发一个水果糖。但是没过多久，白面馍馍不见了，糜子面窝窝头不见了，高粱面河捞不见了，连米面杂和饭加了山药蛋熬煮出来的粥，也是稀稀拉拉的。食堂里分饭的婶子，拿一把黑乎乎的大勺子舀饭，稀汤都挂不住勺子面。以往饭稠的时候，人们吃完饭碗边上还沾有一层稠糊糊，要用舌头舔。自从土地改革喝稀糊糊连碗都不用舔了，碗边根本挂不住稀汤。村人领到饭在院子里或站或蹲着，呼呼啦啦几下就喝完了，喝完后咂咂嘴巴，无奈地叹口气，黯然神伤地离开了。

后来食堂解散了，村人又回到自己家里生火做饭。

家里本来有些存粮，办公共食堂的时候都交公了。我后来才知道，人和人不一样。村里当时脑筋活泛、精于算计的人家，早知道提防，粮食交公时，有的偷偷藏了点粮食，装到瓦罐罐里埋到地底下，他们守口如瓶，任凭干部们怎么动员，就是不把粮食全拿出来。

黄土地印记

那些老实巴交的人家，把粮食全交了，以为从今往后就是众人一口大锅里吃饭，再也不用操心了。可是交出全部粮食的人家，公共食堂分饭时也没多分一碗。食堂制解散，这才知道人太老实了，没落下个好。

父母头脑简单，不会算计，对于村干部们的话向来深信不疑。尤其是父亲，他从小家里穷，过去苦惯了，自从土地改革分田分地分农具，总觉得占到了很多便宜，这次办公共食堂他相信也一定能办下去，就高高兴兴地把家里所有粮食全交出去了。

直到被食堂制闹得粒米全无，父亲心里才后悔了。天不佑人，公共食堂解散以后，第二年偏偏又遇上了大旱，粮食歉收，分到的口粮不足一半，人们不得不在饥饿中挣扎。

家里想了很多办法，把荞麦秸秆、玉米芯子、南瓜蔓子、红薯叶子捣碎磨烂，掺杂少量的粮食当作代食品。可是人吃了这些东西没一丝力气，还拉不出来。每次上茅房，大人难受，孩子痛苦，让人心里发毛。

父母亲吵架，奶奶坐在炕塄上一边擦眼泪一边长叹："唉，造孽呀，好好的日子，过到了这一步！早知有今天，咱打死也不入那公共食堂。"奶奶也是追悔莫及，好在她私藏了一小罐罐玉米，大概有二三升，本想熬不下去时再拿出来，只得提前拿出来分着吃了。

奶奶喊了父亲，在炭窑子的地角上，挖开踩实的泥土，用锅铲轻轻铲去一层一层的浮土，一个小黑瓷罐罐出现在眼前。奶奶语重心长地说："罐罐里这点救命粮，分一半给你们，千万千万省着吃，要全炒熟和谷糠一起磨碎吃炒面，再熬一月四十天，熬到有夏粮就活过来了。"

那天奶奶还把父亲叫到她屋里，盛了一碗高粱面和红薯叶子糊糊，奶奶的饭中面粉稍多，父亲吃完之后气才消了。

父亲的血汗钱

家乡盛产煤炭，改革开放后，住在城里的两个堂弟，先后好几年开着大车往外地运煤炭。

那时一台八根大轴的运煤大卡车要四十多万元。尽管堂弟们手头钱不足，向家人朋友周借，最终还是把车开回来了。

家乡的人说，一台运煤大卡车就是一棵摇钱树，拉满一车煤五六十吨跑一趟山东，能挣三千多块钱。一个月跑五六趟能赚将近两万块。刚买车之后，他们信心满满，说要在两年内把本钱跑回来。他们兴致勃勃地开着车，一开始走长途觉得新鲜，一个堂弟说坐在驾驶室向外看，一路的绮丽景色，有山有水有村庄，夏天田野里艳阳高照，庄稼连片，秋天地里金灿满眼，美不胜收，驾驶室就是一个流动的观光室。

可是半年跑下来，这营生他们很快干烦了，白天黑夜赶路程，吃住都在车上很累人。尤其是开着这五六十吨的庞然大物，一刻也不敢大意。两个人出车，一个开一个休息，累了换班开，休息时也不敢睡，紧紧盯着前方，一旦出事故后果不堪设想。无论是从山西到山东还是从山东返回山西，路上丝毫不敢松懈，堂弟说跑一趟长途回来累得浑身都散了架，非常辛苦。

我理解他们的心情，这工作是苦，可说到底是坐在驾驶室里掌握方向盘，比起上辈人肩挑身背，应该轻松多了。

我父亲年轻时卖过炭，挣点钱补贴家用，那时候卖炭全靠人力，走几十里山路背着炭去卖，别说卡车，连一辆三轮车都没有。

当年父亲是个有想法的人。生产队里养了十多头大牲口，天天要吃草。给队里挽草这个活要满山满梁跑，挽好还要背回来，远没锄地轻松。有几年夏天，父亲揽下了这个活儿，他说挽草累是累，但可以独来独往，不用整天在地里和大家一起耗着，干完了可以早

回家干自己的事。

　　记得夏天鸡叫三遍，父亲就起来，腰里缠一根麻绳，拿一把镰刀往山梁上走去。天大亮时父亲已经赶到野地，到吃早饭的时候，他已经打回一百多斤草。把草交生产队后，他在家匆匆忙忙喝一碗米汤，啃一块窝窝头，又去扒楼沟炭窑背煤炭，背到三十里外的土崖塔公社去卖。

　　之前赶集时，父亲大着胆子在魏家滩买回一头毛驴。毛驴干瘦干瘦的，没多大力气。父亲每天挽草回来，就赶上毛驴进扒楼沟炭窑，买好二百多斤大炭，自己背一半毛驴驮一半，往三十里外的土崖塔公社走。从扒楼沟到土崖塔，要翻几道沟和几道梁。中午时分，山梁上的庄稼被烈日烤晒得蔫头耷脑，连鸟儿都躲到凉快的树荫里。父亲赶着毛驴路过猫儿梁，那是离乔家塔姥爷家不到五里地的地方，姥爷坐在路口阴凉处，提了一小罐黄米汤，等女婿路过时喝。自从乔家塔锄地的人看到父亲中午背炭路过，就告诉姥爷，于是姥爷天天中午提一罐黄米汤在路口等，这成了习惯。

　　我曾经跟着父亲背过一回炭，仅仅一回，艰辛苦累刻骨铭心。

　　我背着一篓子炭，每迈一步都好艰难。也许是身小力薄，也许是炭篓子太重，平时空身走路，脚步自然轻松，背上这沉重的炭，简直像是背了一座山，每向前迈动一步都要咬牙憋劲。

　　除了炭篓子的沉重，还有毒日头寸步不离。太阳凶狠地烤晒，似乎要把人身上的汗水榨干。人出汗倒也罢了，连风也是热的，热汗加热风黏在身上，感觉堵上了每一个毛孔。路边高粱叶子晒蔫了耷拉下来，谷苗奄奄一息，仿佛正在枯干，一只野兔不知从哪里窜出来，抬头看一眼火辣辣的天，就急匆匆地寻找阴凉去了。

　　找到一条地畔，我和父亲可以放下炭篓歇一歇了。毛驴很温顺，"呼呼"喘着气，负重的四只蹄子不停地往前赶。父亲说："我们放下炭歇一下，你抬住一头，我抬住另一头，把驴身上驮的炭卸下来，让驴也歇着。"

我们卸下驴的重负，它本能地在地上打了几个滚，脑袋低垂，长长喘着冤屈的气息，路边的青草在阳光下泛着油绿，驴累得也没心思吃一口。父亲长叹一声说："连牲口转世咱们家里，也遭了罪了。"说着，父亲眼眶有点湿湿的。我们都沉默不语。

父亲从怀里摸出个苦菜窝窝，掰成两半，分给我一半，我一口咬下去，又干又苦，但是这东西吃下去能长力气，因为还有十几里的山路要走。

回来的路上我们路过白家沟，河道里有人卖甜瓜，我提出想买个甜瓜吃，那是最好吃的东西了，父亲犹豫了，说家里花钱的地方多，水果是有钱人的吃食，不是咱该念想的。说完他苦涩地笑了笑。

那个年代，不论父母怎样无休无止地出力流汗，家人都难以摆脱贫困的纠缠。今天，能开着大卡车运煤炭的后辈们，不知道有几人能体会，靠五尺身躯背炭卖的年代，生活是怎样一种滋味。

石头情缘

在我少时的记忆中，家里本来就穷，大妹妹小时候还老是生病，她总是无休无止地咳嗽，咳到吐血，扛不过去了就得住医院。不幸的是，我小时候也常患病，经常莫名其妙肚子疼，家里隔三岔五不是我需要吃药，就是妹妹需要住院，这对我们本来就困难的家庭无疑是雪上加霜，再加上我们念书的花销，家里经常缺钱。

好在无论生活多么艰难，父亲从没有放松过，一直都在打拼奋斗。

父亲腰腿粗壮，胳膊上肌肉隆起，夏天光着脊背，皮肤被太阳晒成了古铜色。他黝黑的脸上，总是透着一股坚毅的神情。他总爱讲这么一句话："甘苦受遍，穷死没怨。"

父亲一年四季辛勤劳作，夏天白昼长，他干完给集体挽草的活，后来不卖炭了，又去白家沟打石头。白家沟是个四五百人的大村子，

黄土地印记

有些人家接石窑口子、盖猪羊圈都需要墩子石。村子傍着一条河，村前村后石场多，父亲揽到工，便买炸药放炮，炸下大石头，再用大锤钢钎把大石头破开，打成二百多斤重的方正石块，卖给需要的人家，一块石头大约可卖五分钱。

每天上午挽回草，吃罢饭，父亲便扔下饭碗，急匆匆往白家沟河里跑。到中午，母亲做好饭之后让我给父亲送去。我去了石场工地，看到父亲光着晒得黑亮的脊背，甩开大锤破石料，每一锤砸下去，他不断地重复喊着"啊—嘿！啊—嘿"，背上、脖子上、额头上汗水直往下流，锤声在河道里持续地传送着，如海里的波浪一浪接一浪，传出很远很远。

父亲破大石有一套技巧，先用铁錾子在大石头上打下石壕，再插进胳膊粗的钢楔子，三米多长的大石头上能插上十几根楔子，然后抡起大锤轮着打楔子，随着"啊—嘿！啊—嘿"的吼声，大锤狠劲地砸向钢楔，两面石崖发出轰然回响，不一会儿，石头便被硬生生破开了。铁锤有十七八斤重，一个长方体的铁疙瘩，坚韧的青椿木锤把，被父亲的汗水浸泡得泛着油光。

我送去午饭，父亲停下来吃饭。他抓住米汤罐子用嘴直接对着罐口，"咕咚咕咚"一阵狂饮，大半罐了米汤就喝完了，接着吃那块黑黑的高粱面窝窝。掰窝窝的时候，我看父亲长满老茧的手虎口部位因打锤震裂了，向外渗着血珠。我劝父亲包扎一下，父亲说没甚大不了的，只是破点皮。他随手抓了一把干黄土按在伤口上止血。

午饭罢，父亲放下饭罐子继续干。他脑子里只有一个想法，多打一块石头就能多挣几分钱。

怀着承受苦难的信念，父亲从不知道抱怨牢骚，每次打石头收到工钱，父亲脸上的笑容是那么舒展，那么温暖，那么欣慰和满足。

我上小学六年级，需要买纸和笔，平时向父亲要钱，他最多给两毛钱。那天父亲在白家沟打完石头结了工钱，我乘机要钱，说要买纸买墨水，父亲很慷慨地给了五毛钱。我去供销社，用这钱买了蘸水笔杆、笔尖、写字的白纸、纽扣大小的墨水晶，墨水晶兑上水化开摇匀了就是墨水。我把剩下的一毛钱还给父亲，父亲说："你留着吧，好好念你的书，念好了不用像我这样受死罪。"那一刻我感受到父亲少有的好心情。

父亲抽空打石头的事，没能坚持多久便受到了干涉。下乡干部总希望农民把所有的汗水洒在集体土地上，说有些社员中午出去干活挣钱，该歇的时候不歇，干集体的活就没力气了。这话听着有道理，可是父亲说他有的是力气，干集体那些活许多人磨洋工，他出七分力就干完了。父亲下午还得去干集体活，和大家一起锄地，上午依旧打石头。很快，下乡干部不再客气了，村里召开社员大会，批判资本主义，批判个人发家致富，父亲连续几次被点了名，这事甚至被上升到了"两条道路"的高度。

父亲意识到了事情的严重性，虽不甘心但也无奈，只好作罢。

那些年头个人穷，生产队也穷。集体常年没什么大进项。生产队喂了两头母驴，以往每年生一两头小驴驹，长大后还能卖点钱。有一年母驴生的小驴死了，集体没了挣钱办法，生产队里忽然想到父亲的石匠手艺，提出可以放他出去干一个月私活。父亲一听顿时两眼放光。队干部说，放你出去是有条件的，给你三十天时间，你得一天给队里交回一块钱，队里每天给你记一个工分，其余多挣的钱都归你。

父亲扛上石匠的工具外出找工。顺着蜿蜒曲折的村路，往石且河、南河沟、扒楼沟走去，最后在南河沟找到了活儿。父亲为人老实本分，既然答应了队里，不管是赔是挣，每天一块钱必须交回队里去。一个月以后，父亲为队里交回三十块钱，也记上了三十个工分。到了年底结算，才知道生产队一个工分值是一毛四分钱。

即便如此，父亲没有狭恨怨言。他说好歹生产队能放自己出去，既给队里增加了收入，也算自己得好处了。

人穷志不短

我十一岁那年，上小学四年级，一个星期天的下午，我随着父亲去清点劳动成果。

我跟着父亲来到河岔口，清点他打出来的石料。订石料的主家是栓叔，一起点完石料，父亲和栓叔争执起来，二人脸红脖子粗，为的是结算石料的工钱。

栓叔盖房需要一千块墩子石，委托父亲给他打石头，父亲打出了石料，结算工钱的时候，双方在石料规格上发生了分歧，对方说父亲打出的石料中，有一部分不方正、不合格，因此不给钱。

那年是个灾年，生产队工分值很低，一个全劳力干一天的工分不值一毛钱，许多人家忙来忙去，连分口粮的钱都不够，这意味着劳动了一年，大家连吃食也顾不上了。

入了冬，父亲到处给亲戚朋友们捎话，请他们帮忙打探有没有地方用石匠。半个月过去了，没结果。恰好本村一户人家想盖两间房，父亲上门，请求把打石头的营生给他做，对方同意了，不过工钱很低，一块墩子石三分钱。好在量大，对方要一千块石料，正好可以挣三十元。

十冬腊月，刺骨的寒风几乎能冻掉人的鼻子耳朵，尤其早晨和傍晚，寒风刮来像无数的钢针刺在人手上和脸上。父亲说要不是走投无路，绝不承揽这活儿。由于对方出的工钱很低，父亲想，在石料的规格上也稍微粗糙一些吧，不用太讲究了，凡是打出来的石料尽量不要浪费，不太方正的石块其实也能用，这样也算以另一种方式做些弥补。

河岔口那些岩石异常坚硬，打成的墩子石料，砌墙上一百年也不担心风蚀。对付这样的石头，父亲拿出了吃铁咬钢的劲儿。

用炸药炸下来的石头，被一块一块按规格破开，每一块重两三百斤，大多数方方正正，只有少数不太方正。父亲想，方正的就砌墙面子，不太方正的可以砌后墙和里墙，他并没有偷奸耍滑、投机取巧的意思，只是觉得自己在没奈何的情形下，以超低的价格出售了自己的劳动，这样做会公平些。

连续一个多月，父亲半天干集体活，半天打石头，每天忙到落日低垂，天色昏暗，才恋恋不舍地离开打石场。他一回到家吃罢饭躺在炕上，便打起呼噜来。

终于有一天回来，父亲长叹了一声，说石料打完了。他仿佛从身上卸下了沉重的千斤重担。

第二天，我随父亲和栓叔一起到了采石场，父亲在栓叔面前，脸上浮现着急切的有几分讨好的微笑，看得出他情绪很好，一个多月的时光打出了这一千块石料，就意味着除了买雷管炸药花去的几块钱还能净赚二十多块钱，如果验收顺利通过，收获真的不算少。

四十多岁的栓叔有一双细细的机灵的眼睛，给人一种很精明的印象，让人想到旧社会的账房先生。他做事低调，讲话慢慢悠悠。作为雇主，在验石头时他并不显得兴奋，而是很平静地清点着石头数量，用手一拃一拃地量着石料的长度和厚度，边点数边思谋着什么。栓叔点完石头以后回过头，与父亲四目相触，那是不满意的眼神，父亲忽然感到对方有些陌生了。

父亲问："这些石料够数吧？"

对方说："数是够数，但有些石料不能用，不能算进去。"

父亲问："怎咧不能用？"

对方说："有的石料不方正，要剔除出去。不合格的有一百多块。"

对方挑剔认真，一点也不迁就。父亲忽然感到一种悲哀，一种和别人思路脱节、认知也脱节的悲哀，一种自作自受的可怜的悲哀。

父亲开始为自己辩护，他告诉对方，既然你工钱出得那么低，那我的石料也可以粗一些，不能每一块石料都任你挑了挑，拣一拣，

你砌墙面子时用方正的，不方正的可以砌里墙用。

可是对方并不认可这个说法。

对方实际上是以超低的报酬，在工作质量上提出了超高的要求。栓叔说有些石料不合格，是凑数。这是作为一位石匠的父亲的自尊心不能接受的。他是在村人面前十分顾及脸面的人，也是不肯在人前服输的人，更不想得罪雇主，给自己留下不好的名声。老实憨厚的血液，在家族中一代代流淌着，决不能叫人家说下难听话。作为儿子，我最能体会他那一刻的心情。

父亲望着眼前一大堆山一样的石料，没有感到沮丧，也没有再卑微地祈求。

"好吧，咱把不方正的石头都丢一边"。父亲说。

父亲知道自己吃了亏，但是也无可奈何。

父亲不再坚持什么，他答应了对方的要求，同意把那些不好的石料都筛选掉。

几天后父亲又重新打了一百多块大石料，齐齐整整地垒在那里，一块块都是方方正正的。吃了这个哑巴亏，才顺利领回了工钱。

改革开放以后，父亲越来越失去了对打石头的营生的兴趣。后来他带家人进了城，在街上卖几天菜赚的钱，也超出了当年打一个月石头赚到的数。当年打石头的经历，一直刻在他的心里。他总是对孙儿孙女和外孙们嘱咐，伺候人难，挣钱难，任何时候都不要乱花一分钱。

割"尾巴"之痛

一日我和留在老家的四爹视频聊天，当时已经入了冬，四爹还不在家里闲着，天天跑到邻村帮一户人家喂十几头驴。那户人家夫妇俩常年在县城做生意，孩子也在县城念书，可是乡下挣钱的机会也不放过，买了些驴雇人养着。四爹说，对这样的养殖大户，政府不但鼓励，还给很多补贴。

很多上点岁数的人都还记得一个无情的词汇——割资本主义尾巴。这击碎了多少人的致富梦。今天的年轻人未必知道，退回四十多年前，不管你是谁，敢于养大牲口，谋求个人的发家致富，一定会受到严厉打击。

我所在的村子，大多数人家，过去凡是儿子长到十八九岁的年龄，都急急火火的，想给儿子早些物色对象、订婚娶亲，直怕打了光棍。

我念完两年高中，按说多少也算有点文化，做事也勤快，人也算模样周正，甚至还怀着端公家饭碗的梦想，可是由于家里太穷，七口人挤一眼土窑洞，要让一个喜欢的姑娘认可我这样的家庭，就成了一大难题。

农村有些人爱说风凉话："念了书顶球用，读书不成三大害，连苦水也念没了，庄稼人也当不好了。"还有人背地里说："穷家薄业的，就怕连个母狗也捉不回来。"

父母听着当然很扎心，他们嘴上说"不缺胳膊不少腿，凭什么母狗也捉不回来"，可心上还是害怕，怕耽误了我的终身大事。

我高中毕业回家不久，父亲就念叨着要给我说媳妇儿。父亲认为长相好的姑娘，彩礼肯定要得多，长得差的彩礼相对低。用父亲的话说，"闺女模样好看的，不光花钱多，过门后还得好好伺候着，一不高兴，人家翻脸就走人。"他认为长得差的，花钱少，娶过来也不容易有二心。邻村有个女娃比我大一岁，粗胳膊粗腿，走路慢慢腾腾，说话还有点大舌头，父亲说这种女子就适合当咱们家媳妇。我听着十分伤感，坚决不认同。

那时候的北方农村人，虽说大家都是农民，理论上身份平等，可事实上女孩身价比男孩高。家乡农村男多女少，长相稍好些的女孩子都想嫁端公家饭碗的，当工人的、当教师的、下煤矿的，这些都是首选。贫家子女即便相互认可，也必须交一笔难以负担的彩礼钱。

黄土地印记

那一次父亲从后乡办事回来对我说："我有个拜识①，人家有个闺女，和你同岁，都是属羊的，人家愿意把女子嫁咱家。"

父亲说过几天土门唱戏，要带我去看戏。"我把你拜老子约出来，叫他引上女子，在戏场上先见个面。"我心里盘算着这次见的女孩子恐怕不是五大三粗，就是小鼻子小眼，还是算了吧。在我心里，找个自己喜欢也喜欢自己的姑娘，才是最大愿望。父亲看出了我的心思，说他那拜识浓眉大眼，估计他闺女模样也差不了。

到了土门戏场上，两家见了面，搭上了话。果然那闺女红扑扑的脸蛋、长辫子、大眼睛，身材也挺匀称。我父亲和她父亲在一边聊天，我和她也拉扯几句。我说我高中毕业了，回村劳动，念书念的苦水不多了。她说她只念到小学毕业，连我也不如。我说我不想当一辈子农民，想刨闹着吃一碗公家饭。她听了眉毛挑了挑，让我一定要好好努力，活出个好前途。这女子和我有眼缘，人也淳朴善良，我想要真能找了她，那是祖上烧了高香。

原以为这桩姻缘有基础，看过戏回来后两家托人往深里谈，可一谈到彩礼，才发觉面前横着一座大山。女方家长以为我父亲当石匠，手头攒下了钱，便说他家两个儿子一个闺女，两个儿子结婚的彩礼钱都指望这一个闺女呢！父亲让媒人再打听有多大回旋余地，对方说六百块彩礼钱一分不能少。

父亲知道我的心事，只好跟人家说："你们不嫌弃我们，我们很感激，只怪我们家穷。你女子还小，如果能等上一两年，我们好好赚钱，会把这份彩礼钱送上。"

不久父亲产生了一个大胆的想法，冒险挣大钱。月底他去魏家滩赶集，花三十六元买回来一头母驴。父亲牵驴回来时，那毛驴干瘦干瘦，身上红毛倒竖，能看得见一根根的肋条，但母驴肚里怀了驹子。毛驴拴在院子里，"咳儿咳儿"地叫着，每天家里做饭时，家

——————————

① 拜识：指结拜兄弟。

人少喝一些面汤，都要给驴喂一些，人少吃一些麸皮黄豆，也要保证毛驴的营养。父母每天利用出工的时间，劳动歇下的时候，别人抽旱烟聊闲话，他赶快去捡地里锄下来的杂草，或到荒坡地畔上挽些野草，收工后背回来喂驴。几个月喂下来，毛驴身上看着光滑了。母驴后来喂壮了，生下了小驹子。小驹子长得油光水滑，当时这两头驴喂几个月，起码可以卖到一百三四十元。

买驴的时候，父亲已经掐算好了，只要把驴喂壮，下了驴驹子，喂大后肯定有一笔可观的进项。这种好事弄几回，娶媳妇钱就有希望了。

农村有句土话："穷汉谋算，饿鬼听见。"

万万没想到，不久"资本主义尾巴"便割到我家头上来了，可真是出手及时啊！社员大会上父亲被点了名，下乡干部带着似笑非笑的表情，连挖苦带讽刺，说父亲"能耐不大，野心不小"。会上村人们七嘴八舌地批评，有说养大牲口不合法的，有说发财心重财迷心窍的，有说挖了集体墙角、走资本主义道路走得太远的，好在我家头上顶着贫下中农的帽子，不致招来更大祸患，最后会上决定把我家两头驴没收，归生产队。

父亲想不通，他辩解，但越辩解被批得越狠，最后他只能低头抽闷烟。下乡干部说，在"两条道路"的问题上，没有调和的余地，割资本主义尾巴就得狠，这也是上面的精神。最后一句更是听着"有道理"："搞集体大家就得一条心，光想个人发家致富，蛇跑兔窜各有各的打算，还怎么搞大集体？"

下乡干部的话硬邦邦的，落地有声。

第二天，驴被拉走了。生产队还算留情面地给我们补贴了十五块钱，这算是一种人道主义的补偿吧。父亲攒钱为我娶媳妇的希望就这样被碾碎了。

卖血

父亲年轻时精力充沛，好像总有使不完的力气，我们很少见他无精打采过，更没见过他睡懒觉。

可是有那么一段时间，父亲的精力明显不如以前了，天已经大亮了，母亲起来到后沟担回两担水，父亲才从炕上爬起来，坐起身子，说是头昏脑涨，困乏无力。

以往可不是这样的，早晨天还没大亮，父亲就从炕上爬起来，穿好衣服，拿一条麻绳，带一把镰刀出门去山梁上割草。鸟儿们还躲在窝里等待黎明的曙光，父亲一天的劳动就开始了。

说起来，谁也没想到，父亲会背着家人偷偷去卖血。那天晌午时分，母亲从地里回来正做饭，忽然听到侯珠大爷的呼喊声："理智家婆姨，理智躺在鳌子山坡上走不动了。你快出去寻咯。"侯珠大爷从扒楼沟赶着毛驴驮炭回来，正从门外的大路上走过。

母亲急忙出去问怎么了，侯珠大爷边走边说："理智身子出麻烦了，走不动路了，你赶紧提上些米汤寻人去，兴许喝些米汤就能走了。"

原来父亲那天上午有点空，想去南河沟挣点儿零活钱。南河沟是个大集镇，那里有医院、学校、邮电局、供销社、粮站，早先还有过砖瓦厂，是南乡最红火热闹的地方，父亲想去找点事做。通常，运粮的车开进粮站大院，需要装卸，干一上午能挣几毛钱，给砖瓦厂装窑也能挣到点钱。可那天父亲在南河沟没找着工，白等了一上午，中午路过医院门前在阴凉处坐一会儿，听说有人做手术，血浆不够了，医院问在场的人谁愿意卖血。父亲心想，自己腿上胳膊上青筋凸起，身板子结实，卖点血不算啥。以前他听人说过，血液这东西生得快，回家多吃几碗饭就行了。

医院给父亲验了血，父亲是 O 型血，万能血型。

父亲觉得卖血不光彩，只想偷偷卖，不想被传扬出去。

在村人眼里，卖血的人没出息。要是村人知道你卖血，看你的眼神就变了。以往村里有人偷偷去南河沟卖过血，都从来不声张，谁卖血传出去，村人知道了，会说那家的男人没本事，卖血啦，穷得活不下去了，话说得很难听。

父亲心想，卖一回血不容易，既然要卖就多卖点。他捋起袖子让人家抽血时，没想到自己的血很浓，浓得发黑，医生抽了一大玻璃瓶子。父亲平时不爱喝水，血液很黏稠，他当然不懂得什么卖血的诀窍，抽血抽到一大半时，医生问他顶不顶得住，父亲淡淡一笑说："没事，只管抽。"

抽完血，医生让他到供销社买一碗红糖水喝，或者吃点营养东西。

医院对面就是供销社，供销社卖糖饼子，也卖两毛钱一碗的粉汤，里面还有几片海带丝。以往父亲路过饭店，从不舍得买吃喝，只会停住脚步，闻一闻飘出来的香气，遗憾地走开。这次父亲仍然连饼子也没舍得买一个，更不要说喝粉汤了。他只顾高兴，卖血得来的五块钱现金不舍得破开，揣在衣兜里，空着肚子往回走。走到河道，他这才觉得腿发软了，走一阵歇一歇，身上一个劲地出虚汗，心里想的却是这五块钱回去能用多长时间呢！走到鳌子山时，他再也走不动了。

其实凡是卖血的人都讲究技巧，要先喝上几碗盐水，盐水喝下去身上的血就多了，因为盐水也稀释到血液里了，抽一瓶子血也就不会有大问题。可父亲浓稠的血，任人家抽了一大玻璃瓶子。

侯珠大爷说，那天中午，他赶着驮炭毛驴爬上鳌子山半坡，看见我父亲躺在路边，觉得奇怪，就问他到底怎么了，父亲有气无力地说，他在南河沟医院卖了血，血抽多了，身子扛不住了。侯珠大爷还说，他看到父亲平时黑红的脸变得蜡黄了，脸上肌肉神经质地抽动着，身上的血气明显不够了。

母亲急忙提了一罐子米汤，顶着大红日头往鳌子山走去，父亲接到米汤后，一口气喝了半罐子，歇一下又喝完另一半，母亲搀扶着他慢慢回了家。

父亲后来说，那天躺在鳌子山坡上，睁眼看天，天空是红色的，看山脚下的河流，河流是红色的，闭上眼也是红色的，周围的田野山梁都是红的，满世界都是红的，让人发晕。他想吐又吐不出来，只觉得天旋地转。

父亲回家以后就躺到炕上了，说是想喝糠面汤，母亲拌了一大碗豆面拌汤，打了两个鸡蛋，父亲接着吃完，茫然无措地摇摇头，说这件事真划不来。

以后几天，母亲破天荒地把攒下的鸡蛋给父亲吃了十几个，还买了一斤红糖给父亲吃。两个月后，父亲身体恢复得算是不错，气色也好多了，体力这才基本恢复过来。

侯珠大爷对父亲说："你在西藏有个挣大钱的哥哥，实在穷得过不下去，向老大家张口，不信他能不帮衬你一下。"

父亲淡淡一笑直摇头，说再难的日子也得自己过，他从来没指望当哥哥的能给他一块钱。

与猪羊"同居"

岁月匆匆而去，有些经历却不会悄然逝去。回想少年时，我们全家住一个窑洞。有那么几年，一到冬天，人和猪羊就要混杂居住。

父亲给生产队放了两年羊，每年到春节前后，就是羊群产羊羔子的高峰期，直到二三月羊羔子才产完。刚出生的小羊羔很脆弱，需要在温暖的环境里度过个把月。冬天小羊羔在羊圈里容易冻死，和大羊住在一起又容易被挤死、压死。谁放羊，刚出生的小羊羔就放谁家里。这是生产队的规矩。那时我家窑洞地上，就成了小羊羔栖息的地方。

生产队一百多只羊，一年能下四五十只羊羔子。从腊月到二三月，断断续续两三个月，总有小羊羔出生，一天也不能清静。

父亲在家里地上铺了一些软柴草，羊羔可以卧在柴草上过夜，夜里要把窑门关得严严实实，不能让小羊羔冻着。小羊羔嘴巴粉嫩嫩的，看着很可爱，却也不好管理。每天大羊出坡前喂一次奶，回坡以后再喂一次。小羊羔拉屎拉尿全在地上，满屋子骚臭气味，必须勤打扫。我们当然不能嫌小羊羔脏，因为它们是生产队的来钱之路。等它们秋天长大拿去卖了，社员们才有钱分红。

羊羔子很可爱也很俏皮，稍长大些便在屋子里跳来跳去，会跳到炕上，跳到灶台上，甚至跳到桌子上，找锅碗里的窝窝头吃。它们能闻到粮食的香味，把人吃的东西当自己的美餐。一个多月后，羊羔子长大些了，积攒了生命的元气和能量，能经受得住风霜雨雪和严寒了，才能放入羊群。

白天，父母劳动走了，羊羔子整天关在家里不行，父亲在院子里有阳光的地方围个小栅栏，天好时把羊羔子关进去晒太阳，大人不在家，它们就乖乖地待在栅栏里，挤在一起取暖，大人劳动回来，它们一见人就"咩咩"地叫，呼唤着要吃要喝，母亲赶紧给它们喂麸皮面汤。

有的母羊瘦，生出来的羊羔站不起来，总耷拉着头，卧在地上不睁眼，费尽力气照料还是死了。死几只小羊羔可不是小事情，队长会骂放羊人，责骂放羊人没尽到责任心，甚至扣工分。

那时候一头长大的山羊能卖十来块钱。生产队卖二三十头羊，就有两三百块钱收入，放羊人对自己的职责不敢懈怠。

后来父亲不放羊了，母亲又养起了母猪。农家喂母猪当年是创收的重要项目。母猪喂养好了，一窝能下十二三只，被看作家里的宝贝。猪仔子长大直接能卖现钱。正月里母猪下猪仔，关在简陋的猪圈里怕冻死，也要住进家里来。

记得大冬天里，母猪躺在我家地上，猪仔挤在一起争抢着吃奶，

抢不到猪奶头的急得"吱吱"地叫，抢到猪奶头的也"吱吱"地叫，叫声总是不断。猪这物种很能吃，白天黑夜吃，有时候夜里人已经进入梦乡，还会被猪仔的叫声吵醒。

猪享用了人的生活空间，可它们并不知道要爱惜这空间。母猪在哺乳期吃得多，排泄物也多。人们把它赶到外头时不拉，它们回屋时说不定哪时就拉撒，一会儿撒尿，一会儿撅着屁股拉屎，土窑洞通风不畅，家里的气味自然不好闻，尤其是生人从外面走进来，不掩鼻子无法久坐。

那时候的农家，人对猪是有深厚情感的。我家养母猪头一年取了利，到了第二年、第三年还继续养。一到冬天生猪仔，家里就无法安宁了。

由于当年粮食少，糠皮稗谷不多，猪的饲料也差，加上缺乏科学养猪知识，母猪奶水少，猪仔长得慢，要养四五十天才能出窝。

当年人猪混居，看起来很脏很乱，家人心里却兴奋着，快乐着，因为猪仔顺顺利利长大卖掉，家里一下就能进项大几十元或上百元，有了钱花，再不为买盐、买油、看病纠结，顿时觉得日子好阳光，好清爽。

心中的阳光

在我印象中，无论经历多少艰难挫折，父亲从不灰心失望。

在那些困顿的岁月，有些村里人心灰意冷，一副要死要活、听天由命的样子。那时还没有"躺平"这个说法，可他们却也百般急惰地混日子。他们说："生在这苦地方，再蹦跶也这样，一切都是命，半点不由人。"有的还会撂几句给自己壮胆气的大话："咱社会主义新中国，连狗也不能饿死，日子过不下去时，不信政府不救济咱们。"

村子里有好几户人家年年吃救济，一来救济粮、救济款，眼睛就睁得大大的，希望分到自己手里。有时政府拨来两套救济棉衣裤，好几户人家争着要，分不开只好抓阄，谁抓到了就归谁。有些人说话尖刻，劝我父亲："你要不要也去抓阄？"父亲大大方方地回答："咱丢不起那人，日子再凄惶也得自己过。"

那时候，村里凡是不好分配的东西，都用抓阄的办法。冬天队里杀了两只羊，按住户来分。一家分二斤半羊肉，分到谁家都嫌肉少骨头多，只好一份一份称开来抓阄。县里来了一个修公路下煤矿的名额，能去挣点活钱，村人也是抓阄，谁抓到算谁的，没人说不公道。

调整自留地时，村人为了争好些的地块能撕破脸，最后也只能用抓阄的办法。队长撕了很多纸片，会计在上面写下地名，编上号码，再盖上队里印章，比如"1号道雪迹""2号荞荒堰""3号榉树坡""4号围梁上""5号墓子梁"等，写好将纸片揉成小纸团，放进一个瓷罐子里，当着众人面把一堆纸团在瓷罐子里反复摇晃搅动后，每家的户主伸手在瓷罐里捏一个纸团出来。运气好的，抓到的地可能平整些；运气差的，抓到的地块或偏远，或挂在斜坡上，土壤干旱，地也瘦。抓到好地的人脸上泛着红光，抓到赖地的难过得直想哭。

那天父亲抓完阄，抓到的是矶砠子一块偏远的旱坡地，母亲神情沮丧极了。父亲说不怨别人，只怨咱手气差。再说那块瘦地远是远，算是一亩，丈量时放宽了一分，咱吃亏也没吃到哪里去。

父亲不怨天不怨地，分到自留地的第二天，他一刻也不敢耽误，晚饭后就扛着镢头，去地里刨碌碡石。那块地里石头太多，把镢头都刨坏了，父亲连着刨了好多天，拳头大的石头捡了一筐又一筐，直到石头被刨得干干净净。

刨完石头，父亲抬头看着土地上方那片土崖，土崖上长满了蒿柴野草，外表有一层黑黑的腐质壮土。父亲拿着铁锹爬上去，铲下崖面上的壮土，土顺坡流到地里，父亲又将壮土均匀地摊开，给土

地增加肥力。

父亲说，地好地赖在于人种，只要下足了苦水，不信没好收成。

一天，我跟着父亲到酸林沟打野草。路过一处山崖，崖上有很多野鸽子窝。父亲望着那些鸽子窝，忽然脸上露出喜色。我问他在想什么，他说发现好东西了，崖岩上的鸽子窝，年长日久肯定积累了很多鸽子粪，那是顶级的好肥料。

第二天，父亲让我和母亲随他到崖上铲鸽子粪。

这条石崖有十几二十米高，很陡峭。石崖层的风化处凹凹陷陷，石塄长长短短，似乎像层层叠叠的雨棚，正好适合野鸽子做窝。父亲要在腰上绑绳子下去，母亲看太危险急忙阻拦，说这么高的崖人下去一旦有闪失，怕是连命也丢了。父亲咬咬牙神情坚定地说："不用怕，如果真的出了事，那是我的命数。可是下去能铲到鸽子粪，咱今年吃瓜菜就不用愁了。"为了保险，父亲在腰上绑了一根麻绳和一根毛绳，用两根绳子做双保险。我和母亲分头各自拽住一根绳子，父亲脱了鞋，脚蹬住石板层，我们慢慢放绳子，他一点点往悬崖下面爬。我和母亲都捏一把汗，吓得瑟瑟发抖，我心里提醒自己，一定要把绳子拉紧，不能有丝毫差池，我们拽着绳子一点点往下放。父亲爬到石岩下，高兴得直叫唤，说是鸽子粪一堆一堆的。他拿了面袋子，一把一把往里装，装了大半袋鸽子粪。装好后，我们先用细绳子把粪袋吊上来，随后把父亲也拉上来。

望着大半袋鸽子粪，父亲高兴得合不拢嘴。

有了这次成功经验，接下来几天，父亲又走远路寻鸽子窝，虽然收获没这次多，但还是铲回来些鸽子粪。

父亲把鸽子粪拿回来，和炉灰搅拌了，春天自留地里种瓜，每一个瓜窝里抓两把进去。夏天到来了，瓜蔓上开了花，结了瓜，每一根瓜藤上都结出了果实。在日光的照耀下，瓜一天天长大了，粉甜的大南瓜被太阳晒得红红的，特别显眼。每当到了自留地，父母脸上就溢满了笑容。

父亲高兴地说："地里长不出好庄稼，不是地的过错，是人的过错。看看！咱这块瘦地，长东西比哪一家差了？"

我家自留地的中心，在一片锅台大地方，父亲还试着种了些甜菜，也撒了鸽子粪。结果甜菜叶子长得密密麻麻，可以不断掰着当青菜吃。到了秋天，刨了甜菜根子，足足一箩筐，熬出的甜菜糖竟有两瓷罐子。家里第一次有那么多的糖，用高粱面窝窝、玉米面窝窝蘸着甜菜糖吃，可甜了。家里人偷着高兴，相信在全村人之中，那一年我们家吃到的糖最多。

当年生活虽然困苦，但父亲对生活总是很热心。我记得每逢春节，父亲的情绪尤其好。在除夕前几天，他就找来一些高粱秸秆，自己动手扎灯笼。灯笼小巧玲珑，形状像一顶小轿子，四周糊了麻纸，奶奶用红纸剪下动物图案贴上去。从除夕到初五，我家天天夜里在院子里点一会儿灯笼，烘托节日的气氛。村人往来走动，见谁家院子里亮着灯笼，就会停下来说几句好听的话，每当这时，父亲就让人家到屋里来抽烟，脸上光彩一阵子。红色是对过年气氛最好的衬托，过年前父亲还会买些红纸，买一长串鞭炮，他除了在门口贴红对联，还用红纸折出很多风葫芦，鸡蛋大的、拳头大的风葫芦，串了线吊在窑顶上，把家里装点得特别喜庆。至于鞭炮，过年时父亲会拆开了均匀地分给我们兄弟姐妹，让我们在放鞭炮中体验节日的快乐。

后来我想，即便困难年月，同样在农村，勤人和懒人是不能比的；同样是种地，下苦和不下苦的收获也是没法比的。父亲阳光的心态，对我们全家渡过难关起了至关重要的作用。

三爹，一个乡村教师的小康梦

蜉蝣掘阅，麻衣如雪。心之忧矣，于我归说？

——《诗经·曹风·蜉蝣》

乡村教师

我在少年时，有一个感觉最亲切、与我距离最近的长辈，就是三爹。除了父亲，三爹对我的人格形成也产生了很大的影响。

爷爷奶奶本来生育了五个男孩，大爹之后是我的父亲，然后是三爹。早年那个三爹三岁时死于饥饿，奶奶后来又生了一个男孩，按乡村习惯又被列为三爹。

我听父亲说，这后一个三爹出生的时候正是夏日中午，烈日当头。爷爷请人给三爹算过命，算命先生说他"命运上佳"。这个"命运上佳"的孩子，真的是福来气旺。三爹到上学的年龄，赶上新中国成立，知道他聪明，爷爷奶奶、姨父姨妈，还有大爹十分支持，一起供他读书。果然，三爹天资聪颖，悟性颇高，记得三爹说他在上学时，别的同学听老师讲课两三遍还懵懂，他听一遍就能明白。他识字多，长进快，一路顺顺利利上到高中。

三爹高中毕业以后当上了小学教师。我上小学的时候，常见三爹周末回来。他中等个子，人不胖也不瘦，有一张清秀而俊朗的脸，脸上常带着微笑，给人感觉他对生活有着无限的深情。三爹的慈爱如阳光般洒进我的心里，他教我画和平鸽，画小房子，画好了就奖励我几个彩色粉笔头，有时奖我一支红蓝铅笔。知道孩子玩心重，三爹还会带些旧报纸回来，叠各种形状的小飞机、小鸟，和我们一起玩，阵阵笑声中，纸飞机在院子里随风翻飞。平淡无聊的时光，只要三爹在就乐趣无穷。每当过完年，三爹还会把门上贴的红对联揭下来，贴在高粱秸秆上做成风车给我们玩。和三爹在一起，幼年的我感到极其快乐开心。

三爹闲下来的时候喜欢看线装本《聊斋》，厚厚的一本。有空他就给我讲书上的故事，讲得有声有色。我好奇地听着那些狐妖鬼魅的故事，听了觉得害怕，感觉书中故事就发生在我们村子周围。可越怕越想听。三爹劝我要好好念书识字，识字多了，自己就能看书上的故事了。

三爹亲近孩子，也特别喜欢孩子，觉得无论穷富家里人多就是幸福。三爹结婚成家后接连生了好几个孩子，一家人其乐融融的，可养家的担子也特别重。

三爹在附近村子里教书，三妈和孩子，也就是我堂弟堂妹们，都是农村户口，在生产队劳动吃粮。三爹靠每月三十六元的工资养活一大家子人。从我记事时起，直到以后十几年中，三爹每月三十六元的工资没变过。为了养好家，他学会了木匠、皮匠、石匠手艺，星期天和寒暑假也从不闲着，总在抓紧时间干些杂活挣钱。

我从未见过一个人能有那么多的手艺。记得三爹家里的工具特别多，木匠工具、石匠工具、皮匠工具，大大小小、长长短短，在窑洞的地上摆放了很多。

我上中学的时候，三爹曾一次拿出二十块钱资助我。他把钱交给爷爷保管，告诉爷爷一次只能给我两块钱用。三爹对我说："你家里穷，供养不起你念书，我出手帮助，你要好好念，争取能念上大学。"有了三爹给的钱，我一个月有一两元可以支配，买了十分喜爱

的圆珠笔，买了羡慕已久的塑料皮笔记本。下午上完课肚子饿时，我到对面供销社，偶尔还能花五分钱一两粮票，买个双面混合的饼子——一半白面一半玉米面混合糖精水烤出来的饼子，表面焦脆发黄，我在嘴里慢慢咀嚼、品味，很是享受。

家里困难，三爹资助我上学，我长大了有力气了，就帮三爹做些事情。三爹学了木匠手艺，自己买来木料解木板、做家具，我周末从学校回家，经常帮他拉大锯解木板。

盆子粗的榆木上放上墨线，我和三爹一起拉大锯。拉锯是个技术活儿。一开始我锯齿落不在墨线上，总是走线，三爹告诉我不能急，要攥住锯把，双手均匀用力，身子要放松，用力不能太猛。他说无论做什么事，放松才能做好。榆木很硬，盆子粗的树干，锯好一阵才能锯下去几厘米。我一会儿便觉得腰酸胳膊痛，三爹就把偏下用力的一边自己拉，让我轻轻拉偏上一边。其实三爹从小念书长大，身体并不壮实，但他极有耐心和定力，"嚓—嚓—嚓—"一下一下，把锯条稳稳地拉下去，锯齿一会儿就深深嵌进木头一截，他趁机教育我，说木匠活一要耐心，二要专心，无论做甚事，想做好离不开"耐心专心"四个字，这话让我往后的几十年都受益良多。

有头脑的人终究办法多。三爹有时候还倒腾羊，秋天到附近村子打听买农家的羊，买回来杀了，把羊肉卖了羊皮留下，做成皮袄再卖钱。

冬天放了寒假，三爹就在家里沤羊皮、铲皮子、做皮袄。沤羊皮时，走进三爹家里，有一股特别的酸怪味道。三爹家炕头上放着一个大缸，直径约 0.6 米，高度在 1.5 米左右，沤羊皮用的是掺进芒硝、发了酸的米汤，这是先人们流传下来的土方法。一个大缸能沤进四五张羊皮。每天早上和晚上，三爹要翻搅几次羊皮，以保证沤制均匀，不脱毛。每当搅动沤羊皮的大缸时，一种酸臭怪味就在屋子里飘散开来。冬天外面寒风阵阵，不便多开门，沤皮大缸放在炕头最暖和的地方，夜里一家人也睡在炕上，家人白天黑夜都要忍受沤羊皮的味道，真是不容易。

沤羊皮的过程和技术复杂，铲皮子更要技术。三爹能把又脏又臭的羊皮皮板用铲子铲得雪白光洁，非常柔软。连那些专业的老皮匠都称赞他有文化，有恒心，手艺好。

铲好羊皮后，三爹自己缝皮袄，他有文化，能够把各种型号的衣服拆开量尺寸，巧妙地仿制。即便在寒假，他也常常起早贪黑，缝皮袄忙到废寝忘食。

三爹缝好皮袄还要挂上黄布或者黑布面子，像部队军大衣的那种样式。那种款式没几个乡村人会加工。后来三爹攒了钱，买了一台缝纫机，加工出的皮袄像工厂做的一样。绵羊皮皮袄，穿起来又暖和，又体面，当年只有吃公家饭的人，才能穿得起这么"高档"的衣物。

那个时候的冬天特别冷，腊月里冷风直往人骨头里钻，三爹的皮袄很快就能出手。卖了皮袄有人给现钱，有人拖欠着，到了第二年、第三年才能给。三爹从不计较，周围上村下社都是熟人。

由于人缘好，人们信任三爹的人品，他冬天做完皮匠活，春天又有人找他订立柜或躺柜，他总舍不得休息。

三爹坚韧顽强、吃苦耐劳已形成习惯。有一年他在韩家川买了些榆木板，一个星期天，三爹叫我和他一起去背木板。我十五岁了，已经有些力气。韩家川往返一次要走八十里山路，当天去当天背着木板往回走。榆木死沉死沉的，我背了一块木板就勒得肩膀发麻，三爹叠起来一人背三块。中午路过杜家峁三妈的娘家，三姥娘见女婿带着侄儿上门了，用豆腐捞饭款待我们，烩菜中放了山药蛋、豆腐和粉条，吃起来真香，一直吃到饭菜满到喉咙口。饭后三姥娘见我们脸上都挂着疲劳的神色，竭力挽留我们，劝我们歇一夜再走，三爹执意不肯，说家里忙，耽误不得。

饭后我们背起榆木板继续往回走。一路上三爹不动声色，一步一步往前迈，我跟在后面，看到他汗水不停地流，心生敬畏，也很

受教育。一个读过书的人在承受生活压力时能这么拼命，真是令人佩服之至！天很黑时，我们才把木板背回家。三爹背三块榆木板，麻绳把肩膀勒出了两道深深的血印子。

背回来的木板，不久便被三爹做成了家具。他靠自己钻研，熟练地掌握了上油漆的技能，掌握了不同颜色的配置技巧，清漆原木色，朱漆大红色，光亮亮的家具谁看了都喜欢。他做的大立柜，上了黄灿灿的油漆，漂漂亮亮地竖在地上，村里人走来看，有人称赞柜子样式好，有人夸奖三爹木工手艺严丝合缝，有人说油漆技术也是一流，东西真是好东西，可惜就是自己手里缺钱。

村人佩服三爹，这个面色柔和、内心坚韧的男人，他的手艺、他的吃苦精神、他的眼光都让人佩服。人们当面赞扬他，背地里议论他，说是张家出了个大能人，粗钱细钱、大钱小钱都让他挣到了。

多少年过去了，三爹干活时牛一样的犟劲，挥汗如雨的形象，一直深深地印在我的脑海里。

当年的小康梦

我最早从三爹身上看到了拼搏的甜头。他拿着工资又有手艺，日子过到了全村人的前头。

在我少年的记忆里，三爹冬天能戴火车头帽子，穿棉毛袜子，夏天穿斜纹布裤子和细腻的的确良衬衫，而我们只能穿粗糙的家庭本机布衣裤。三爹家的孩子们也都能穿上机织洋布衣服，这在村里几十户人家中算很风光了。那个年头，许多人家大人孩子两三年穿不起新衣服，因为人口多，衣着根本顾不上讲究。

当年多数人家穷到羊毛毡都铺不起，可是三爹家的炕上却铺满了炕毡。这也是那个年头富裕的标志。

三爹生性好强，居住条件也不愿意落在村人后面。当年满村人住的都是土窑洞，一家挨一家，邻里纠纷多。三爹选了一处离众人稍远的地方，在村对面一处向阳的山崖下，要凭自己的力气，在那里掏土窑洞。窑洞这种古老的居住形式，三爹认为如果能独门独户，也是安宁日子的象征。

三爹是个说干就干的人，一放寒假就开工挖窑洞，我有空就去帮忙，父亲有空也去帮忙。三爹身胚不壮，干活的时候容易累。父亲累了坐着歇一会儿，三爹累了就地躺一会儿，歇过了又高高举起镢头挖土。他急切地想有一个赖以生存的新家。红胶泥很瓷实，随着镢头的挥动，泥土一点点落下来。一天挖进去几十厘米他才肯收工。三爹天天跟红胶泥较劲，有一天竟累得一头栽倒，我们扶着他回了家。

带着无尽的希望和喜悦，忙了一个冬天，窑洞终于掏好了。那个冬天，和三爹挖土铲土，推车倒土，我也出了不少力，流了不少汗。站在窑洞前远眺，周边是座座山梁，沟里是弯弯曲曲的小溪，早上太阳初升时，阳光直接晒到窑洞前，暖和得像进入春天一样。谁料三月份，村里来了一位风水先生，说三爹选的那块地方占了太岁方位，不能住人，住进去家人不祥，轻则有病灾，重则有生命之虞。那时候农村人很迷信，三爹虽然读过书，也未能免俗。他犯了难，放弃劳动成果吧，一时难以接受，可要硬着头皮带全家人住进去，万一有事后悔莫及。想来想去，三爹最终觉得还是放弃为好，那被挖出来的约十米深的土窑洞，最后废弃了。

这件事情当时对三爹的精神打击很大，他长嗟短叹，说自己运气不好，事先没找风水先生，吃了大亏。但是没过多久，他心里就把这事放下了，又筹划着在别的地方挖窑洞。

学校开学不久，有一天三爹到我家来，把一条崭新的灯芯绒裤子给我并且说："这是你三妈刚缝好的，你开学时穿上吧。"我知道这是我帮三爹一个冬天掏窑洞的回报。虽然窑洞报废了，但三爹没忘记我的劳动。我脱下旧裤子，把新裤子穿上，灯芯绒裤子色泽深蓝，凸起来的纹路直直的，两边还留着裤兜，穿着令我感觉自己很

"高贵"，我竟有些不好意思。那是我第一次穿那么高级的裤子。灯芯绒在那个年代，是农村闺女们出嫁的时候要彩礼才能要到的东西，她们要到那么高级的布料往往舍不得穿，而是压在箱子底下，即便做成衣服，也只有走亲戚、山场集会才偶尔穿一下，平时舍不得享用，我知道三爹给我劳动回报的分量有多重，心里一阵发热。

我刚穿崭新的裤子到学校时感到很不好意思，甚至有些别扭，感觉同学们目光都落在了我的新裤子上。也因为那条裤子，我第一次感到一个农家孩子多了一份尊严，感受到了劳动价值的宝贵。

强撑硬扛

吃别人不能吃的苦，忍别人不能忍的痛。磨难造就人的坚韧，也加速消耗生命的光和热。

我大学毕业在外地工作以后，三爹仍在家乡教书。有一年我回老家看望父母，坐车抵达县城已是傍晚，当天无法回乡。那时三爹已调到县城当教师，于是我住在三爹家过夜。那次三爹正生病，躺在床上不吃不喝。

生活压力在三爹身上留下了明显的痕迹，三爹刚四十出头，已胡子拉碴，一脸沧桑。细问之下，他仍然是常年劳累，除了教学工作，他仍然起早贪黑干些手头杂活，弥补生活。几年不见，我明显感到三爹老了，那是饱含着人生疲惫的衰老。

三爹进县城以来，孩子们跟着到县城念书，三妈留在农村。人口多了，在县城的学校住着太挤，三爹焦虑地想弄个住处。一大家子人，他既为当下生活操心，也为居住问题担忧。

多年打拼后，改革开放了，为了攒钱弄住房，三爹说他曾经出远门，买了一大包电子手表，回来后在喧闹的集市上卖。集市上人来人往，男男女女、老老少少，吵吵嚷嚷买这买那，就是很少有人买他的电子表，那时候人们还信不过电子表，说这东西一闪一闪的，说坏就坏，坏了就废了。结果，三爹把往返的车票、本钱、花费的时间等投入都合计下来，发现这成了一桩连本也没捞回来的买卖。

于是，学校放假后，别的老师闲下了，三爹又谋划着和父亲合伙去内蒙古买羊。贩羊这营生也异常辛苦，买到羊以后，老弟兄两人只能赶着羊群顺着隐隐约约的小路往回走。草原空旷荒凉，有些地方草地不像草地，沙漠不像沙漠，只有星星点点的骆驼草和沙柳丛，人连水也喝不上。中午，天上太阳火辣辣地喷吐着烈焰，他们走在沙漠里，口渴难耐，可再热也不能停下来，只能赶着羊群往前走。太阳晒得他们浑身冒汗，身上的衣服湿了又干，干了又湿。夏天气候多变，有时候，一阵狂风带来跑马云，大雨忽然就倾泻下来，他们赶着羊没地方躲雨，只好就地停住，挤成一堆。等雨停了，羊和人身上也全被淋透了。三爹说，有一回遇上打雷，羊炸了群，疯跑四散，还丢了两只。

三爹和父亲到内蒙古买羊，为了节省用度，走的时候一般是买些饼子背在干粮袋里，饿了就掏出来吃几口，遇到有水草的地方，羊在野地里吃草，人就坐在地上啃干粮，吃饱后再赶着羊群走。

路途遥远，他们赶着羊群，哪里黑就在哪里住。运气好时住蒙古族同胞的毡房里或者土窝子，运气不好时只能住人家院子的围栏里。赶着羊群夜里睡不安稳，害怕羊走丢了或者被人偷了，两个人只好一个前半夜睡，一个后半夜睡，天亮以后，吃点东西再走。

草原上有很多"一家村"，一片草原就只有一户人家。有些人家不敢让外来人住，要说很多好话才能容留你。那些有两个地窝子的人家腾出一个给他们住，他们自然是感激不尽。地窝子里为防潮铺了干羊粪，他们天天都不脱衣睡觉，几天住下来，浑身汗酸味，在没水的地方，连洗脸也免了。

牧民家吃饭，花费极少，常规的早饭是炒米和奶茶，汉人吃不习惯，也得将就着吃，吃完饭给人家留两块钱。有的牧民很友善，很淳朴，不要他们的饭钱，说他们挣钱也不容易，能省则省吧。

有时吃牧民家的饭实在不顺口，他们就一口一口啃自己带的干饼子，贩羊路上他们就是这么熬过来的。可是每次把羊赶回来卖了，三爹说所有劳累的感觉，都在赚钱的喜悦中消失了。

后来三爹到底攒了点钱，在县城附近的山坡上买了一小块地皮。后面的日子他先是备石料、买砖头，准备修窑洞，接着挖地、推土倒土、搬运砖头石料，请了匠人和小工施工干活。按照当地习惯，三爹每天还要给匠人们管饭，为了让匠人们卖力干，还得给他们买纸烟。忙碌了一段时间，两眼青砖面子窑洞修起来了。

新修起的窑洞朝南向阳，所处地势高，在县城边的山坡上，走出门就能望见整个县城。初夏的阳光晒在院子里，照进窗户，洒在炕上，住下来很有闹中取静的感觉，这曾经让多少乡村进城的教师羡慕。那时候县城还没有开发房地产，就是有钱也没处买房。三爹满意地欣赏着在城里真正属于自己的家，住在新家，经常笑容灿烂。

生活的美好常常让人赞叹，但命运的残酷有时又是多么无情！

三爹一如既往地忙忙碌碌，又是几个年头过去了。刚过五十岁，三爹常常莫名感到腰痛头痛，腰痛严重时起不了床，饭也吃得很少，人瘦得很厉害，走路时常常双腿颤抖。上医院检查才知道，三爹患的是要命的不治之症。早年的身体透支无情地摧毁了他的健康。

三爹在五十多岁的年纪就过早地离开了人世。以我们家族的长寿基因，他本来可以活到八九十岁。他把悲伤留给了家人，把遗憾留给了家人。

他渴求过自己满意的生活，最终也付出了惨重的代价。

每当想到三爹的一生，我就会想到很多，想到贫穷对生命的制约，想到人与时代、人与命运的关系，也想到了人在命运面前的不屈和悲壮。

四爹，"吃"的向往

彼黍离离，彼稷之实。行迈靡靡，中心如噎。

知我者，谓我心忧；不知我者，谓我何求。

——《诗经·王风·黍离》

四爹的心愿

很多年之前，四爹与我家同住一个院子，他是父亲几兄弟中最小的一个。我童年印象中，四爹远不如三爹那么亲切，他很少和我们一起玩，总是一副很冷漠的样子。四爹不识多少字，身上保留了农村人的老旧习惯，常年吸旱烟袋，人前少言寡语，只会一门心思营务庄稼。四爹虽然身材不高却精力旺盛，力气也大，农忙时到地里从早忙到晚，农闲时不是喂猪喂羊，就是拾粪编篓子，担水扫院拌茅粪，总之就是闲不住。

秋天回乡，我落脚在四爹四妈家。如今七十多岁的四爹四妈，是家族中唯二留守农村的老人。四爹背微微驼，额头上爬满皱纹，手脚和脖子上青筋暴起，只有那一头粗硬的头发看得出他是一个健壮的老人。

四爹的脾气很直杠，爱认死理。这么多年他留在农村，是因为小时候有过深刻的饥饿体验，把"吃"看得很重。

我对四爹的记忆，大多和吃有关。二十世纪六十年代初的家乡农村，一遇灾年就吃不饱。那时四爹还是个上学的学生，我是个五六岁的孩子，为了吃，四爹常给我脸色看。奶奶吃饭时我守在旁边，总想混几口饭吃，奶奶给我喂两口饭，四爹很恼火，常赶我走，还训斥我。

那时候我们叔侄间常存对立情绪。奶奶吃东西时喂我几口会尽量避开四爹。见我中午饿急了，奶奶喝几口酸菜汤也会夹两片菜叶子喂我嘴里；奶奶喝高粱面糊糊，也会给我吸溜两口，四爹看见了马上阻止。

"妈，你都饿得浮肿了，怎咧还喂给他吃？"四爹含着泪蛋子说奶奶。

奶奶说："他是我大孙子，看瘦成甚了？孩儿要是饿翻了，我还有甚活头？"奶奶这一说，四爹不言语了。

奶奶做晚饭时，我守在门口玩。饭快熟了，四爹驱赶我："回你家里咧！少皮没脸又想蹭吃！"我装没听见，故意不走，四爹就动手，在我肩膀上推搡着说"快往你家里走"，我只好悻悻地走了。

其实四爹讨厌我，也因我自己身上有坏毛病。儿童时少皮没脸，饥饿中我学会了偷吃，趁四爹不在、奶奶不注意时常偷吃他们的窝窝头，一次不敢多偷，就在边角上掰小小一块，塞到嘴里吃几口。四爹发现窝窝头少了个缺口，就说一定是我干的，奶奶护着我，圆场说是猫啃的。

提起这些往事，我问四爹有没有印象？他说有哩。饥饿年月把人饿得连亲情也淡薄了。

那次回乡，走进四爹家里，喝罢水看他的储粮窑洞，几十麻袋黄豆堆放在水泥地上，麻袋下面垫了几根粗木杠子，便于通风透气，防止潮湿发霉，也能让猫自由出入防鼠害。我问，存这么多黄豆，也不及时卖了？正在抽烟的四爹说卖不上价钱，一斤黄豆才两块钱，谁也没想到，这几年粮食价钱会这么贱。

四妈也在一边为卖不出黄豆烦恼。我问起究竟，四妈说他们种的黄豆是传统黄豆种子，不像杂交黄豆颗粒大，卖不上好价钱，老种子的黄豆做豆腐也没杂交黄豆做出来的多，价钱便宜还不好卖。

家里玉米也积存了很多，新的旧的都有。

我知道多少年来四爹有他的田园梦。他小时候饿过，后来就一门心思在农村种庄稼，追求温饱的日子。

儿时我从爷爷嘴里听说过四爹的遭遇和经历。家里一代代人都是"睁眼瞎"，四爹到上学的年龄，爷爷奶奶自然希望他读书。二十世纪六十年代初，四爹在村里上完小学就到公社所在地上高小。他上高小时在扒楼沟住校，正赶上三年困难饥饿之苦，他本来可以把书读下去，无奈天意弄人，阴差阳错地改变了人生轨迹。

1961年春天，四爹他们学校伙食还是非常差，天天吃高粱面杂和稀粥，水多米面少，只能勉强吊住命。挨过一段时间饿，四爹有气无力，经常头昏，腿和脸都浮肿了，连上课的心思也没了。好不容易盼来救命粮，那天学校组织同学们到李家湾粮站去背粮。一听说有粮食，同学们一个个高兴得像是要过节了，纷纷拿着面袋子往粮站跑。学校的老师领同学们买到了生玉米，大家每人背一些玉米回校，离开粮站时，老师把每个同学的粮袋子都用绳子扎得死死的，防止同学们路上偷吃。可走到半路上，众人饿得腿软，坐下休息，有同学提议说每人吃几颗玉米吧，可粮袋子被绳子扎死了。突然有个同学发现四爹的玉米袋子很旧，上面有个黄豆大小的破洞，于是大家用指头一粒一粒抠玉米吃，不知不觉把四爹的玉米袋子抠出一个核桃大小的破洞。每人抠着吃完半把玉米，四爹再背起来走时，玉米直往外漏。这事被老师发现了，回去报告校方，四爹在学校被点名批评，校方还提出要开除学籍，四爹干脆自己退学了。

回家后四爹发誓老老实实当农民，一定要填饱肚子，吃上饱饭。四爹说他在学校里受饿时，夜里睡觉总梦见一碗接一碗地吃东西，总也吃不饱。回到农村，他最大的目标就是天天吃饱饭。没几年，

四爹成了一个出色的庄稼人。

到我上学时，四爹已经是个强劳力，他赶着牛耕一天能耕七八亩地；往地里背粪，一回能背一百多斤；夏天锄地，他脊背被太阳晒得黝黑，在万里无云的毒日头下，连草帽都不戴。四爹年轻时力气也大，有几年年成好能吃饱，爷爷在河岔打的磨盘三百多斤重，他一个人就能背回来，厚厚的磨扇也在三百斤上下，都是他从河沟里背回来的。四爹吃饱后身上的力气像牛一样大。

提起饥饿，就触到了四爹的伤痛处。公社化时，许多人偷奸耍滑，他深恶痛绝，认为这种人害人害己。可他改变不了什么，话多了别人还讨厌，于是干脆闭嘴装哑巴，久而久之，在人群中显得孤立了。

直到农村改革，土地承包到自己手里，四爹才真正过上了舒心日子。后来，人们外出打工或者做小生意，纷纷进了城，四爹仍然留在农村，他怕离开土地以后万一情况变化又会挨饿，认为只有自己种粮食才最可靠。

多年来，我每隔一两年就回村一趟。早在十几年前，我就发现绝大部分的村人都到外面讨生活，人们偶尔回村里来，也是逢年过节在祖宗坟头上烧些纸敬点香，转身又走了。

我问四爹多年来有没有打算走？四爹说他习惯了农村生活，一辈子就爱种地，在土地上劳作活得踏实。他说假如社会动荡，他存的粮食也够全家族几十口子人回村吃一两年的。平时，在外的族人谁想吃小米、山药蛋、南瓜、五谷杂粮，都可以开车回去拿。我久居远在南方的广州，四爹每年给我寄的有机黄豆、小米、绿豆、芝麻，已经连续吃了十几年，算是充分享受到了一个农村留守老人给城市里的亲人提供的绿色福利。

四爹说，如今种地比以前轻省多了，过去种地那么辛苦，光是春天背粪、耕地，人就累得脱层皮，可是过去三亩地也没现在一亩地里打的粮食多。如今耕地也不用牛了，村里人口少了，即便选最平整的土地也耕种不完，远不像以前劳累。

时代毕竟变了，我走遍全村没一户人家喂牛，也不见其他大牲口。四爹说耕地有刨刨机，也就是简易耕地机，耕地时加上油，机器带着铁犁铧，人扶住把手，在地里跑着翻耕，一阵子就能耕出一大片，比牛还好用。

"操作复不复杂，咋学会用的？"我问。

"扶贫工作队来村里，有人教哩，人家是实实的负责任哩。"四爹乐着说。

旧香难寻

如果问上辈的农村人最盼望的是什么，很多人会回答，过年时能好好吃两顿肉。是的，肉是过去农家生活中最奢侈的食品。

几年前我回去，看到四爹家里窑洞的灶台边，竖着一台老式冰箱。冰箱上下两层，上面冷藏、下面冷冻。四妈拉开冰箱让我看，里面冻的有猪肉、羊肉、鸡肉，还有一大碗煮熟的猪肉冷藏着，看得出他们平时不缺肉吃。

四爹说年轻时想吃肉的时候没肉，现在老了，猪肉、羊肉、鸡肉都有了，可人也吃不动了，肥油大肉吃多了还会坏事，会堵血管。农村人也知道要保健养生了。

在我小时候的印象中，肉食非常珍贵，村里的人家，只有过年和七月十五时才能吃一两顿肉。大年三十煮上二斤猪肉，烩进一大锅山药蛋、白菜，每个人吃到三五片肉就算是吃过肉了。只有家境特别好的人家，过年才会买上一条羊腿或十斤八斤猪肉，和山药蛋、豆腐炖在一起，能多吃几顿。

二十世纪七十年代初，有一年过年，粗略算了一下，村里竟有一半的人家没肉吃、过素年，大都是看病欠了债的、交不起集体口粮款的、娶媳妇欠下巨额彩礼钱的、念书交不起学费的。村里人大

黄土地印记

年三十吃一顿山药蛋豆腐捞饭，正月初一吃一顿白面片，就算过了年。那时没肉就没年味，年也过得不顺心。

在物资匮乏的年代，穷人家吃一顿肉不是一件容易的事。平时人们即便想吃肉也没处买，得利用十天一次的赶集机会，到三十里以外的魏家滩集市上才买得到。

小时候吃肉的一次细节令我难忘。那年我大概八九岁，一个七月十五的半夜，我睡得正香，被奶奶从梦中叫醒，走到奶奶屋里，满屋肉香。过七月十五前，大爹给爷爷寄回二十块钱，四爹和爷爷奶奶一起生活，他说自从过了年还没吃过肉，想肉想得心慌。七月十五清早有人去魏家滩赶集，爷爷拿出一块五毛钱，让人捎二斤肉回来。下午四爹就盼着赶集的回来，直等到满天繁星人家才来。往返魏家滩将近七十里山路，集场上还要耽搁，赶集的人不可能早回来。奶奶连夜切肉下锅，把肉炖熟了，爷爷奶奶尝了两片，四爹一个人吃起来，说是一次肉瘾要过个足。眼看猪肉要吃完了，奶奶让四爹给我留了两小块，那是指头肚子大的两小块儿，一块肥肉，一块瘦肉。弟弟妹妹好几个，奶奶单独把我叫醒吃肉是因为我矮小瘦弱，她总想给我吃点偏食，盼着我长强长壮。我坐在灶台边，把那块肥肉嚼在嘴里时，感觉猪油在舌尖上滑动，每一个味蕾都陶醉了，那块瘦肉也浸了猪油，猪肉咽下去很久，余香未散。吃完肉，我舔着嘴唇准备回去睡觉，听一旁的四爹说，二斤肉吃得不过瘾，只吃了个半饱，再有一斤就好了。

说起这件事情，四爹也记着当年的情景，说那年七月十五托人在魏家滩买的二斤肉，连夜煮好一顿全吃完了，吃完以后当天夜里可算睡了个好觉。

1970 年冬天，入冬以后，父亲提出要杀掉我们家的老母猪，母猪太老不生猪仔了。母亲喂了好几年母猪，宰杀时有些不忍。父亲说自古猪羊一碟菜，杀了猪肉能卖些钱，卖不完的自家留着吃。当年杀了猪，猪肝、猪肺、猪肠、猪肚，煮了一大锅，煮熟以后，母亲切碎了放进大葱炒着吃，全家人大快朵颐，给我留下极其难忘的印象。那时村里大多数人家穷，家家都是能省则省，我家母猪肉六毛钱一斤，吆喝几天没人买。只好降到五毛钱一斤，那些终年不知肉味的人家到底动心了，东家二斤，西家三斤，猪肉卖出去了一半。留下的另一半，父亲剁成块放在二斗盆子里，用一块大石板盖住冰冻在院子里，自家慢慢吃。

俗话说"老牛筋母猪肉，蒸不动煮不烂"，是有些道理。母猪肉又腥又柴，要慢火炖两三个小时。肉虽有点腥味，并不妨碍肉香袭人，炖肉时放上八角，炖熟后喷上醋，放进大葱，仍然香味飘逸。我家人口多，要是放开吃这肉，一顿能吃五六斤，自然不能这么吃。每次母亲只拿两斤出来，炖好后和山药蛋、酸白菜搅在一起，每人只能吃三五块肉，就那样，吃过一次肉好几天带着满足感。

现在谁吃母猪肉？可在那个物资匮乏的年代，肉就是好东西。有了母猪肉，全家人觉得一个冬天的日子都有滋有味。

时过境迁，现在肉食丰富了，两相比较，真让人感慨！在四爹家，四妈拉开冰箱问："想吃肉呀不？咱煮上些吃。"

四爹说，家里有些肉放了好几个月了，平时也不记着吃，一直冷冻着。不用说猪肉，就是羊肉，算上等好肉了，也吃得慢。冬天杀一只羊，卖一半留一半，能一直吃到春天。羊头、羊蹄子、羊下水都给帮忙杀羊的人了，可过去光是一副羊下水也是宝贝，要吃好几顿。

四爹说，现如今人胃口也变了，猪肉、羊肉、鸡肉，哪一种肉都觉得不如过去的香，几十年前的肉香味，咋也找不到了，究竟是甚原因？

我说，社会发展了，人吃肉多了，对肉不稀罕了。当然现在饲料喂出来的肉不如过去野草野菜喂出来的肉香。但最根本的还是物以稀为贵，困难年代渐行渐远，人的胃口也变了，肉最香的时代已经过去了。

驯养野猪

每次回老家县城，我都想回一趟村里看看留守的四爹四妈。我吃了他们寄给我的很多五谷杂粮，虽说是亲情温暖，总但觉得欠着他们一份恩情。

老家村子四周沟壑纵横，山梁坡峁、深涧河沟里长满了高高低低的野草、树木、蒿柴，汽车从山梁上通过，时不时能看到一群群肥嘟嘟的石鸡，还有拖着长尾巴的野鸡在觅食。退耕还林以后，老家的生态正在恢复，环境在不知不觉中有了改变。

我走进四爹家住的院子，已是早饭以后。两个老人还没出去干活，我们坐下来喝水聊天，吃过新鲜红枣，四妈领我看她喂的鸡和猪。我走到院墙边，见一只铁笼子里关着什么动物，像一只不安分的野猫，在笼子里窜来窜去，细看原来是一头小野猪。铁笼子不算小，野猪大概很不习惯被关起来的生活。四妈说，这是从山梁上抓来的一头野猪，铁笼子原来是用于关鸡的，由于狐狸多，人不在时狐狸总来偷鸡吃，只好做了个大铁笼子关鸡，人不在家里时，即便狐狸来了，鸡也是安全的。那天他们在山梁上见到一头大野猪，带了一窝猪仔觅食，小野猪跑得散，有一只落了单，被四爹捉住了，于是带回家里来喂养。害怕它跑了，就关到鸡笼子里，鸡只能关鸡窝了。

小野猪大概有十几斤重，嘴巴尖尖的，小耳朵直直的，毛色很好看，背上有一条条灰黄相间的花纹，如果藏在草丛中很不容易辨认。四爹说，他养野猪是想做个试验，看能不能喂大，野猪如果长大了，和家猪杂交再生出猪仔，喂大就能吃鲜美的野猪肉了。

四爹四妈听别人说，前几年城里人吃野味成风气，餐馆酒楼的野猪肉时价上到了一百多块钱一斤，要是喂养野猪成功了，说不定多了一条来钱的门路。可事情没他们想的顺利。

四爹说，原想着猪这种动物不挑食，他们每天吃完饭，把吃剩的饭倒在盆子里给它吃，可是这个看起来和家猪差不多的家伙很娇气，比家猪难养多了，给饭它不好好吃，把玉米黄豆放进盆子里，也不好好吃，饿急了才偶尔吃几口。

四妈说，小野猪看着是猪，可到底是野生动物，很难饲养，喂了一个多月了，才长了一点点。

四爹告诉我，小野猪长了几斤，还是多亏了我在县城做食品配送生意的一个堂弟。那次堂弟回来，给四爹带了些饼干点心，四爹吃饼干时，试着给小野猪扔去一块，它一下子就捡起来吃了。知道它喜欢吃饼干，于是堂弟隔天搬回两箱过期饼干，天天给野猪吃。野猪吃饼干、喝清水，喂了一个月，把两箱饼干吃完了，只长了一点点。看来这东西饲养成本太高，喂下去也划不来。

四爹忽然提出，不如把它杀了吃肉吧，城里人吃的小乳猪不也就十来斤肉吗？这小野猪，应该也有八九斤，够煮着吃几顿。

四妈说，这么小有甚吃头，与其杀它，不如放了它吧，让它自由自在地在野外生活，吃野草野菜，也许会长大。

四妈坚持放走，四爹有些犹豫。

是呀，放了到底有些可惜。记得在我们小时候，一只土拨鼠、一只鸽子、一只石鸡或者野兔子，都是诱人的美味。村人夜里去掏野鸽子窝，还发生过跌伤的事情。我小时候为了掏几个喜鹊蛋吃，爬树时把衣服都扯破了。夏天我在野外挖苦菜的时候，在黑豆地里抓住一只刚出窝的野兔子，比拳头稍微大些，拿回家也煮着吃了。那个时候，天上飞的、地上跑的，大大小小一切会动的东西，只要能抓住通通会把它吃掉。我们还把麻雀套住裹了泥，放在火里烧着吃过呢。

眼前是一只十来斤重的小野猪，四妈竟然提出要放了它。四爹问我，现在政府提倡保护野生动物，这么小的野猪，杀了吃政府会不会怪罪下来？我说会不会怪罪我不知道，反正现在咱这里野生动

物还没多到一定要捕杀的程度，还是把它放了好。

当天下午，四爹四妈就把野猪给放了。

什么时候，乡里人把到口的野味说放就放了？我想，这也是因为人在日子好过了以后，多了一份慈悲心吧。

难舍家园

丁家塔老家村子里，由于外出的人多，留守的人少，现如今走进村，大白天村庄也像是在打瞌睡，显得慵慵懒懒。从村头走到村尾见不到几个人，偶见一个留守老人，弯腰驼背，走路晃晃悠悠，说话时还口齿不利，感觉村子里沉寂落寞，了无人气。

就是这么一个地方，四爹四妈还固守着，舍不得离开。

留在村里，曾经朝夕与共的乡邻，多年难得一见。细打听，走出去的乡邻，东西南北散得很开，除了在老家县城住的一批，有住忻州、太原的，有住河北石家庄、廊坊的，有住内蒙古包头、鄂尔多斯的，还有住甘肃兰州的，最远的住到了新疆乌鲁木齐，当然也有在深圳、广州、北京、西安这些大城市讨生活的，后者主要是读过书的下一辈人。

说起走出去的村人，他们身上发生的变化，有些让人难以置信。村里一个比我年纪小十多岁、在公社化时代几乎饿翻的特困户的儿子，出去闯荡在南方学了海鲜烹饪技术，多年后熬成了一级厨师，据说如今在京城烹饪行业颇有地位，还进入了专业厨师资格评审师行列，他不光自己日子过得风光，还给父母在城市里买了房。一个小我七八岁的村邻，小时候饿得啃过炭块，政策一放开他就进城卖菜，一步步滚爬，后来在太原蔬菜市场批发水产，听说多年前生意就顺风顺水，过上了温饱富足的生活。小我一岁的一个本族堂弟，进城最早，他家有个孩子天资聪颖，外语学得特别好，自己获得奖学金，到美国留学，读完本科又读研究生，最后还读了博士后，成了精尖人才。历来深锁山沟的黄土坡农民后代，一批人走出去，变成了凤凰。

我小时候见着堂弟堂妹们，个个胆小如鼠，从没想过谁会有出息，但后来他们没有一个肯一辈子屈从命运。四爹的几个子女中，我最小的一个堂妹，从小进城打工，做过餐厅服务员、宾馆服务员，后来在鄂尔多斯、成都与人合伙开过店，结婚后随丈夫做过餐饮、美容、化妆品营销等行业，走南闯北，在都市屋檐下谋生。直到孩子要上学了，她最后在内蒙古包头市购房安家。四妈说，女儿每年回来看他们两次，一般是春天一次，秋天一次，次次回来都开着车，给他们买好吃的，带好喝的。敢闯敢干的堂妹，颠覆了我印象中胆小怕事、听天由命的农村女孩子形象。

看四爹四妈这把年岁了，我劝他们用不着再去土里刨食，一年四季种呀、锄呀、收割呀、打碾呀，不如随儿女们到城市里生活；到了城里实在闲不住，就找个看大门的营生。

四妈说，包头的女儿提了好几回，想让他们去包头住，她觉得舍不下家里这一摊子，当下年年种杂粮有收成，真舍不得丢下。

四爹也说，甚时想住城市，忻州的儿子儿媳也不会嫌弃他们，主要是他们觉得住城市不习惯。再说了，外出的家人中不少人爱吃老家的五谷杂粮，只要他们还留在村里，就可以随便回来拿。

四爹家院子外是一片枣树林，伸手就能摘到熟透的大红枣。我夸枣儿真甜，四爹说："枣儿甜你就多拿些回去吃。"四爹说完放下旱烟袋，拿一根长木棍准备打枣，一只大黄狗在树下卧着晒太阳，见四爹拉了棍子走来，以为碍手碍脚会挨打，赶紧知趣地走开。四妈拿来一块折叠着的大塑料布铺地上，四爹抱住一棵枣树使劲地摇，树上的枣儿纷纷落下来，很快，塑料布上落了厚厚一层枣。树梢上那些零星的枣子，我拿棍子打，我很喜欢打枣这个过程，四爹让我年年秋天回来打，最好把家人也带着，也为老家添点热闹气氛。

院墙外几棵枣树打的枣儿，装满了两面袋子，四妈捡最大最好

的给我装了一袋，让我走时拿着。

四爹问我："你看农村这日子，比你小时候不知强多少倍吧？"

我说："就是，即便在村里种地，现如今日子也蛮不赖。"

打完枣吃罢饭，开车回来的堂弟说要拿些山药蛋，我们到不远处坡地上刨山药蛋。艳阳高照，金风飒飒，地里飘散着秋日的芳香。村子下面沟里流着一小股水，一些平整处散落分布着几片菜地，西红柿、茄子、豆角挂满枝叶间。还有更多地片已经荒废了。

我对刨山药蛋蛮有兴趣，对着一棵山药蛋蔓子，一镢头挖下去便是一个惊喜，圆滚滚的山药蛋露出地面，再捡到篮子里，心里特有充实感。

四爹家的院墙外有棵大梨树，是二十世纪九十年代栽上的。旁边还有几棵苹果树，挂着果子；窑背后是一架葡萄藤，果实有些酸；几棵桃树虽然过了季节，树梢上还有些小桃，快干朽了，摘一颗吃仍有浓浓的桃子味儿。四妈说，自家的果树不喷农药，果子摘下来就能吃。以前村里人多时，谁来谁吃，后来人越来越少，也很少有人来吃了。

虽然进入了一个不愁吃穿的时代，但是乡村和城市比，缺陷仍十分明显。说起野生动物的繁衍和危害，四爹说，村后的野沟里就住着一窝狐狸，有好几只，白天敢大摇大摆进村，稍不注意，放出来的鸡就被叼走了；野兔子也多，春天豆苗长出来了，野兔子撵着吃；秋天糜谷、豆子成熟了，野猪也跑来糟蹋。

村里的人一年看不上一场电影，商业时代的文艺团体从不会到乡里来。

十里外的南河沟，曾经是拥有四五百人的大村子，如今也只留下三四十人，那里每十天半月有一次集，整个集场上稀稀拉拉也不过四五十个人。

生活单调沉闷，前十几年四爹就买了影碟机，闲暇时，他们除了看电视，就是坐在家里看影碟。各种古装戏、谍战剧、战争剧，足足有几百套影碟。四爹喜欢古装剧，尤其是帝王将相题材的剧，他手握遥控器，反复回看好看的片段，有的剧都看了好多遍了。

村里日子这么单调还不离开，我不理解四爹四妈。

四妈说："最主要是走了损失大。我们一走这些花果树、这院子、这东西就全废了。"

四爹说："到城里吃大米白面哪有咱这五谷杂粮美？再说了，祖祖辈辈都种地，我们一走，家里连一个种地的也没了，家族里几十口子人都在外头，不能连一个种地人也没。"四爹一边抽烟一边说着，缕缕青烟在头顶上缭绕。

其实，多年以来，家族中就是因为有两个种地的老人，使我们都受了益。以我为例，住在南方，天气热，湿气重，有几年我胃口差，四爹每年给我寄来小米和绿豆，我常有小米稀粥喝，几年下来，脾胃调和了，身体也好了。家族中的其他成员，也有好多人吃四爹种的五谷杂粮。这一片古老的黄土地，这一对留守老人，对我们这些城里人的生活，还真的产生了大作用。

第三章

我的往昔

无父何怙，无母何恃。出则衔恤，入则靡至。
父兮生我，母兮鞠我。拊我畜我，长我育我。
顾我复我，出入腹我。欲报之德，昊天罔极。

——《诗经·小雅·蓼莪》

甜涩泪水

什么东西多了，人就不珍惜了。

有那么些年头，南方人过年时兴互相送糖果，名曰"利是糖"。每年春节后，家里会积攒下很多糖果。后来在广州的朋友圈中，有人倡导帮助一些贫困孩子。有一年春节，我和妻子把一个穷家孩子琪琪接到家里过年。这是一个十二岁的小女孩，父亲病故，母亲改嫁，留下她和七十多岁的爷爷相依为命过日子。孩子来的前一天，我们到超市买了椰子糖、奶糖、酥心糖、芝麻糖，加上家里的巧克力糖、水果糖、酒心糖、进口软糖，款式风味十几种。我想让这个穷孩子在我家把糖吃个够。孩子来我家后，我发现这个穷人家的孩子对糖果的兴趣，远没有我想象中那么强烈。孩子对我小时候曾经珍爱的糖果，表现得很淡然。开头几天她多吃了几把糖，后几天再提醒她吃糖，她不吃了。她说家里也有糖吃。过完年，我们只能让孩子把糖打包拿走，拿回去慢慢吃。

在我儿时的记忆里，吃糖是一个忘不了的内容。

小时候，每当看到别人家的孩子吃糖，我们兄弟姐妹往往会站在一边流口水，母亲看了自然难受。偶尔，母亲去供销社买盐买煤油，买完时剩几分零钱，会买回三两颗水果糖。那时候一毛钱能买八颗水果糖，一分钱买三粒糖豆豆。每次母亲从供销社回来，我和弟弟妹妹都会缠住她要糖吃，有时候是几粒糖豆豆，有时候是两颗水果糖。

黄土地印记

那一天傍晚母亲从供销社回来，坐在院子里的墙脚下，我们兄妹几人围上去，想着又该有糖吃了，那年我已经十岁了。兄弟姐妹中我排行老大。

十岁前我有过多次吃糖的体验。村里开办公共食堂时，饭后分过水果糖吃。还有一次印象特别深刻，我被村里一户人家的狗咬伤了，狗主人出于歉意，给过我一颗水果糖。那是春节期间，我跑去村南头一户人家院墙外捡没炸响的鞭炮，那家院子里的狗，突然"汪汪"叫着冲过来，在我腿上就是一口，我吓得大哭，狗主人大娘听到了，出门喝住狗，好在我穿着棉衣棉裤，咬痕不深。大娘把我叫进屋，从柜子里找出一颗水果糖塞给我，说："不用怕，不用怕，吃个糖压压惊。"我剥开糖纸，那颗糖是透明的，香气很特别，咬到嘴里一下就化开了。多年后我才知道那是高粱饴，是大娘在外面工作的儿子拿回来孝敬老人的。我吃完了那颗糖心里很满足，觉得被狗咬一口也值了。

另一次较深的印象，是我刚上学时贪玩，母亲嘱咐我好好念书认字。她说如果我把书念好了，去供销社时就会买两颗水果糖奖励我。有了两颗糖的诱惑，我不再那般贪玩，天天趴在桌子上认真写字，年底还得了三好学生奖，母亲兑现承诺，给我买了两颗水果糖。我记得，我剥开糖放进嘴里，糖粒慢慢融化，感觉甜中夹杂着好几种水果香味，那种甜味高贵而奢华。我细细地吸吮着，品味着，久久不舍得咽下去，那两颗水果糖给我留下了很美好的记忆。

在我眼前浮现的画面中，母亲又买回了糖。

母亲坐在墙头下，笑眯眯地从衣袋里掏出两颗水果糖，我们兄妹四人围着，我清楚地记得，两颗糖包了两种糖纸，一种红色一种绿色。看着糖，我肚子里的馋虫仿佛爬到了喉咙，爬到了舌尖。母亲把糖攥在手心，她剥开第一颗糖放进嘴里一咬两半，最小的两个妹妹每人一半，我和弟弟站在一旁，等着分第二颗糖。

恰巧这时候，叔父的孩子——小堂妹来了，她只有三岁，见母亲给我们分糖，她两眼直勾勾地看着，口水直流。母亲忽然变了主意，只听她"咯嘣"一下，把糖咬成两半，一半给了堂妹，另一半给了弟弟。他们飞快地把糖塞进嘴里。

母亲看我是大孩子，把我当"懂事人"对待，于是我那一份被剥夺了。

我看到被口水融化的糖汁从弟弟嘴角流出来，也从堂妹的嘴角里流出来。糖的诱惑力刺激着我的嗅觉和味觉。我愤怒了，失控了，我突然跑过去抓住堂妹，把手指伸进她嘴里，抠出那半块沾满了口水的糖，塞进自己嘴里。

堂妹"哇"的一声哭了，躺在地上打起滚来。

母亲也急了，站起来追打我，我拔腿就跑。这时候，我嘴里感觉最强烈的，是水果糖的香甜味。我本想慢慢享用糖块，但是怕母亲抓住我，把糖从我嘴里掏走，我两三下把糖块咬碎，把香甜的液汁吞下去。那一刻，口中升起一股特别爽快的感觉。

堂妹一直躺在地上哭，衣服上滚得满是泥土，任谁也哄不住。母亲很尴尬，想打我又逮不住，她又气又恼，脸上是说不出的难受表情。夜幕降临了，堂妹还在呜呜咽咽地哭。

父亲劳动回来，一家人要吃晚饭了，我以为这事就过去了。哪知母亲说了我的行为，父亲很生气，他问我为什么不懂得礼让？我不语，父亲抬起粗壮的腿，冲我屁股后面就是几脚。他一边踹一边骂，说我越大越不懂事了。我不认为我有什么错，我觉得只是维护了自己的一点权益。父亲让我认错，我始终不认，结果又多挨了几下。我觉得自己受了委屈，当天晚上默默地哭了很久。

几十年过去了，每当我想起这件事，心里仍然是五味杂陈，鼻子里发酸。当年，极度的物资贫乏让我变得自私、残忍，让我当年的爱心、善心、恻隐之心统统消失。

参加工作以后，自从挣了钱，每逢过节我都会买一包糖果。后来糖的种类越来越多了，花生糖、芝麻糖、水果糖、巧克力糖、国

产糖、进口糖，我放开吃糖，以弥补儿时留下的遗憾。直到有一天吃糖吃出了问题，体检时测出我有高血糖，医生提醒我必须注意，我才止住了对糖的兴趣。

经过几十年改革开放，经济高速发展，如今即便是穷苦人，也早已不稀罕糖果这类东西了。我当年争糖吃的酸苦记忆，后辈们听了如同天方夜谭。

家乡的苦菜

如今无论城乡，粮食不再紧缺，即便在老家农村，白面大米、五谷杂粮、鸡蛋肉类，一年四季都有，想吃什么都不成问题。让我没想到的是，苦菜竟然也时髦起来了，身价被捧起来了，理由是这东西是纯天然食品，绿色环保养生。在提倡养生文化、回归自然、返璞归真的社会潮流面前，苦菜变得珍贵了。

有一年夏天回到老家县城，逛一回蔬菜市场，各种新鲜蔬菜如茄子、白菜、南瓜、黄瓜、西红柿、豆角、韭菜、菠菜，要什么有什么。在市场一角，我见一个乡下老农的筐子里，卖的是苦菜。我一问价钱，五块钱一斤。苦菜叶片肥大，墨绿墨绿的，我细问才知道农村有人专门种了苦菜卖。隔几日我下到省城太原，杏花岭蔬菜市场上，苦菜竟然要八块钱一斤。

世上许多事情真是无法料定。我小时候看到苦菜就反胃，吃苦菜吃到让人怕、让人烦。

苦菜在老家的黄土地分布广泛，田野里、山梁上、荒坡上、沟渠里，到处都有它的身影。这墨绿的精灵很耐旱，五黄六月也能在干旱的地里倔强生长。每年开春，杨柳刚刚吐芽，绿色尚未染遍大地，苦菜就从地里钻出来了。到了夏天和秋天，地里苦菜更多，在山梁上、田野里，像星星一样分散着。那时农家顿顿饭少不了苦菜。平时，父母参加集体劳动，只要歇下来，就赶紧跑到地畔野坡挖苦菜，收工以后他们也不急于回家，挖到当天够吃的苦菜才回来。

夏天，父母挖回的苦菜，用水洗洗，放开水锅里煮一下，捞起来拧干切碎，就搅进饭里吃。苦菜拌玉米面、糜子面、高粱面做成窝窝头，面一半菜一半，看上去黑乎乎的，吃起来很苦，但是家人早已习惯了那苦味。当年农村无论哪一家，不吃苦菜，一年的日子是过不下来的。

儿童时期，每当星期天或者放假，我和小伙伴们就提着篮子成群结队去挖苦菜。每一片土地种的作物不一样，有的锄草早，有的锄草迟，没锄过的地里苦菜最多。我们在地里找到苦菜，就像牛羊找到了肥美的水草，大家立刻沉浸在兴奋之中。旱地里苦菜根子扎得深，挖苦菜的时候，用拇指、食指和无名指抓住叶子，从地里连抠带拔，手腕用劲儿，根子才能从地里断开，手指头被染得墨绿墨绿。苦菜根部有一种白色的"菜奶子"，其实就是菜根，虽苦但解渴，渴极时我们也吸"菜奶子"。

我年少时跑野外挖苦菜，最怕遇到狼。一群孩子虽然成群结伙，拿着镰刀，但毕竟不是狼的对手。有一次我到偏远的寨梁挖苦菜，黑豆地里苦菜丰茂，小伙伴们正争抢着挖，突然隐隐约约传来乌鸦"哇哇"的叫声。老辈人说，乌鸦追着狼飞，狼找到了食物，乌鸦也跟着分享。突然一个小伙伴说："有狼！狼来了，赶紧上树。"山梁上有棵大杏树，树杈很多，大家丢下苦菜篮子，直奔树底下，急匆匆往树上爬。上树后，坐在树枝上，心里"咚咚"直跳。四下打量，发现山梁上有一只硕大的红狐狸，并不是狼，但我们仍然不敢从树上下来，直到乌鸦的叫声远了，确信周围没狼，这才从树上下来，提心吊胆挖了半篮子苦菜，赶紧离开了那块恐怖的地方。

那些年，我总盼着多吃几顿不掺苦菜的精米细面。1970年我在白家沟跑校读书，过六月六那天，教职工吃白面。中午上完课，老师们每人端个大碗，坐在伙房门前的阴凉地，吃加了红油辣子的面片。我路过时觉得香味直往鼻子里窜。我也盼着过节回家吃白面，不由加快脚步往家里跑。回家一进门，我问母亲饭好了没？母亲说："好咧！好咧！"这时父亲也回来了。父亲揭开锅盖，是一大锅黑乎乎的面片。由于苦菜放得多，油盐辣子都掩不住面片的苦味。父亲看着连汤带水的苦菜面，立马拉下脸骂开了，说过个六月六吃顿白面，咋放这么多苦菜！母亲说年景差，队里每人分二升麦子，清明节、端午节、六月六，还要过七月十五、八月十五，再加上要应侍亲戚客人，每个节想吃精白面，怎能应侍下来？母亲一边说一边抹泪，我和弟弟妹妹们大眼瞪小眼。父母生闷气，我们也感到失望，过节好不容易吃一顿白面，一家人都没吃痛快。

那时候农村人因缺营养长得黑，就说是和吃苦菜多有关。有一年村里来了个新老师，姓高，长得又黑又瘦。高老师刚到村里那天，遇到了后院的三爷，三爷开玩笑说："高老师，你一个教书先生，脸面咋长得那么黑？"高老师支支吾吾，不好意思地说："我们村里地少人多，分的口粮少，我从小就吃苦菜，硬是叫苦菜吃黑的。"那时候，村人见哪个娃长得黑，就说他是"苦菜娃"。

上小学时，小伙伴们中午的干粮大都是苦菜窝窝头。上完三节课，大家拿出苦菜窝窝头在教室里啃，发现一家窝窝头比一家显得黑。吃一口窝窝头，感觉不是粮食的味道，更多的是苦菜的苦味。吞一口苦菜窝窝头，脖子使劲一伸，喉结上下蠕动几次，才能吞咽下去。如果哪个同学拿的是金黄的纯玉米面或者糜子面窝窝头，别的同学看着会羡慕到直咽唾沫。

当年农家吃苦菜，吃到烦也吃到怕了，把吃精米细面当成一种享受。人们常议论着，不用吃苦菜的人是多么幸福啊，那样的生活真让人羡慕！

不过话说回来，苦菜虽苦，当年却实实在在地填饱了肚子；苦菜虽苦，农家都吃习惯了，人们还是打心眼里感谢苍天，感谢大地，感谢这苦菜。父母常说，只要有苦菜就饿不死人，这句话既是在砥砺家人，也是在安慰自己。

我在上学的时候，心里就狠狠发誓，将来念书出头了，有点出息吃上商品粮了，一辈子再也不吃这苦菜。

只是我从来没想过，将来有一天，苦菜还会受人追捧。

初夏榆钱香

生活在穷乡僻壤的少年，最能感受到春天的温暖与生机。每年清明节过后，桃杏树枝头就缀满粉红色的花蕾，小河沟的杨柳树抽出了条条青丝，野坡上的青菅草冒出片片绿芽，南来的燕子欢快地飞进农家院子寻找住所。春天真好！

进入这个时节不到一个月，榆树枝条上也长出了鲜亮的榆钱花儿，成串成串的榆钱，压弯了树梢上的枝条。

浅绿色的榆钱花瓣圆圆的，有指甲盖大小，这种花颜色虽不鲜艳，却是我们童年时期的最爱。在困难年月里，榆钱是一道难忘的美味食品，是大自然慷慨的恩赐。

从树上捋下来的榆钱，可以拌面蒸窝窝头、拨烂子吃，鲜嫩鲜嫩的，吃着既可口，又能顶饥度春荒！老人们说，长在露天地里的榆钱，经过阳光照射，饱吸天地之气，聚集了日月精华，吃了还很养人。

公社化时期，自己村里的榆树，长出榆钱时谁都可以去捋。有一天傍晚，母亲对父亲说："他爹，你上树捋一篮子榆钱，咱明儿早蒸榆钱窝窝吃。"

于是父亲提着篮子，拿一根长长的细绳子，走到场渠的大榆树下准备捋榆钱。我跟在父亲身后，心里自然十分高兴。父亲站在树下，把绳子拴在腰上，双手抱着树，不一会儿就爬到树杈上，他把绳子一端从树上抛下来，我把篮子拴绳子上，父亲再把篮子扯到树梢上拴住，就开始往篮子里捋榆钱。我在树下看着嘴馋，父亲没忘从树梢上折几枝扔下来，我立刻挦一把塞到嘴里，吃出满口绿色泡沫。

生吃榆钱时满口清香的液汁，也是美好的记忆。

可我记忆最深刻的，还是玉米面混合榆钱做成的窝窝头。想想看，那时的人一冬一春缺蔬菜吃，清绿的榆钱窝窝头放在锅里蒸熟，该是多么香气诱人。家乡这一道美食，多年来让我回味无穷。

榆钱和高粱面搅拌做的拨烂子也是一道上佳饭食。把榆钱在清水里漂洗过，拌上高粱面成块状在锅里蒸熟了，烧上热锅放点油，加上盐和葱花一炒，那独特的香味简直无可替代。吃榆钱饭的时候，母亲还不忘给爷爷奶奶端一碗过去，让他们也尝尝新鲜。

从我记事时起，每年春夏之季，一定要吃榆钱。我到十来岁时，自己学会了爬树，吃榆钱更方便了，我常爬榆树上把榆钱挦下来装满自己的衣服口袋，也会一枝一枝折下来拿在手里吃。榆树矮的七八米，高的十几米，我当然也知道爬树挦榆钱的危险，但是想着榆钱的美味，便对危险满不在乎。农家孩子野惯了，对爬树这类事父母也很少阻止。倒是学校的老师反复提醒我们不要爬树。老师说南河沟一个顽皮的孩子爬树上挦榆钱，刮大风时从树上摔下来，脑袋跌烂了。老师说得很恐怖，可在那个年纪，老师的话，对于我们贪嘴的孩子来说都是耳边风。

我从几岁起就练习爬树，村子周围碗口粗的树，先爬三五米高的，后爬十多米高的，只要树干长得直，爬再高也不在话下。

我很享受爬树的乐趣，爬到树梢，人坐在树杈上，凌空下望，有一种高高在上的感觉。吃着树梢上触手可及的榆钱，我感受到了大自然实实在在给我们的恩惠。

后来，"农业学大寨"运动时，为了扩展土地，村前村后那些榆树大多被砍掉了。改革开放后农村政策放开，村里人又种起很多树，可是，随着粮食和蔬菜品种日益丰富，人们不再稀罕榆钱这东西，加上孩子们都进城读书了，留守村里的都是七八十岁的老人，再也没人上树挦榆钱了。

惊悚上学路

我上小学五年级的时候，转到了白家沟公社中心学校。因为学校宿舍少，只能天天跑校读书。我们村有四五个跑校生，有的同学三日打鱼、两日晒网，想上学就上，不想去就不去，留在家里帮大人割草放羊。我每每孤零零一个人上学，就在想这个学还要不要继续上？

每天吃过早饭，我就往学校里跑。走出村子，两条高高的山梁夹着一条长长的深沟，沟底道路崎岖曲折，不断拐弯子。路边嶙峋的山崖，长满了酸枣刺蓬和蒿柴，常常有野兔、石鸡、狐狸等动物出没，也发生过恶狼把放羊人的羊咬死的事。

我少年印象中，那条沟很深，感觉路长得没有尽头。山沟里弥漫着阴森恐怖的气氛，偶尔有一两只乌鸦飞过，发出"哇哇"的几声悲鸣。我走出山沟进入大河道，才不害怕了。

每天放学后，从学校里走出来先走大河道，走完河道又转进了山沟。大河道里偶尔还有人，那是一条大路，有赶毛驴驮炭的人。可一转到沟里，我就害怕。

沟口小山坡上，有座孤坟，安葬着一个病亡的少女。家乡的习俗中少女不能入祖坟，只能择地单葬。路上方立着个墓，一堆墓土崭新刺目。边上崖缝里还住着几只猫头鹰，一到黄昏就"呼呼"地叫，叫得人头皮发麻。我当时是个身体瘦弱的孩子，有很多不敢向人说的秘密，无人知道我的恐惧。

早些时候，为宣传破除迷信，四爹曾经借回来一本书。我出于好奇，看过那本书，书中有个故事给我留下了很恐怖的印象。故事讲的是：某乡某地有个偏僻的村子（和我们村很像），一位年轻女子病死了，埋葬在野外，人们管那个地方叫"女儿坟"。村人有好事者，说女儿坟常闹鬼，夜里没人敢去。在破除迷信的年月，村里有个胆子大的小伙子不信邪，也不信有鬼。众人对那小伙子说，你敢一个人夜里跑到女儿坟打个木桩子吗？敢去就是好汉。小伙子说敢，便一个人去了。他拿了斧头和木桩走去女儿坟，那夜天气阴晦，月亮时而钻出云层，时而钻进云层，让他有些害怕。他走到墓地蹲下来，便急匆匆地把那根木桩子打到土里。当他要站起走时，衣襟却被紧紧扯住迈不开步子了，他惊恐之中一挣扎，衣襟被扯掉了一块。小伙子吓得魂不附体，慌不择路，一身大汗跑回家，回家后当天夜里他就病了，又是头疼又是发烧，做了一夜噩梦。第二天上午，另外几个年轻人去查看女儿坟，发现木桩不但钉在坟地里了，上面还钉着一块衣襟。小伙子竟然在慌忙急乱中，把自己衣襟钉地上了，原来只是一场虚惊。故事想说明世上本无鬼，是人自己吓自己的道理。

我上学路边那个"女儿坟"，可比书上的故事来得真实。那女子在世时我见过，脸色白白的，很爱打扮。她患了一场头痛发烧，以为是感冒，就在家挨着，挨了好几天挨不过去，到医院的时候，已经不能救治，最终被一场脑膜炎夺去了性命。那个女子病亡后被安葬时也很诡异神秘，天不亮就抬到了野外，在太阳出山前匆匆埋葬。坟墓正好就在我们上学路过的地方，每次路过那里，我都不敢抬头看。

当年农村人愚昧，也体现在封建迷信这些事上。人们总觉得自己家逝去的那些先人是保护家人的，用不着害怕，而那些陌生的、异族异姓的死者，尤其是那些年轻死者的"鬼魂"，容易"缠绕别人"。乡里人传说，少女由于死得太早，会很不甘心，总想找人缠绕

附体，重新找回做人的感受。谁被缠上谁就不得安宁。这些话，成了我的一块心病。

我害怕误课跟不上，上学风雨无阻。从沟里走进来回到前塔，靠近路边有一个山药蛋窖，那里也短暂地存放过附近村庄另一个少女的遗体，她也是因脑膜炎离开人世。那时候受医疗条件所限，普通流行病都很容易夺去农村人的性命。那少女病亡后，我们村有一户人家，父辈中有人一生未婚，去世后独自安葬，那家人找到死者家人谈好，将死者领去给祖先办冥婚，但要择黄道吉日安葬，于是遗体先停放在路边那山药蛋窖里。我天天上学经过那里。尤其是夜晚经过，心情紧张，头皮发麻。

一日，村里有个同学独自回家，春天黄风刮得天昏地暗，同学放学后在供销社打了一瓶煤油，回到家里时样子异常，灰头土脸，面色乌青，煤油倒了一身，衣服肮脏不堪，裤腿上满是油迹。家人怪他粗心，骂了他，那个同学说他在路上撞鬼了，鬼附身了，他是身不由己，说得有鼻子有眼。他哥哥很生气，上去扇他几嘴巴，打那以后那个同学在家病了两天，就不去上学了，家人也不勉强，只好随他去。那个年代的农村，正流行"读书无用论"，多读少读，似乎都没多大关系，许多人家的孩子早早就回农村参加劳动了。

那时候我也产生了动摇，几天没去上学。父亲告诉我，如果不好好念书就干脆收拾摊子，好好尝尝当农民的滋味。我身体瘦弱，知道当农民会比别人苦很多，我不想一辈子刨黄土当农民，父亲的话对我是警示，我又重新去上学，一天也不敢耽误。

后来，同年级跑校读书的只剩我一个人，走山路更孤独冷清了，我心里害怕时就大声唱歌壮胆，渐渐也就不害怕了。

幸而我读书坚持下来了。再大一些以后，我也就不再相信乡村听到的那些神神鬼鬼的传言，没文化要受苦才最可怕。

土炕泪痕

1968 年春天，我要到公社中心学校住校了。住校前遇到一个难题——必须自带一床铺盖。那时候我家里仅有两床旧被子、两床褥子，还有土炕上唯一的一块山羊毛毡，毡有一米六宽，两米长，全家人每天晚上要把毡横着铺过来，挤在一起睡才不至于太冷。

我去住校，需要一块七八十厘米宽、一百七八十厘米长的小毛毡。家里唯一的那块大毡，自然不可能让我带走。可买一块小毡需要十多块钱，家里没这笔钱。为了打点好我住校的行李，是爷爷奶奶想办法用一块山羊皮裁剪切割后和旧土布、旧棉花为我缝了一个羊皮褥子，奶奶还为我做了一条小被子。这样我算是有铺有盖，能去住校了。

那天我背着行李来到学校，走进寝室，是一条能睡十几人的大炕。同学们打开被褥时，我发现所有来住校的同学，褥子外面都垫着一块小羊毛毡。我睡的地方，因为没铺毡，露着光炕皮，特别惹眼。有的同学奇怪地盯着我看，眼光中有同情，有怜悯，有轻贱。那一刻我感到极其尴尬、难堪。

自打住校以后，每当下课回到寝室，我愉快的心情就没有了。长长的火炕上，其他同学铺位都铺着毡，有山羊毛的、绵羊毛的、白色的、黑色的、灰色的。唯独我睡觉的地方露出一块光光的炕皮，显得格外不协调。

我想哪怕寝室里再有一个同学像我一样没毡，我就有了穷伙伴，

不至于太孤独，但是没有。

那时候做一块小毡要四五斤羊毛，可是家里刚刚剪下两斤羊毛，不是买盐买炭需要钱，就是家里有人病了要上医院，只好把羊毛卖了换成钱花销。妹妹几次因病不得不住医院，花的钱够买几块毡了。

我住校没毡，老师来寝室检查卫生，目光自然会在我铺位的光炕皮上停留一下，有的老师会问一声，这是哪个同学的铺位？每当这时我心里便涌起一股难抑的酸楚悲哀，至今在我心里仍留着抹不去的伤痛。

更难堪的是，我小时候身体瘦弱，体虚患病，夜里睡觉常有遗尿的毛病。大家午睡时躺毡上，我得打开褥子午睡，这就会暴露秘密，被同学看到笑话。所以我夜里只能尽量少喝水。别人很难体会我那种难堪和尴尬。

家乡的人常说，"人穷心多，马瘦筋多"。刚开始住校，孤独和悲凉紧紧缠绕着我，我把自己封闭起来，不和同学们沟通。我变得不合群，像一只离群的孤雁。

我知道自卑会毁了一个人，我渴望能有个知心朋友，渴望早日扫尽心里的阴霾，渴望能精神抖擞地在篮球场上和同学们快乐地奔跑，渴望用欢乐的笑声取代精神的萎靡。这一切，一块小小的羊毛毡就能换回来，可是我没有。

一个周末，我回家了。那天夜里，雨一阵一阵下着，寒气逼人，正逢北方的"倒春寒"。那一刻我想到了去求助爷爷。以往我有什么要求，爷爷都会尽量满足我。在那个寒冷的春夜，我想告诉爷爷住校寒冷，需要一小块毡，我想告诉他其他同学都有毡，唯独我没有，也许这理由能打动他。

我去了爷爷家，爷爷炕上铺着几块羊毛毡。但我没勇气马上开口。爷爷奶奶已经为我住校提供了羊皮褥子和小棉被，我再提多余的要求，会不会在他们眼里变成贪念呢？这么想着，心里不住地打着鼓。但磨蹭了很久，最终我还是鼓足勇气，向爷爷开了口。我没料到，爷爷当下板起脸训斥我："你在说甚？你住校有被子有褥子，还不知足?"爷爷的拒绝毫不留情。

我那时并不理解，爷爷从旧社会走过来，认为睡觉有被子有褥子，已经是完美生活了。

打那以后，我彻底打消了住校铺羊毛毡的念头。

就这样，我带着苦闷悲凉和羞辱感，在白家沟公社中心学校住校，一直没自己的毡，夜里只能在光炕皮上铺褥子，白天卷起褥子露炕皮。

过了一个学期我才渐渐接受了自己的处境，平息了悲哀的情绪。我告诉自己，即便睡光炕皮也要坦然面对，即便孤立于同学群体之外，在学习上也要不甘落后，即便心中再苦也要自强不息，我不能再轻贱自己，鄙夷自己。我摆脱了孤独和自卑，恢复了少年的活泼和快乐。

直到读完高小和初中，要到南河沟上高中的时候，恰逢大爹从西藏回来休假，带了一些行李，其中有一条小线毯子，大爹临走时把那毯子给了我，让我拿到学校住校用。那条毯子虽然很薄，但看上去很洋气，灰底上有红蓝相间的条纹，我当时心里别提多高兴了，我是多么感激大爹啊！那毯子铺在炕皮上，比羊毛毡漂亮多了！

就是从白家沟住校睡光炕皮时起，我便在心里发誓，一定要好好学习，等我读好书有了工作，首先要置一床像样的铺盖。将来如果有条件帮助家人，我也一定不会吝啬，家人谁读书有难处，我一定会伸出援手。

我大学毕业参加工作以后，领上工资，经济条件好了，尤其是随着改革开放，物质逐渐丰裕，商店里的床上用品琳琅满目，每次我到百货商店，看到那些漂亮的床单，都会买一款自己喜欢的。我有一个爱好，也有一种情结，无论单身时还是结婚后，都喜欢勤换床单。我喜欢轮流铺各种款式图案的床单，比如这一周铺山水图案，下一周是动物图案，再下周是花草图案、几何图案等，每天就寝之前，看着美观靓丽的床单，我心中就涌起由衷的喜悦。现在，羊毛毯、蚕丝被早已不再是珍稀之物，家中夏有空调冬有电热毯，睡觉也真正变成了一种享受。

老屋墙上的刻痕

每个孩子都有自己的秘密。我有一段秘密，多年来刻印在老家的墙壁上，那是岁月的刻痕，也是成长的刻痕。

本来，父母亲前几年相继过世后，家族中其他人都在外谋生，村里的亲人只剩了七十多岁的四爹四妈老两口，老家已没了多少牵挂。可是丁家塔这个偏僻的小山村，于我仍有种莫名的感召力。童年时的苦和乐、青少年时的艰辛与成长，山崖下的土窑洞，山村里的星斗和月亮，犹如一根情感上割不断的脐带，连着我和老家。

回到村里，在前塔四爹家的新窑洞稍事休息，我便急切地进后垴去看我家的老屋。我在老屋住过十几年，从四五岁住到十八岁。离开这么多年，老屋由于无人居住，地上堆满了柴草，门头上方裂开了宽宽的缝，住进了麻雀，窑顶上挂着团状线状的大大小小的蜘蛛网，屋内许多地方墙皮脱落，颓败不堪。踩着满地柴草走进去，我回想着老屋里哪儿放过水缸，哪儿放过米面瓮子，哪儿放过木柜、饭桌，哪儿做过锅台、灶台，看着，想着，仿佛炉子里又升起红彤彤的火苗，爆出"噼噼啪啪"的响声，还有累倒躺在炕上叹息的父亲，煤油灯下一针一线缝补衣服的母亲。老窑洞里曾经有过那么热腾腾的人气。

迈上炕，走到窑掌上，我看到了墙面上一道道细细的刻痕，从低向高，默默地排列在残旧的土墙上。刻痕有几十条，差不多有半米的距离，我定定站住，仿佛时光一下子把我拉回到五十多年前。

最低处的那一道刻痕，是我九岁时刻下的。那年春天，一场春雨过后，桃杏花盛开了，阳光明朗朗地洒满大地。生产队里春种栽黑豆，学校放假几天，我们跟着大人去点黑豆种子。大人劳动一天挣一个工分，我们点一天种子挣三厘工分。当年一个工分值大抵是一毛多钱。三厘工分只值四五分钱。然而在我们眼里，这很宝贵，也值得珍惜。再说，我们天天坐在教室里觉得烦闷，那些天到山梁上点黑豆种子，四面八方地阔天高，都让人觉得很新鲜，很有趣。

那时我已经上小学三年级，点黑豆种子那天晚上收工后，记工员给我家多记了三厘工分。我第一次感到得意，因为自己长大了，能挣工分了。当天夜里我站在家里的炕上，贴着墙壁刻下了第一道刻痕。

我盼着快快长大。那时候农村生产条件落后，生产队除了几头耕牛，其余劳动全靠人的体力，赶着老牛拉犁耕地必须是强壮的男劳力，妇女儿童只能跟着点种子、抓粪。

当年每逢周末或学校放假，我们要跟着大人去做些力所能及的活儿。初次劳动的新鲜劲儿过去后，别的农活就不那么轻松了。参加生产队背粪，我清楚地记得，因为我个头小，力气不足，要承受比别人更多的苦。在农耕社会体力为强的年代，身小力薄的人，往往最卑微。春天背粪，别人背得多，我背得少，自己也觉得理短，和别人一样的年龄，挣一样的工分，凭什么可以少背呢？我背着粪爬山梁，衣服穿少了，粪筐压在脊骨上生疼；衣服穿多了，热得直冒大汗。

土地分散在七沟八梁上，那些山路真长，背着粪筐想找地塄歇一下，没地塄的地方，再累也只能背着粪继续走，任汗水"吧嗒吧嗒"往下掉。直到把粪背到地头倒下，回程才感到身上轻松了。

放了暑假，农家的孩子自然不能闲着。一早起来便去野外割草喂生产队的牲口，草割回来由饲养员过秤记工分。工分就是农家的财富。从遥远的山梁野沟背草回来，我体力不足，感觉特别累。我

恨自己长得瘦小，盼望着能快快长大，有一把好力气就能多挣工分。每隔一段时间，我就会贴着屋墙量一量自己的高度，哪怕长了一厘米，也会立刻兴奋地刻记下来。

我身体瘦弱，总是长不高，总是失望。也许是营养跟不上，也许有某种潜在的疾病，我不知道原因何在。农村人看待瘦弱者常常带着蔑视的眼光，集体劳动时个头矮小的人常受到粗鄙的讥笑："你光吃饭不长个子，是个造粪机吗？"

那时我无论到了哪个亲戚家，亲人们见我瘦小，都心照不宣地尽量给我弄点偏食，希望我吃着能早些长大、长壮。亲戚都说这孩子太瘦小了。到了乔家塔的姥爷姥娘家，每天早上做早饭时，姥娘都会特意为我蒸一个鸡蛋，而比我大的舅舅只能看着。

我急切地盼望着长大成人，在睡梦中常常梦到跌了一跤，或者不小心从山坡上滚下来。老人们说，梦见跌跤就是在长个子。每当做这种梦时，我醒来后总是很兴奋，我想我又长身体了，第二天我会贴着墙量量身高，看看是否长高了一点。

我特别羡慕村里的同龄伙伴，他们有些人高我一头，看上去比我壮实得多。夏天，我背着比身体还重的草，走在山路上颤颤悠悠，而强壮的伙伴们背草却轻松很多。

一次暴雨过后，洪水在村前的石崖下冲出个大水坑，中午，伙伴们脱光了衣服跳进坑里耍水，我不敢当众下水。我不是怕水深，是怕展露自己干瘦的身体让人笑话。伙伴们下水后玩得痛快，我感到落寞，单独找到一块水浅的地方，匆匆脱下衣服，扑到水坑里去。待伙伴们走过来，将我团团围住时，看到我像麻秆一样细的腿，奚落起我来，说我是"乏山羊""干猴子"，我感到很羞愧。

一年七月十五，姥娘生病了，父母带着弟弟妹妹去了姥娘家，把我留在家里。我可以自己照顾自己。父母走的当天，我发现了母亲藏在谷糠中的八个鸡蛋，我好想吃鸡蛋，能不能吃这些鸡蛋？当时家里穷，母亲每次去供销社买火柴煤油，只能提几个鸡蛋，卖了钱才能买回家里的必需品。我开始犹豫、考虑，很久之后下了决心。

母亲不在家，我产生了强烈的吃鸡蛋的渴望。曾经有同伴对我说，人长得瘦小是因为吃得太差了，吃上好东西，人就长得快。吃白面长身体，吃鸡蛋长身体，吃肉更长身体。父母不在，我多么想吃白面。我在家翻腾没找到白面，却发现了坛子里的这些鸡蛋。鸡蛋白生生的，我想这些鸡蛋吃下去我可以长一斤肉了。那几个鸡蛋成了极大的诱惑，我相信它们能实实在在变成我身上的肉，增强我的体质。这么想着，我就把那八个蛋煮锅里，一次全吃完了。

两天后父母回来了。母亲在家里寻找什么，忽然尖叫起来："啊呀，家里的鸡蛋哪里去了？"母亲第一刻追问我，当她知道那些鸡蛋被我吃掉时，不由分说对我咒骂起来，我这时才知道家里已经没点灯油了，需要卖鸡蛋去换。鸡蛋被我吃了，母亲难受得痛哭流涕。奶奶听到后也慌了，看到母亲哭，她老人家情绪激动，声色俱厉地问我，怎敢一个人偷吃家里七八个鸡蛋？我本来想解释，但还没来得及细说，父亲走过来不分青红皂白在我头上就是几巴掌。为了抗议挨打，我放声大哭起来。这时爷爷听见了，走进门来，我从爷爷大骂父亲的声音里，感觉到他对我的呵护，他说孩子那么瘦小凄惶，不就吃了几个鸡蛋吗？你们做父母的用得着那么恶声恶气动手打骂吗？在爷爷的出面干预下，这件事情才算过去了。

那时，我每过两个星期就会对着墙壁量一下，却发现自己还是和以往一样高，我越想快快长大，越是长不大，有时甚至还低了一点，好像长高一点又缩回去了。每当这时我会很沮丧，我痛恨自己不争气的身体。其实是我没站直身子，没贴紧墙，量的时候出现了偏差。

十六岁那年，我上了高中，学校里的伙食开始搭配细粮，隔几天可以吃两个白面馒头，每半个月还能吃一次油饼。我明显长个头了。八月十五中秋节，学校给每个同学分了两个月饼。我的肠胃忍耐惯了、被虐待惯了，当时的我觉得这些营养算是非常奢侈了。

我们南乡的村子自古以来都是一天吃两顿饭。冬天早一顿晚一顿，夏天早一顿午一顿，夜里没饭吃就暗宿。缺粮时冬天饭里加谷糠、麸皮，夏天加苦菜。在那个普遍贫穷的年代，谁家也不例外。

由于条件艰苦，自己身体又差，我从小就有一种潜在的意识，只有好好读书，将来才会有出路。于我而言，农村越是苦，坐在教室里读书的愿望就越是强烈。

七月十五扒楼沟唱大戏，所有同学跟大人去看戏。为了要看戏的零花钱，我争取了半天，最终从母亲手中得到两毛零花钱。戏场上红火热闹，卖饼子的，卖油条的，卖糖豆的，卖玩具的，还有卖文具的，地摊上花花绿绿。最终我手里的两毛钱什么吃食也没舍得买，而是买了一瓶鸵鸟牌墨水，足足用了一个学期。我知道，我只能用全部的身心力量去读书，这是我唯一的出路。

"文化大革命"结束后，国家恢复了高考。通过一番努力，我迈进大学校门，走上了一条截然不同的人生之路。

命里带的劫

人们常说贫病交加，过去在偏远落后的农村，困苦的生活条件下，人很容易染上疾病。因为贫穷，因为父母的疏忽和粗心，我在内心深处怨恨过他们。

几十年了，我常年耳鸣不断，像盛夏中无数只知了同时在鸣叫，昼夜不停。这是少年时候患耳疾落下的毛病。

夏天是老天爷发威的季节，有一年放了暑假，我连续多天外出挖苦菜，一烤晒就是一个下午，加上天天吃高粱面，我上了火，开始牙疼，先是牙床浮肿，后来半个腮帮子都肿了，不能用力咬东西。有多少个夜晚我牙疼如针刺，母亲让我用一块湿毛巾敷在腮帮子上，从而使疼痛感觉减轻一些。我想上医院，可是在父母眼中牙疼不是什么大病，当然主要还是因为家里缺钱，他们说在家歇几天，多喝几碗黄米汤兴许就好了。我不再要求什么，该干什么还得干什么。

过些日子牙疼好了，可又转为耳朵疼。耳朵不像牙齿，疼痛发至内耳道，疼起来往往难以忍耐，我只好歇了几天，尽量不外出晒太阳。可家里每天吃的是高粱面，凭着自己的感觉，耳疾不但没有消退，还有不断加重的迹象，直到耳朵疼得向外流黄水，夜里睡不着觉，吃东西连牙齿也不能用力，一用力咬就钻心地痛。我像一只无精打采的病猫，只能整天躺在家里，连看书的心思也没了。这个时候父母仍忙他们的，没把我的疼痛当回事。

人是血肉之躯，谁也躲不过患病。父亲生来就有一副干重活的

好身体，自从有了小平车，每年冬天，他会用平车去扒楼沟拉几回炭，由于买不起长筒胶靴，拉炭只能穿布鞋。有些地段炭车压塌了河里的冰，车轱辘陷落在冰水里，要把沉重的炭车从水里拉出来，父亲双腿至膝盖处被冰水浸泡，衣裤冻得僵硬，常和腿脚冻在一起。这么折腾，父亲小腿上患了牛皮癣。对于这皮外毛病，父亲不当一回事，既不上医院也不吃药。后来，牛皮癣面积越来越大，双腿上巴掌大好几块，经常发痒，抠破以后血糊糊的。我们劝父亲到医院看看，他说皮毛小病不值得花钱。

父亲任腿上牛皮癣发展，后来到冬春干燥时一层一层脱皮，被子上经常看到他抠破双腿沾染的血迹。实在难忍时，他弄些凡士林药膏，自己往上涂抹。有好几次去扒楼沟看戏，母亲把父亲强拉硬拽到医院，让他认真治一下，医生建议吃中药，他先问人家贵不贵，当他听医生说这种慢性病要吃十几服中药，要慢慢调理时，他表现出明显的拒绝神态，一个劲儿摆手。医生只能开点药膏，让他拿回家抹。

村里的牛皮癣患者有一茬人，大贵爷爷、富民大爷、山孩叔叔和父亲的病情一模一样，也从来没听他们治疗过。在他们看来牛皮癣是良性疾病，在那代人的眼中，生那些花大钱要命的病才叫惨，大病没降临在他们身上，他们甚至感到庆幸。

对于我的耳朵流脓，后来爷爷找了一个土方子，说是民间秘方，把猪苦胆用温开水浸泡，泡下胆汁往耳朵里面滴。每当疼痛难忍时，我就往耳朵里滴几滴猪苦胆水。滴进去时脑子里有一种强烈的眩晕感。这种土制的药水，药液清凉，滴进去后我侧着身子睡着，让苦胆水长久地浸泡中耳和内耳。

自从滴了猪苦胆水，耳疾渐渐舒缓，有了不断减退的迹象。

对于我这次耳疾，爷爷说这是命里带的劫，是必须忍受的一段痛苦。上辈子不听老人言，于是这辈子给我一次教训。老人们很迷信，我无言以对。

我很幸运，一个多月后耳朵消了肿，不流黄水了，疼痛也消退了，可是留下了永远不停歇的耳鸣毛病。多年以后我到医院检查，医生说我的耳鼓膜已经完全变了形，穿了窟窿，没耳聋已经是万幸了。

　　至于父亲腿上的牛皮癣，直到我大学毕业后，经济条件好了，带父亲去大医院诊治。医生看到父亲的牛皮癣已遍及整个小腿，说这病拖得太久，很难彻底根除，前后开着吃了几十服中药，才算有了好转，但终究未能根除。

串亲记忆

岁月催人老，不老是亲情。过去的农村人，非常重亲情，家家招待上门亲戚都是竭尽全力，在我年幼的心里留下了许多宝贵的记忆。

十六岁那年春天，我跟着父亲去大塔村买羊，顺便去看看嫁到那里的姑姑。姑姑虽是本族，但已经隔了两房，算是远房亲戚了。到了姑姑家，父亲问姑姑村里谁家有羊卖？姑姑出去打问一圈说没有。我们准备走，姑姑却拦在门口不让走，急急忙忙要为我们生火做饭，准备给我们吃豆面。

困难年月，豆面是稀罕吃食。父亲说吃什么我们都喜欢。当姑姑拿着面盆在瓮里挖豆面时，她的腰深深地弯进去，很明显瓮里的豆面很少了。

姑姑挖出满满一盆豆面，准备掺水和面。

父亲赶忙走过去，夺过姑姑手中的面盆子说："多了，多了！你们有点好吃的都给我们吃了，以后还怎么应侍客人？"

姑姑说："看你说的，一顿饭就能把我吃穷了？"

父亲说："我们不吃干面，拌两碗豆面拌汤就行了。"

姑姑说："兄弟侄儿上门了，我连饭也不给吃饱，传出去让我咋做人呀？"

父亲说："姐姐不要为难了，等好年头有好吃的了，我们再来吃也不迟。"

父亲硬是夺过姑姑手里的面盆子，把三分之二的豆面又倒回面瓮子，只留了一碗面，姑姑长出一口气。父亲对姑姑说："姐姐，我们父子俩早饭吃得多，肚里这阵饱着呢，喝碗豆面拌汤就行了。"

父亲知道姑姑想慷慨又无力慷慨，想大方又没条件大方，他是有意给姑姑解围。

就这样我们父子每人喝了一碗豆面拌汤，加了酸菜，吃完满头大汗，父亲十分满足。

姑姑的脸上始终挂着歉意的笑。

回来的路上，父亲对我说："你大姑是热心人，可她也为难，她家还有其他亲戚客人上门哩，那点好吃的都给咱吃，咱怎能吃得下哩？"

在农村，走亲戚是一种乡土文化、一种世代传承的习俗。亲情的网络，靠互相走动年年编织着，天长日久，成为维系农家关系的重要因素。

谁家儿子说下媳妇了，彩礼钱要下一大笔，只有找四方八邻的亲戚们东挪西借，才能顺利娶妻生子。

谁家揭不开锅了，一碗米二升面也只有找亲戚借。

谁家老人过世了，周围亲戚们跑来烧纸上贡，人多势众，哪怕在村里姓小丁薄，也没谁敢随便欺负。

姥爷姥娘家，姑姑叔叔家，舅舅姨姨家，姑舅两姨家，不管远的近的亲戚，一年走一两回，互相盛情招待，关系就能维系好，关键的时候就能帮上忙。

跟大人串亲戚，享受上宾待遇，是我们小时候最盼望的。儿时最爱串的亲，首推姥爷姥娘家。每年正月十五前后，母亲都要带着我们兄妹几人去姥爷姥娘家住几天。记得有一年，正月初七八，吃过早饭，太阳升起一竿子高，村里一群年轻的妈妈，头上包着头巾，口袋里装着花馍馍，喜气洋洋地带着儿女，手里牵着的，身上背着的，自己走着的，拖家带口去南头几个村子住娘家。我们一群孩子

一路小跑、打打闹闹，兴奋异常。走亲戚的快乐，一路上洋溢着。

那时候年轻女子们婚嫁往往互相引领。一个女人嫁来村里了，周围年龄相仿的也跟着往过嫁。

我母亲那一辈人，许多都是从南头几个村子嫁过来的，乔家塔、宋家塔、依谢塔、土崖塔、石桥塔，串亲时她们一大群人相跟着，一路上说说笑笑，红火热闹。那盛大场面，至今记忆犹新。

到了乔家塔，一进姥娘家门，姥娘就逐个拉住我们的手，瞧瞧这个、亲亲那个，平时不爱说话的姥爷也笑容满面，扯住外孙们的胳膊，盯着脸面看完这个看那个，并从柜子里拿出干红枣分给我们吃。

知道正月里我们会来，姥娘留了羊肉、鸡蛋、豆腐、豆面，接下来的几天，我们自然能享受几天好吃食了。

傍晚，炉膛里烧起炭火，姥娘守在灶边忙碌，母亲抢着要做饭，姥娘不让，说是一年到头在婆家辛苦，没一点歇空，回娘家要轻轻松松享受几天闲日子，吃几天现成饭。

饭后，姥娘和母亲坐炕头说着悄悄话，我隐隐约约听到的内容大都是议论集体劳动时人们偷奸耍滑，生产队粮食打得少，村里人为分救济粮闹矛盾，以及某家的山药蛋窖被人偷了，等等。一句话，农家的日子很酸楚。

姥娘在山药蛋窖里给我们留了几个红萝卜。当年农村没啥水果，红萝卜就是宝贝水果。姥娘取出萝卜洗干净，切几段分给我们吃，一口咬下去"咔嚓咔嚓"响。

我奶奶走亲戚回娘家，也是从少妇走到晚年。有一年正月十五奶奶娘家村里搞灯会闹红火，她便带我去看红火热闹。那天姥舅家来了很多亲戚，他家用油糕粉汤待客，这是保德人待客的顶级规格。那么好的饭食，亲戚们一个个吃得肚子鼓胀。招待这一大伙亲戚，我想姥舅家大概把半年的好吃食都吃完了。

灯会那天夜里，杜家塔各家各户院子大都挂了灯笼，吹鼓手领着串灯队满村吹打巡游，吹到哪家，哪家燃放爆竹烟花。那天晚上，我跟着吹奏班子和游灯人群，把杜家塔全村一户不漏转了个遍，我第一次看到山村里有那么奇丽的景致，那些复杂灯样、彩色烟花，看得我目瞪口呆。那烟火炮仗接连炸响的气势，那涌动的人流，那兴奋热闹的场面，和平时安静的山村形成强烈的反差。奶奶带我看灯会那一夜的场景，到现在想起来还觉得如梦如幻。

我七岁那年正月，跟着爷爷去王家里走亲戚。我是长孙，爷爷外出喜欢带着我。爷爷带了铣磨工具，一把手锤子和一些铁錾子，一边串亲，一边为亲戚们铣磨。第一户亲戚是爷爷的姑舅，老两口都六十好几了。我们去的那天晚上，记得亲戚家给我们吃的是油糕粉汤。平时在家里通常吃高粱面窝窝头，蒸山药蛋拌酸菜，自然谈不上舌尖享受。亲戚家的油糕粉汤，对我的诱惑力之大可想而知。油糕油滋滋的，咬一口又糯又香，粉汤细白筋道，又爽又滑，油糕就着粉汤吃，实在是绝配。那天我几乎忘了饥饱，巴掌大的油糕不知不觉吃了六七片，粉汤喝了两碗，感到十分饱胀的时候，几乎撑得站不起来。

当天夜里，难堪的事情发生了。我肚子胀痛，在亲戚家连上了两次茅房，这种丢人败兴的行为让爷爷很失脸面，我也极其内疚，后悔自己没出息，表现得这般糟糕。我想天亮以后，该怎样面对亲戚一家呢，人家会不会厌恶嫌弃？可是第二天早上起来，亲戚奶奶不但没责备，反而用温暖的话语安慰我，问我平时在家吃些啥？过年时蒸的花馍多不多？多久没吃过油糕了？我如实回答。接下来几天，亲戚奶奶每天在做早饭时，把吃剩的油糕专门蒸两片，他们谁也不动一筷子糕，让我一个人吃，大人们吃窝窝头和山药蛋。那时候农村搞集体化，到处大种"反修高粱"，种细粮不多，两个老人把最好吃的东西给我一人享用，百般疼爱我，爷爷很是过意不去。亲戚奶奶的话却让爷爷很暖心，她说："家家都有孩子，这年头收成不好，孩子小，多吃点好的，好快些长大。"农民不善言语，但心里想什么，彼此心领

神会。我深深惊异于那个年代亲戚之间的心照不宣，彼此之间的相互理解、情深意长。爷爷的姑舅，在今天看来与我已是八竿子打不着的亲戚了。

不知从何时起，亲戚之间很少互相走动了，关系渐渐疏淡了，若不是红白喜事相聚，有些亲戚多年难见一回面。

现在，即便是春节这种特定的时光，亲戚之间也少有走动。走亲戚的乐趣和接待亲戚的愉悦，都让手机和微信问候取代了，至于哪家遇到天灾人祸，想找亲戚借笔钱，也不如过去容易了。

有人说，大家都进了城，各奔东西，不再需要亲人间的相互帮助，亲戚之间从物质到精神上也不再需要互相依靠，所以关系必然会疏远。

快乐期盼

如果将我的人生比作一册连环画，在从小到大一系列悲喜交集的画幅中，当属童年时过节的画面最具魅力、最为明朗也最让我喜欢。

小时候过节对我最大的吸引力，首先是"吃"。好东西平时吃不上，只有苦苦等待过年过节才能吃，正月十五吃蒸馍，清明节时摊煎饼，六月六扯白面片，七月十五吃包子，八月十五烤饼子，这些都是平时吃不上的美味。过节的前一天我和弟弟妹妹就乐得蹦蹦跳跳，盼着吃一顿好饭。

过节的时候如能走亲戚，受招待，快乐指数更是翻倍了。有一年正月十五，母亲带我们到姥爷姥娘家。姥娘做了白面蒸馍和羊肉烩菜款待我们。羊肉是特意留的，烩菜做好了，姥娘姥爷舍不得吃肉，把一块块羊肉夹给我们吃，我们真是馋呀，吃得满嘴流油。母亲在旁边阻止姥娘，用筷子把肉给姥娘夹回去，姥娘又夹给我们。姥娘说自己老了，嚼不动肉了，只能嚼山药蛋和豆腐。其实老人嘴里省下好东西就是为了给后辈们吃。

姥爷姥娘一年年衰老，后来牙齿掉光了，真的嚼不动肉了。可是他们每年冬天还是会买点猪羊肉，等着我们正月十五去吃。如果我们没去，姥爷会亲自送来。看着姥爷干瘦的身躯，母亲抑制不住眼眶湿润，会炒几个鸡蛋给姥爷吃。姥爷不肯多吃，会把鸡蛋一筷子一筷子地夹给我们。母亲说，老人不要在嘴上节省，孩子们吃的

时间还长。姥爷"嗯"了一声，仍把鸡蛋一筷子一筷子地夹给我们，看着我们吃得很香，他很开心。

七月十五是农村的大节，家家要给每个孩子蒸一个面人。这是世代流传下来的习俗。一进入七月，我们就翘首盼望着，感觉时间过得好慢。

到了七月十五，除了母亲给我们蒸面人，十五里地以外的姥娘也不会忽略了我们，她头一天就发一大瓷盆子白面，第二天给我们兄妹几人各蒸一个面人，蒸好后放在锅底烤得干干的。节后不到三天，姥爷就拿着面人来了，每个外孙发一个。我们自然是乐不可支，面人不大，我们掰碎了一点点吃，今天吃一条胳膊，明天掰一条腿，慢慢地享受，好多天才吃完。有些年头麦子种得少，白面也少，姥娘就在白面里包玉米面，蒸成白皮黄心的面人，我们同样吃得十分开心。

过节时红火热闹，也是一大亮点。农村过正月二十五，家家户户都要散灯。农家用小米面、玉米面捏的灯盏造型美观、花样繁多，是真正的乡土艺术作品，有母鸡孵蛋、鸭子浮河、老鼠爬油篓、美人抱灯、牛背灯、驴驮灯、狗卧灯等各种造型，惟妙惟肖。捏好的面灯，上蒸笼蒸熟，灯盏里插上龙须草卷成的灯芯，倒进胡麻油点着透亮。

正月二十五这一天，天黑下来以后，村里家家户户开始散灯了。家里的柜台上、瓮盖上、水缸边、灶巷里、窗台上、门头上，再到院子里的磨盘上、墙头上、鸡窝顶盖上、猪羊圈门口，到处摆满了点亮的灯盏。一时间，地上的灯火真是可以和天上的星月争辉了。自家屋里屋外的灯全散满了，孩子们就像小马驹子一样蹦跶着去看其他人家的灯。那一刻，小小的山村到处都是星星点点的灯光，仿佛进入了一个童话般的世界。那是我们很开心的时刻。

正月二十五这天孩子们还可以大大方方、快乐地偷灯，走到别人家，把墙角里、灶台边、窗台门口的灯一口吹熄拿走，不会招来大人们的责骂和怨怪。你偷我家的，我偷你家的，交换着拿，一圈灯偷下来，玉米面的、小米面的、糜子面的灯都有。

有一年正月二十五下了一场大雪，到处一片洁白。入夜以后，院子里、磨盘上、墙头上、香炉上、炭垛上、鸡窝猪圈上、门道外，黑白交映的夜色里，到处都点上了灯。煊亮的灯火，像一朵朵摇曳的红花，似一颗颗跳动的心脏，红灯白雪交相辉映，如梦如幻，透着一种浪漫的神秘，那种意境美妙极了。灯熄灭了，我们快乐的心情并没有随着消散，那些造型丰富的面灯，用香油点过，不光好吃，还是我们心爱的玩具，一边吃，一边玩，好几天余兴才尽。

家乡的习惯，过节不能忘掉祖先，有些节日要上坟头烧纸上贡。从十来岁起，上坟敬祖我是非去不可的。起初我随大人去，后来我一人代表全家去。安葬了祖先的坟地，周围是庄稼地和杂草野花。我每次在祖先坟前点燃几炷香，烧几张纸，磕几个头，心里就升腾起一种祈盼，祈盼祖先保佑我们过上好日子。无数次我曾跪在坟头天真地想，祖辈们的灵魂一定就在周围，或者栖息在树梢上，或者飘荡在半空中，或者隐身在庄稼地里，在悄悄看着我，他们一定听到了我的祈祷，知道了家人的祈盼，如果能为后辈带来什么福祉，他们一定会不遗余力的。每次上坟敬祖后我心情就会坦然和放松许多，甚至有一种超脱感。还有一件高兴事，上完坟之后我可以吃那个贡品馍馍。

过节给当年单调的生活增加了仪式感，让生活中多了一些情趣，也让苦日子中有了些美好的盼头。

过清明节有个习俗，家人除了吃一顿好饭，还要给孩子们用白面蒸一些寒猪寒羊——一种乡土面塑。可是有一年过清明节，我期盼的东西落空了。

清明节那天早饭过后，村里的小伙伴们聚在一起，各人手里都拿着白面做的寒猪寒羊，上面点了鲜艳的红点，他们炫耀着，比谁的更好看，谁的更白，谁的更大。当时我只有六岁，看到人家有的

东西我没有，顿时心中失衡，跑回家"哇"的一声哭起来。我只是怨恨不认真安排过节的父母，当然不知道家里已经没了白面。

父母随生产队在村口红坡上种豆子，我跑到地头上一边打滚，一边号啕大哭。我涕泪交加的哭闹，惊动了所有人，无论是父亲用粗大的巴掌教训我，还是邻居婶子大娘们好言好语规劝我，都没能止住我伤心地大哭。我声嘶力竭地哭，直到奶奶来地头答应专门为我蒸一个面塑小猪，我才止住哭声。

现在回头看，当年农家生活中苦的含义不光是风吹日晒，也不仅是背负一年四季沉重的推碾子拉磨，过节时如果吃不上白面，也让做父母的愁云惨淡，觉得很没面子。

自从大米白面敞开供应，生活中肉食也不再稀罕之后，过节在人们心目中逐渐淡化了，那些正月二十五散灯，清明节摊煎饼、蒸寒猪寒羊等习俗也成了历史。

扭曲的亲情

少年时期，我和父亲的关系是相当紧张的，现在细想起来真是愧悔交加。岁月不经意间匆匆而过，父亲的身影渐行渐远，我的愧悔有增无减。

小时候我并不是个懂事的孩子，也不知荣辱耻誉、几斤几两。后来我常常想，如果不是父亲，如果没有父亲对我从小严厉的管教，长大后我会是什么样子？我的命运会不会和现在有很大不同？

印象中父亲很严厉，面容冷峻，嗓门大，发起脾气来很吓人。我至今记得父亲第一次打我的情景。那时我只有五岁，还没脱下开裆裤。父亲常年不在家，只有过年才从太原西山煤矿回来。

父亲从煤矿回来那些天，他走东家串西家地聊天，我有时就跟着去玩。

那天父亲到村里两个下乡干部那串门，我跟着去了。两个干部一个黑瘦黑瘦的，留着小分头；一个矮墩墩的，留着寸板头。他们住在我家隔院墙的一孔窑洞里。父亲带我走进去时，下乡干部正在做饭，蒸锅上腾腾地冒着热气。

父亲坐在炕塄上，和他们有一搭没一搭地聊着，他当年是少有的去过太原的乡民，见过世面，很多事情说来很新鲜，人家蒸锅里的饭熟了他还在滔滔不绝地说。

一会儿让我眼馋的事情发生了，寸板头干部揭开锅盖，拿起个大碗，开始从锅里抓蒸熟的山药蛋。山药蛋蒸过了火，一个个爆皮

黄土地印记

开花，皮上沾着雪白的瓤子。

父亲只顾着说话，干部们开始吃山药蛋。我站在一边，眼睛直勾勾地盯着，看他们吃得真香。

忽然我看到寸板头干部扔了两块山药蛋皮在地上，上面还沾着雪白的瓤子。我急不可耐地跑过去，捡起山药蛋皮，连黏在上面的灰都没吹一下就塞进了嘴里。

没想到，这一幕被父亲看见，他劈头盖脸就是几巴掌。五岁的我尚不知道什么叫做人的尊严，更不懂得什么羞耻和面子，我"哇"的一声哭了。

由于我在下乡干部面前给他丢了脸，父亲满是羞愧，挥起粗大的巴掌，冲我屁股后面又扇了几巴掌。乡里人常说"人穷心多，马瘦筋多"，穷人特别好面子。

下乡干部看不过去了，赶紧制止父亲："孩子甚事不懂嘛，平时饿着哩吧？"说着，他拿起一个鸡蛋大小的山药蛋塞我手里。

父亲因贫穷而过度敏感的自尊心，大概把别人的赠予看成了一种侮辱性的施舍。他一把夺下我手里的山药蛋放回碗里，气冲冲地拉我走出门，嗓门更粗大地吼我："少皮没脸，丢人现眼，真臊死人了！"

我一路都在哭，父亲瞪着眼睛威吓我："再哭，还想挨打不是？"我吓得只好哽咽。回家后，我一头扑在母亲怀里，再度大哭起来，那天我哭了很久。

那次挨打在我心里留下很大的创伤，一连好几天，我的注意力都集中在挨打这件事情上，我不光惧怕父亲，也憎恨父亲，从那以后不再叫他"大"①，总是远远地躲他。

年后，父亲下煤矿一走又是一年。我每当想起父亲，脑子里就是他粗暴凶恶的形象。我在感情上和他更疏远了。

---

① 西北地区方言把"爸"叫"大"（dá）。

转眼一年过去，又到春节，父亲回来了。

那年春节前妈妈去供销社，买了一串比筷子头还细的小鞭炮。我喜欢过年放炮，响声越大越高兴，可那些小鞭炮炸响时像爆玉米花一样，听着很不过瘾。

过完春节后到了正月十五，也是乡村节日，家家也要垛火笼、放炮仗。谁家有响亮的炮仗，放过以后就满心欢喜。天黑以后父亲发起火笼，那天我准备制造一个惊喜。头两天，队里的毛驴给我家驮炭回来，我从炭堆里捡到一个小指头大小、黄铜外皮的东西，亮晶晶的。我把那东西拿给小伙伴们看，一个大一点的伙伴说那是铜炮，响声比大炮仗还厉害。我把铜炮悄悄留起来，准备在正月十五夜里燃爆，听那巨大的响声。那天夜里父亲发旺火笼，进屋取黄香，准备给土地爷烧香。我站在院子里，怀着一股好奇和激动，把那铜炮丢向火笼通风口，远远躲开。突然，"嘭"的一声巨响，火红的炭块四处飞溅。父亲刚好从家里走出来，见我在旁边躲着，问我往火笼里丢甚东西了，我说我捡到一个铜炮，没捻子，丢火笼里了。父亲一把拽住我的胳膊，在我屁股后面连踹几脚。"谁叫你这么胡做乱动？"他边打边说，"那是雷管，能炸死人的。"后来我才知道，那只雷管，是煤矿工人在矿洞里炸煤层时不小心遗漏的，我当然不懂它的危险。父亲踢了我还不解气，又从柴堆里抽出一根柳条子打我。我当时并不理解父亲的良苦用心，他的痛打更加重了我对他本来就有的怨气和仇恨。

后来，国家经济困难，精简矿工，父亲从煤矿回农村种地。

父亲回来以后，我仍不愿叫他一声"大"，好像已经叫不出来了。需要和父亲说话时，我会叫一声"哎"，"哎"一声，算是和父亲打过了招呼——"哎，队长让我转告你明天去公社武装部开会""哎，我妈叫你回家吃饭""哎，我念书没钱了，要两块学费"。村里人听了无数次地嘲笑父亲："你儿子不是你生的吧？"

夏天生产队锄地时，我去给父母送饭。我跟着别的孩子一块去，

他们到了地头，会亲热地呼喊父母，而我送饭到了地里只喊母亲，母亲不在时，我把饭放在地头，扭头就走。休息间隙父亲在地边挖野菜，我会叫别的叔叔或大爷转告他一声，那是我给他送的饭。

长此以往，我不叫父亲"大"，父亲也就不再巴望我叫他。

但父亲毕竟是父亲，他不希望我长大后和他一样刨黄土。每个学期开学，他会把学费塞到我手里说："千万别丢了，一回学校就交给老师。"我上五年级时从村里到中心学校跑校，有很长一段路程，父亲让我多带点干粮，也多拿一块苦菜窝窝头。冬天下了雪，山路崎岖，道路外侧就是悬崖，父亲常叮嘱我雪天路滑，小心滑到崖里去。

有那么几年，备战备荒，村人白天劳动，晚上就在村子两处隐蔽的地方挖地道。报纸广播上说世界正发生大变故，要准备打仗。各村都在挖地道，我们村的地道要从村里通到背后的山沟。大家说："敌人来了包围村子，咱们就钻地道，往后山沟里跑。"当时气氛很紧张，大人们像地老鼠一样挖地道。地道洞口小，挖到很深时，人多了没法作业，于是每家要承包相应的土方，一次进去两个人，挖进去半米多深才可以回家，再换人来挖。村里各家各户轮流挖，越往深处挖，搬运泥土越困难。我和父亲去挖地道，他挖土，我搬土。煤油灯闪闪烁烁在地道里晃动着，父亲在灯下挖土，一镬头一镬头挖下去，沉闷而有节奏，我铲土，一箩筐一箩筐拖到外面倒掉，我们两人谁也不说一句话，气氛沉郁、滞重。

从天黑忙到半夜，父子俩都疲乏困顿至极，总算挖够数了。

劳动停下后，忽然，父亲长长叹了一口气，问我："说说，这么多年你是不是一直恨我？"

我迟疑了一下，不知如何作答。

我心里是难以言说的复杂情感。其实，我心里说不上恨，只是把疏远当成习惯了。

父亲说："养你这么多年，是要你这么对待我吗？"

我不吱声。

"供你读书念字，算是知书识礼，外人咋看我们呢?"父亲强作镇静，但话语中是掩饰不住的悲凉。

其实我们内心早就和解了。我平时什么家事都愿意做，我知道那是我必须承担的。我理解父亲的苦，和父亲的精神对抗，几年来也在逐渐消除，只不过好多年不叫"大"，乍叫起来觉得很别扭，嘴里破不开这个例。

从那个晚上起，我和父亲的对抗完全消融。

随着年龄的增长，我渐渐回味那段感情上的悲凉经历，知道我们父子之间的隔阂不能全怪父亲，我自己有很大的责任。同时也怪那时穷，"亲情"二字，在那个年代被"贫穷"二字扭曲了。

随着年龄增长，我越来越感觉到一个儿子十多年不叫一声"大"，是多么大的不孝! 我痛感良心不安。

为了填补良心的亏空，我参加工作以后，每次回去都会多给父亲一些零用钱，多给他买些喜欢的食品衣物，想补偿欠了多年的亲情债。可事实上，有些债是永远补不回来的，有些心灵上的创伤大概到死都难以完全愈合。

第四章

故乡印记

四月秀葽，五月鸣蜩。八月其获，十月陨萚。……

七月在野，八月在宇，九月在户，十月蟋蟀入我床下。

——《诗经·豳风·七月》

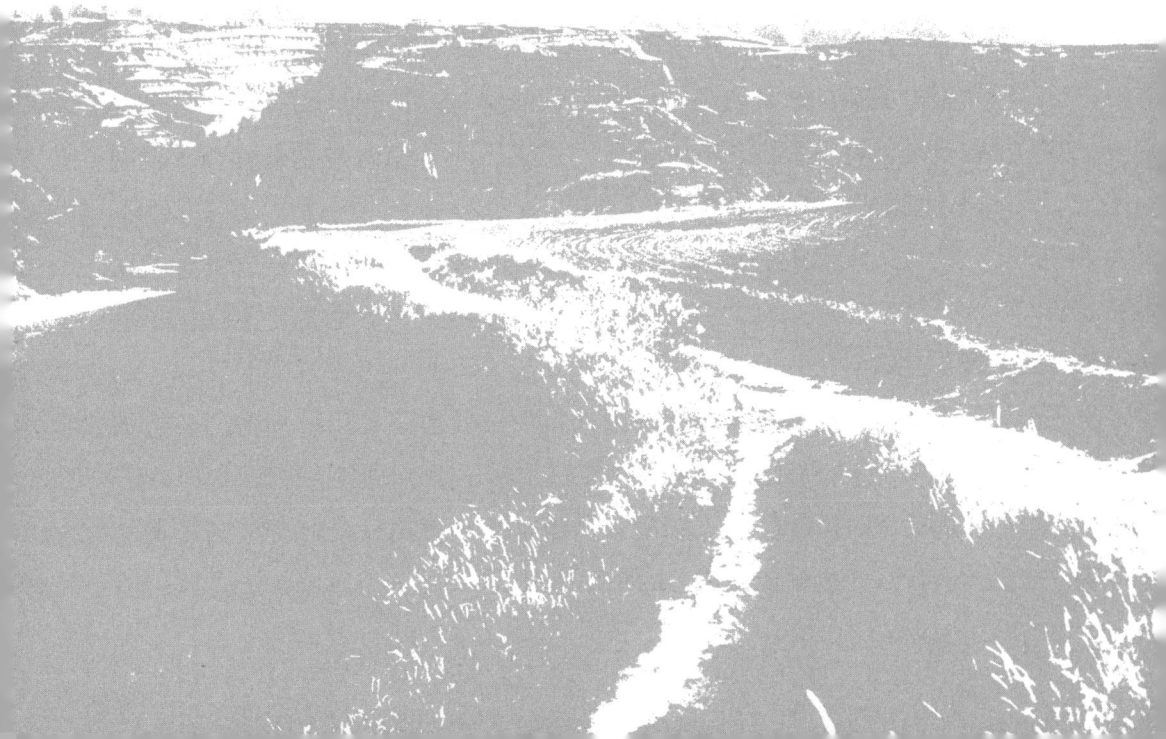

儿时的村庄

走进花甲之年，我成了爱怀旧之人，夜里睡不着时，常常想起童年和少年时老家的人和事。过了那么多年，老家每处地方的模样，村周围的一草一木，在我的脑海里仍然留着逼真的影像。

老家虽然贫穷，但也曾经是个热闹的地方。我小时候村里只有二十几户人家，和我一起玩的小伙伴却有五六十个。我父母那一代人，平均每家都有六七个孩子。母亲生我们兄弟姐妹共九人，养大了六人。

老家周围山梁环绕，各家各户的土窑洞高低错落地分布在一条陡峭的黄土坡下面。村子坐东向西，日照时间少。从村头走到村尾只需五六分钟工夫，村子布局无讲究，村院杂乱，这家的柴房贴着那家的羊圈，这家的茅房挨着那家的猪舍，伴随日出日落，村里猪跑羊窜，鸡飞狗跳，喧闹不停，邻居之间往往因为牲畜管理不善磨牙拌嘴，引起口角，吵完以后相处依旧。

村人家家住土窑洞，土炕、土地、土灶台、土窗台、土抹的墙皮，买不起陶瓷家具的人家，甚至还使用瓷土做的土瓮土盆子，是真正充满土气的生活。

记得在我小时候，大多数人家白天外出不锁门，有的门环上插一根柴棍子，有的插一根火柱，防止猪羊拱开门进去糟蹋家里东西。夜里睡觉时，有的人家用根顶门棍，有的虚掩门就睡觉了，不担心被偷什么，也没什么值钱的东西可偷。

村里树多，村子斜坡下十几米处立着最大的一棵老榆树，树的主干四五个人才能合抱住，主干六米开外长出五六个分叉，都是二斗盆般粗细，向不同方向伸展着。分叉上高处又长了细叉，上下交错形成一片巨大的绿荫，亭亭若华盖。老榆树浓密的枝头，有四五个喜鹊窝，还有些斑鸠窝、啄木鸟窝。每天黄昏时分，鸟儿们使劲地鸣叫，营造出一片热闹。早晨天刚亮，村子的沉寂又被鸟儿的叫声打破，交错的鸣叫声在村子上空飘荡。

那棵老榆树，据说是迁徙来的张氏祖先种下的。

村道周围还有十几棵大杏树，从村头走到村尾，隔几户人家门外就会看到一两棵杏树。村头杨家门外两棵杏树最大，树干足有斗盆粗细，大人才能爬上去。乔家门外几棵大杏树，树荫覆盖半个院子，夏天洒下一片清凉。后塄的张家场区周围几棵杏树稍微小些，树干不粗，正方便孩子们爬上枝头摘毛杏。村子的平整处、地畔上，还有红果树、桃树、海棠树，春天百花盛开，洁白的杏花、红色的桃花、粉色的海棠花，点缀在街前屋外。清风拂过，花儿细雨一样纷纷落下。可是，盎然春意与乡野之美，老辈人熟视无睹，他们另有心事憋在心里：春天二三月正是缺粮的时候，睁开眼，一日两餐，人们心里焦虑的是怎样度过春荒呢！

村子脚下的大沟、小沟里，还有许多高大挺拔的柳树和杨树，柳树下结满厚厚的苔藓，下雨时长出一丛丛的野蘑菇。

小河沟里是密密麻麻的野草，青菅、灰蒿、草刺棵丛里藏着一群群的青蛙，蹦跳着大大小小的蚂蚱，水坑里一群群蝌蚪游来游去。捉青蛙，逮蚂蚱，给我的童年带来许多乐趣。夏日，青草的芳香、氤氲的水汽、泥土的清香，混合着沁入人的肺腑，让人倍觉清爽。到了夜晚，蟋蟀不停地鸣叫着，唧唧的叫声像是有节奏的催眠曲，一直把村人送入梦乡。

那时候村里不缺水源，脚下的小沟、对面的大沟、村后的后沟、侧面的王家沟都有山泉，几股清凌凌的泉水昼夜流淌，流到大沟后汇聚成河。夏天我们去河沟里耍水，玩累了就躺在树下，享受夏日的清凉；冬天小河上结了冰，冰面有十多米宽，我们去滑冰，河边的柳树上悬着许多喜鹊巢，鸣叫的喜鹊成了我们的陪伴，我们带着野趣玩耍，高兴得停不下来，直到母亲喊叫才回家吃饭。

树多的地方，即便贫穷也显得有生机，小孩子顽皮，常常结伴爬树掏鸟窝，或者偷摘果子，打野酸枣，能制造出无穷乐趣。

进入"文化大革命"，粮食不足，村里那些高大的榆树被砍了，用来卖钱换粮吃。那棵最大的老榆树最先被砍，陪伴了几代人的风景消失了。之后大部分杨柳树也开始被砍伐，砍下的木头换了口粮，换了衣布，换了娶媳妇的彩礼钱；到了"农业学大寨"后期，为了多修地，多种庄稼，村里的桃树、杏树、海棠树也全被砍了，在"以粮为纲"的年代，花果树必须"让路"。村里春天落英缤纷的景观，至此消失了。

这样一个萧瑟的情景曾经让我深深感到失落，黯然神伤。

村子重新焕发生机是在改革开放的年月。土地划分到农家后没几年，黄土坡下的土窑洞全被弃置了，一排排整齐的石窑洞在村前面的塔地中心修起来了，村民的院子外重新种上了榆树、苹果树、梨树，还有大量枣树，村子又有了春花相伴、夏荫遮盖。为了美观干净，有些人家的院子还做了水泥硬化，并且把车路通到了门口。

村子脱胎换骨了，但没过多少年，大部分人进城了，留下无人居住的房屋，村子成了空心村。

曾经的禁忌

　　黄土地上的农家孩子，每个人都有过苦涩往事，心灵上都有几块属于自己的伤疤。长大以后，岁月会逐渐把这些伤疤掩盖，只有遇到特殊情境，伤痛才会被触发。

　　几年前，有一次去农贸市场，我买回来一大捆甘蔗。南方的甘蔗黑油油的，糖分很高，特别甜，一大根甘蔗能榨出一杯糖水。吃着甜透心的甘蔗，我不由想起儿时一件悲伤的往事。

　　记得我还是一个八九岁的小学生时，一天傍晚学校放学了，我独自一人走在最后。路过生产队的玉米地，地里一人多高的玉米秆子，在秋风中摆动摇曳，没结玉米棒子的空玉米秆含糖分多，折一根嚼在嘴里甜甜的，我们叫"甜棒棒"。

　　八九岁的男孩正在调皮的年龄，有时不免混沌痴顽，爱独自一人干点出格的事。欲望驱使下，我大起胆子，跳到地里折断一根空玉米秆，折成几截，正准备拿着走，被山梁上走下来的村人发现了，好几个大人围住我骂开了："毁集体的庄稼，想作死啊？""你一根他一根乱折，集体的庄稼还能长住？"我说我折的是没结玉米的空秸秆，我想嚼一根"甜棒棒"。他们说没结玉米的空秸秆也是生产队的，可以喂牛，牛能吃的东西人就不能随便糟蹋。我想解释又不知道该说什么，只能看着自己的泪掉到脚尖，但这并没有博得大人们同情，我把灰事做在了明处，村人要维护集体的利益。没有办法，我注定要丢人现眼了。

　　随后，我被村人拽着胳膊拉到了学校，站到了老师面前，老师训了我一顿，责令我在门外罚站。那天晚上，我在老师的窑洞外站了两个小时，直到上灯时分，人们都吃完晚饭了，我才被允许回家。这件事因穷而起，也因自己嘴馋而起，我感到一种无法言喻的悲哀，在村里好长一段时间抬不起头来。

让我想不到的是，没过多久，为了吃"甜棒棒"，我的母亲也流过一回眼泪。

那年秋天，母亲在自留地里掰玉米。一天黄昏时分，母亲背着一篓子玉米棒子回来，手里拿着一根长长的甜玉米秆子。一看到"甜棒棒"，我们几个孩子高兴到发狂，吵嚷着马上要吃。母亲放下背上的玉米篓子，抄起一把菜刀，把手中的玉米秆子放在门槛上，砍下一截递给我，接着又砍下第二截给弟弟。我正要放在嘴里嚼，忽然看到站在一边的爷爷吼叫着冲到母亲身边，举起拐杖就打。母亲正低头砍玉米秆子，被一棍子打蒙了。接着又一棍子又打过去，边打边吼叫："你这是做甚？败家东西！你还嫌家里穷得不够！"母亲莫名其妙挨打，一时反应不过来，一屁股坐在地上哭起来。母亲是个极好面子的人，她莫名其妙挨了长辈的打，算是丢尽了面子，她不明白自己究竟做错了什么。

爷爷气得山羊胡子一翘一翘，长满胡子的腮帮子不停发抖，还在骂母亲："敢拿菜刀砍家里的门槛，还要不要一家人活了？刀破门槛穷鬼死缠！"母亲这时候才明白过来，她是犯了忌，不能拿着菜刀在门槛上砍东西。她哭着辩解："我又不是故意的，我哪知道有这些鬼讲究，再说家里都穷成这样了，我不信还能灰到哪里去！"

母亲边说边哭，我也跟着哭起来。我很难理解几十岁的爷爷敢动手打我的母亲。爷爷发起脾气来是那么吓人，真的是怒火冲天。平时我也见过父亲和母亲吵架，他们吵吵也就算了，很少动手打人。爷爷那天发脾气很凶暴，眼珠子瞪得很大，看得出他一定是气坏了，也是吓坏了，简直像被邪魔附身了。

奶奶从院子里走进屋后，冲着爷爷骂起来："你个老鬼！你个充

军犯人！有话不能说？动手打儿媳妇，你要打就打我！"见奶奶插嘴，爷爷不由分说，举起棍子朝奶奶打过去，奶奶挨了两棍子，两串泪珠立马从黄瘦的脸上滚下来，奶奶也哭出声来，婆媳一起哭。我吓坏了，觉得家里仿佛大难临头。

爷爷当时也极度恐惧，他面如土色，手脚发抖，打人后跪在门口不住地念叨："太上老君，阿弥陀佛，不要降罪，求你千万不要降罪，饶我家人不懂礼数，犯了天条。"原来，老一辈人有一种传说，一家人的门槛是重要的风水遮拦，不能有丝毫伤损，更不能用菜刀斧头砍，门槛上砍破一点，就是破了风水，穷鬼饿鬼会越过门槛接踵而至，从此一家人会饥寒交迫，日子永远一蹶不振。

记得那天晚上，爷爷脸上一直愁云密布。他蹲在炕头，神情沮丧，谁也不理，不住地闷头抽旱烟。炕沿下烟灰磕下一大堆，窑洞里充斥着浓烈的旱烟味。

当时保德农村类似的禁忌还有很多，既怪异，又荒唐。家里那场吓人的风波怎么收场的，我已记不清了。我只记得当天夜里，一家人都被悲伤和恐惧笼罩着，母亲哭了很久，奶奶也哭了很久，至于她们是委屈地哭，恐惧地哭，还是痛苦地哭，悲伤地哭，没谁说得清。那天晚上母亲和奶奶都没吃饭，在院子里一直哭到月亮升起，繁星满天，直哭到浑身疲倦，睡意蒙胧，才进屋睡了。

当天夜里起风了，窗户纸被吹出"呼啦呼啦"的响声，这响声让我十分恐惧。少不更事的我真担心母亲破了禁忌，坏了风水，穷鬼饿鬼会从门缝里钻进来，缠住我家不走。我睡不着，在心里怕了很久。过了很长一段时间，家里没发生什么变故，我的恐惧情绪才消散。

几十年光阴过去了，我至今记得爷爷当年求神拜佛的虔诚和恪守禁忌的严格，逢年过节他老人家对财神爷、灶神爷毕恭毕敬，每每燃起香烛，口中念念有词，祈求神灵降福，可是一年又一年家中境况并没什么大的改变。直到改革开放，家里的生活才发生了奇迹般的变化，只可惜爷爷已经去世了。

送穷

黄土地印记

我们村里的人家，过去好像是拽在一条穷根子上的，穷日子大同小异，而且是代代穷。旧社会日子过不下去，有讨过吃的，有走过口外的，个别胆大的还有打劫过财主家远走他乡的。新中国成立后人们的生活状态有了好转，但是很长时间仍未彻底摆脱贫穷。

过去，人对贫困无能为力，久而久之就形成一种心理模式：把自己的贫穷归结于命运，归结于不可知的力量。

公社化时期，我已经长大记事。正月初五一大早起来，我就听到有穿着破棉衣的老人在院子里喝一声"送穷喽！"这时走出门你会发现，家家有人拿扫把，在屋里屋外大扫除，这是多少年流传下来的风俗，叫"送穷鬼"。

每年正月初五，"送穷"是必不可少的仪式，也被当成上天的旨意。人们心目中，"穷"是个看不见摸不着、像躲猫猫一样的隐形妖怪，害得人们百般困厄。正月初五这一天是上天降临的一次送走"穷鬼"的机会，家家要大扫除，清垃圾，倒"恶煞"，还要剪个纸人——穷鬼的化身烧了。更讲究的人家，还会用黄标写一副对联："爆竹声声送穷鬼，焚香九炷迎财神。"这一天人们将对联贴在门上，第二天再撕下来，和几炷黄香一并焚烧，做完了这些事，心才能安宁下来。

从前，保德人对垃圾有个很特别的称呼，叫"恶煞"，炕上的灰尘、灶台的污渍、地下的烟灰，院子里的鸡毛狗粪、烂纸片、破布条，通通都叫"恶煞"。正月初五这天要通通扫干净，远远地送走。

没有多少"恶煞"的人家，就在炕上扫点土，锅底刮点烟灰或灶巷里扫点饭渍之类，送到野外，一并烧香敬纸，据说也能送走"穷鬼"。

奶奶年年都"送穷"。清早起来，她老人家第一个拿起笤帚，带家人把窑洞炕上地下扫个遍，接着再打扫院子。夜里山风吹来的树叶、干柴草、烂纸片，一点不漏地扫进柳条笤筐。这时候奶奶拿张黄纸，铺在桌子上，神情庄重严肃，用剪刀剪黄纸人，说那就是"穷鬼"的化身。我儿时好奇，会细看"穷鬼"长什么模样，奶奶剪的纸人鼻子很大，腰背弯曲，双腿细瘦，形象丑陋。奶奶也会给我们家剪一个"穷鬼"，让母亲在太阳出山时，和"恶煞"一并送到野外烧掉。送完穷后再放个鞭炮，以示和"穷鬼"告别。

穷人的穷讲究也多，现在的人无法想象当年人们精神的苍白。正月初五这天村人还有一个讲究叫"填穷"，在人们臆想中，家家隐藏着个"穷窟窿"，所谓的"穷窟窿"要用财来填。"柴"与"财"谐音，这一天家家要到野外捡些柴火回来，说是要把家里的"穷窟窿"填起来。当时没人觉得可笑。我和母亲到村后头的柳树底下捡过干柴，冬天野外积雪覆盖，树枝枯柴不好找到，看到两棵大树上垒了喜鹊窝，估计喜鹊窝会掉下来些干树枝棍，我们走过去用脚踢开雪，果然找到几根筷子粗细的干柴，拿回家算是"填了穷"。还有村人不辞劳苦到很远的地方捡干柴，多捡一根干柴，心里就比别人多一丝安慰，也多一分希望。

有一段古老的传说，是何时开始流传的无人考证，但它却流传很广，把"恶煞"与贫困的关系牢牢绑定在一起。相传古代姜子牙封神完毕，有一个无封神资格、心术不正的妇人，迷恋做神仙的自由自在，于是来到封神殿，找到姜子牙，缠搅着要姜子牙给她封个神位。对这种心术不正的妇人，姜子牙自然不屑一顾，厌恶地大骂了一句"恶煞"，挥手赶她走。谁料那妇人竟然兴奋，高叫一声："恶煞！你叫我恶煞，我就是恶煞神了！"妇人狂笑而去，从此她就真的成了恶煞神。恶煞神分身有术，无处不在，专门危害穷苦百姓，贫病交加的，家业破败的，穷人永远不知道恶煞神会怎样加害于他们。民间流传下来的规矩，对恶煞神只能送不能敬。

这个传说，仿佛让迷信的庄稼人为贫穷找到了依据，于是他们在"送穷"上也想尽了办法。每到正月初五，即便吃东西也和"填穷"扯上了关联，"送穷"的这一天，条件稍好的人家还要吃黄米糕，"糕"与"高"同音，村里人不知道这"糕"和"高"距离有多遥远，说是吃了黄米糕生活就会步步高，总以为二者背后一定有隐秘的关联。

正月初五这天母亲也做了米糕，期盼着生活光景能节节高。没有大黄软米，就弄了一碗软高粱面，蒸成了几片素糕，每个家人吃几口，心里就多了一分踏实，日子可以顺理成章地过下去了。

一些在贫困中一筹莫展的人家，正月初五这天鸡一叫就起来打扫"恶煞"，天还没亮，就远远地送走"穷鬼"，就像到庙里抢头香一样。他们把"恶煞"送到野外，倒下后有的用脚狠狠地踩、狠狠地踩；有的男孩倒完"恶煞"以后，还气呼呼地对着上面撒一泡尿，费尽心思表达对贫穷的仇恨，以为这样做，踏上回程路的时候，恶煞神就不再跟来了，家里就能转运了。

说起当年的穷讲究，好笑的事还有很多。爷爷曾给我讲过一个故事：有一位庄稼人身体高大壮实，人也勤劳，耕种锄耧样样精通，可年年春荒时一家人就挨饿。一年正月初五，他让媳妇用块白布缝成了一个布袋人，里面塞进烂棉花，写上"穷鬼"二字。他把这"穷鬼"布袋人用绳子捆了吊在门头，取了一把鞭子，郑重其事地控诉责骂，问"穷鬼"为什么老缠着他家，责骂罪状列出好多条，控诉完以后，举起鞭子对着布袋人一顿抽打，一鞭子接一鞭子，一边抽一边痛骂，把一肚子的气全发泄出来，直到把那个布袋人抽得粉碎。可这家人来年还是穷，最终这家人走了口外。

从那个年代走过来，我常常感到庆幸。虽然我曾经伤感，但是在改革开放以后，不经意间穷日子就走到了头，如今丰衣足食，"送穷"这种民俗变成了滑稽的记忆。

严冬砭骨寒

"饥寒交迫"这个词，现在的人怕是难有深切体验了。

生长在南方的女儿渴望看到下雪，有一年春节前带孩子穿羽绒衣、保暖鞋，乘飞机到哈尔滨看冰灯，感受冰雪季节，欣赏北国雪景。深圳的小侄子一家则开车到韶关，领略雪后的乡野景色，他们觉得让孩子感受冰天雪地是一种难得的经历。

我私下感慨，在我青少年时代，天寒地冻、冰天雪地是多么痛苦的记忆！尽管几十年过去了，每当我想起家乡的严冬，仍然觉得寒气砭骨。

1963年立冬后，南乡下了几场雪，冰雪覆盖了山坡梁峁，山崖下挂上了长长的冰柱子，清早起来屋外贼冷，一盆洗脸水泼在院子里，刚转身就结冰了，两米多深的山药蛋窖，若是顶盖上的土覆盖不厚实，山药蛋一夜间就能冻成冰疙瘩。熄了火的家里，被窝里冰凉如铁。人走在露天，手伸出来不到半分钟，指头就冻得伸不直了。十冬腊月里，寒冷是仅次于饥饿的第二大痛苦。

北风呼啸，寒风侵骨，偏偏那时候穿衣服还窘迫，讲究"新三年，旧三年，缝缝补补又三年"，经济不宽裕，乡村人连一件内衣都没有，都是光身子上穿衣裤。身上的棉衣棉裤是反复拆洗过的，拆洗时把旧棉花撕开扯虚，抖干净泥土再装进去，穿起来早就不暖和了，棉裤拆洗后往往缩水，裤腿吊得老高，只能加长一截。很多孩子和大人，脚上没袜子穿，冻得脚面开裂。可怜那时村里人几乎都穿旧棉袄，有妻小的破衣打了补丁，没妻小的光棍，棉衣不少是大窟窿小眼，棉絮外露。说起来，买布要凭布票，买棉花要凭棉票，发布票多的年份每人有八九尺，少的年份只五六尺，至于棉票，几年才发一次，每人二三两。没有票证手头拮据，一样买不回来，就只能穿旧衣裳。

即使再冷的天气，修大寨田、平整土地不能停。从我能劳动时起，每当放寒假，我就参加集体劳动挣工分，要么和父亲去打草，要么随村人去修大寨田。为什么修地集中在冬季？因为春、夏、秋三季地里不是播种就是有庄稼。清早起来吃过早饭，人们走到山梁上，或者挖开冻土修梯田，或者平整土地，把高处的土填到低处，扩大平地面积。山梁上北风呼啸，人们带的干粮窝窝头冻成了冰疙瘩，休息的时候抱点高粱秆燃起一堆火，把窝窝头烤热吃。人们挤在火堆旁取暖，啃吃烤热的窝窝头，成了一种享受。吃完接着干，要干到太阳下山才收工。

为了赶修地进度，村里有时还组织"夜战"。光秃秃的荒野无遮无拦，夜里尤其寒冷，气温在零下二三十度，人累了挂着铁锹把歇一会儿，立即冻得打战。男人们冻得受不住时有一个驱寒的办法就是抽旱烟，把热烘烘的烟吸到肚子里，享受片刻再慢慢地吐出来，用以抵御寒冷。女人们就惨了，嘴唇和脸都冻得发紫了，除了使劲儿搓脸跺脚，就是不停地挖土，让身子剧烈地活动才暖和些。人困马乏了，月儿西斜了，就可以收工了。人们扛着铁锹一路小跑，直到进了家门牙齿还在打战。当年寒风中"夜战"的经历，让我深深地感受到了生活的残酷。

有几回夜里修地回来，父亲脱下鞋子，说是脚后跟冻得开裂了。父亲在煤油灯下伸出脚，露出脚后跟上几道长长的口子，血糊糊的裂口很深。母亲在勺头子里装点白面煮成糨糊，趁着热往裂口缝隙抹，母亲说，要是有几片胶布就好了，把糨糊填进裂口再用胶布贴上，冻裂的脚很快就能好，可叹那时候连胶布都是珍贵的医用品，

一般人根本弄不到。

　　冬天除了修地还要打草，也十分受罪。大种"反修高粱"的年代，生产队小米、玉米种得少了，大牲口冬天的干草就成了问题。高粱秆叶子少秆儿多，喂牲口远不如玉米秆和谷草好，生产队喂牛驴的冬草不够了，就派社员去打草。最好的冬草莫过于黄背草，柔软纤细，牲口好咀嚼。记得腊月寒假，我跟父亲去掏黄背草，我们到北塔子寨子梁找野草，山梁上北风肆无忌惮，我脸上手上如同无数钢针在扎。走到寨梁上，父亲在路边发现几个夏天雨水冲击塌陷下去的大深坑，走到坑边探头看，坑里有些风刮进去的庄稼叶子和野草叶子，于是父亲在我腰上拴一根麻绳，把我和打草笼子吊下深坑，让我把庄稼叶子和野草叶子一把一把捧起来装进笼子里。在土坑里避风，比外面暖和多了，感觉那真是个好去处，好想在土坑里多待一些时间。待装完了草叶，我才恋恋不舍地从坑里爬上来。

　　出了深土坑，我们又到石且河沟里寻找黄背草，山大沟深，阵阵河风往人骨头里钻，野草在风中"呜呜"哀鸣，手脚耳朵又冻到针刺一般疼，仍得东一棵、西一棵地刨黄背草，实在冻得顶不住，就捡点蒿柴在避风处烤一下火。在野外忙活了一天，我们父子二人打回三十多斤牛草。

　　当年的人们害怕冬天，厌恶风天，寒冷的日子也是最苦的日子。野外劳动，衣不足暖，营养又跟不上，村里得关节炎、腰椎病、肺炎、支气管炎的人不少。直到现在我仍然认为，在天寒地冻的季节，人不用挨冻也是一种幸福。

求神的记忆

人这一辈子，谁能保证时时安然无恙？正所谓"夜半梦醒周身冷，阴风吹雨入寒窗"，无妄之灾也是有的。以前农村人遇到有疑惑的病症，往往会把原因归结到老天爷那里。

小时候常常看到一些村里人，脸部扭曲，嘴歪眼斜，下巴变形，说是中风了。中风很奇怪，人在头一天还好好的，就一个晚上的工夫，第二天早上起来，嘴就歪到了一边，而且脸部麻木，吃饭也不利索了，严重的还口水外流。对待这种怪病，我记得很多人是用求神拜佛的方法治的。

1963 年春天，我还是小学二年级学生。那是一个星期天，中午时分，有同学告诉我，村里有个老人得了腰痛病，痛得爬不起来，正请神婆在家里"唱大神"。同学喊我一起去看稀奇。那老人住土窑洞，一床烂席子只铺了一半炕皮。炕尾堆着两床旧被子，家里很混乱。我当时想，都穷成这样了，鬼神怎还忍心缠搅呢？

"唱大神"的场面很滑稽。病人五十来岁，脸色蜡黄，穿着土布棉袄，一脸肮脏的胡须，由老婆扶起坐着。神婆坐病人对面，扯开嗓子"咿咿呀呀"地唱着。神婆一边唱一边摇晃着身子，一会儿左右晃，一会儿前后晃，动作很夸张。她唱的词大多听不清楚，只有三四句听真切了——"吃苦菜来喝面汤，咱家里日子好凄惶；烧蒿柴来睡光炕，穷人家不是好地方""神仙在前鬼在后，哪里好你往哪里走"。神婆唱腔悲悲戚戚，弥漫着一种诡异的气氛，听得出那是一种无可奈何的乞求，乞求鬼神不要缠搅，快快远离。

　　唱过一阵，病人老婆用手抓起事先剪碎的白纸条，跟着神婆咿呀随唱上下舞动，神婆手在炕皮上拍得"啪啪"响，病人眉头拧成一个疙瘩，眼里透着无奈、麻木和悲哀。

　　据说那个腰痛的病人，一天夜里在外面小解，对着地上黑暗处撒了尿。当时正好刮来了一股凉风，他觉得后背发冷，浑身打战，回家后过几天便腰痛，不久痛得不能下炕，也无法劳动了。乡人传说，这是邪祟附身了，只有"唱大神"这办法才可以赶走邪魔。可是最终"大神"并没能让这位病人病情好转，这位病人后来发展到全身瘫痪，大小便失禁，第二年这个家里的顶梁柱告别了人世。

　　蹊跷的是，第三年这家的女主人也病了，在背部和环绕脖子周围生了一种疮，流脓不止。她不去打针吃药，也没去买一瓶哪怕是相对便宜的药膏，仍然请神婆来"唱大神"。"大神"没显灵，她的疮拖了几年才渐渐好转。

　　那时有些农村人很愚昧，生了病，首先怀疑是不是邪祟上身了。一个好好的人怎么突然腰腿疼呢？一个孩子受冷了，咋就浑身起了风团？别人家的孩子好好的，自家孩子咋就长了一脸羊胡子疮？为什么白天活蹦乱跳的孩子，黄昏时候突然神志不清，迷迷糊糊要睡觉？人们弄不清原委，又没钱往医院送，就只好请人做滑稽可笑的徒劳之功。

　　当年我爷爷也学过求神送鬼这类技能。爷爷身形外貌、言行举止很平常，语不惊人，貌不出众，一个地地道道的土农民，可是他会煞有介事地给孩子们"驱邪气"。我总想，这是爷爷的本事？还是穷苦人的一种生存技巧？有一年春天，我放学回家的路上，大黄风卷起满天黄沙，我在风中奔跑，起了一身的风团，奇痒难忍。我回家之后，爷爷说不用担心，他有办法。我趴在热炕上，爷爷燃起几炷黄香，他手举香火在我身子周围环绕舞动，口中念念有词，左三圈右三圈绕完，做完这些班数，让我盖了棉被子，趴在热炕头睡觉。两个时辰以后，我身上的风团果然全散了。现在看来这是风寒过敏，睡热炕就好了，可我当时并不觉得荒诞，还觉得爷爷有"通灵"的本事，居然佩服得不得了。

一个夏天的黄昏，放羊人赶着羊群回来，从我家院子旁边走过，三岁的弟弟正在院子里玩，突然迷迷糊糊不省人事。母亲赶快喊爷爷来给孩子"驱邪"，爷爷把孩子抱在怀里，又是燃几炷黄香，绕孩子全身上下左右挥动，嘴里嘀咕着什么，香烟袅袅中，弟弟一会儿醒来了。

爷爷从来没说他那套本事是从哪里学来的，他仅上过一冬私塾，并没多少文化，更不懂医学。这也许是找不出别的法子时对病人一种精神上的安慰。

我十几岁的时候，奶奶患了肺病，总不见好，最后去南河沟医院住院。我去医院看奶奶，见到了穿着白大褂的大夫，大夫说，奶奶患的是结核病。他们给奶奶打了几次针，吃了很多药，病很快好了，我这才知道有了病是需要认真对付的，是需要看大夫的。

后来到南河沟上中学，学校的前面就是医院，我们常有机会去看大夫给阑尾炎病人开刀。下午，西晒的阳光很猛烈，手术室里很明亮。简陋的手术室窗户没窗帘，做手术时，我们趴在窗户上往里看。病人躺在床上被除去衣服，打完麻醉药以后，大夫用手术刀切开肚子，戴着胶手套，找到阑尾，翻腾半天，最后把化了脓的阑尾切除下来。看了那些手术，我才彻底明白，"病"原来是一个附在人的肉体上真实具体的存在，而不是什么荒诞的"神鬼附体"。

大约到了 1966 年，我们村里有了赤脚医生。赤脚医生配备的药物有链霉素、青霉素、安乃近、去痛片等，也有常用的感冒药、止泻药。自那以后，人们有病就去找赤脚医生，村人有病求神送鬼之类的事情很少再发生。

有时候我想，在贫穷的年代里，与其说人们迷信，不如说是由于经济条件恶劣，无钱去医院看病时的一种无奈。也许很多人根本不相信什么鬼神，但在无奈之下还是信其有、图侥幸了。

如今农村有了"新农合"，农民普遍有医保，看病吃药、住院打针大部分都能报销，人们对神灵的敬畏改成了对科学的崇尚。

黄土地印记

远去的歌谣

记不清从几岁起，我就开始受大人们唱的山曲子的熏陶了。在我的家乡，山梁上耕地的，烈日下锄禾的，野坡里放羊的，井台上担水的，赶毛驴驮炭的各色人等，时不时会扯开嗓子唱上几句，歌声断断续续，时起时伏，飘荡在旷远的山梁和田野上，也撞击着我的心灵。

家乡的山曲子，也被叫作"酸曲子"，其实就是一种民歌。生活的艰辛，酿造了人们源源不断的吟唱情愫。我常常被那些歌曲吸引，这不仅仅是由于它们粗犷质朴，更在于它们内涵的苍凉，仿佛句句都是农家肚子里吐出的苦水。

六月了，火辣辣的太阳挂在天空，庄稼都快被晒枯焦了，父辈们心里担心又是一个坏年成，于是山坷梁上传来这样的歌声：

东山上日头背西山，世上苦不过庄稼汉。
一只只老鸹树枝上叫，穷人的苦情谁知道？
寒鸦鸦腊月里盼阳春，受过人盼那好光景。

1970 年至 1972 年，保德县连连大旱，贫瘠荒凉的黄土地上几近绝收，连耐旱的"反修高粱"也被晒干、晒死了，只能砍了喂牛。现在的人很难体会农民那种心如汤煮的感觉，正所谓"穷人遇灾年，两眼泪涟涟"，但又有啥办法呢？老天爷作对，能扔着石头打天吗？无奈，人们只能怀着悲凉的心绪，唱唱曲子罢了。

艰苦年代，人们最在意的是一口吃食，反映在歌谣中，也往往是对"吃"的纠结。

正是入伏季节，已经是大晌午了，骄阳似火，热浪袭人，村里的男男女女在鳌子山锄地还未收工。我正值高中放暑假，也参加了集体锄地。抬眼望向远处的南河沟，那里正飘起一股股白色的炊烟。作为南乡最大的村镇，南河沟有医院、粮站、供销社、信用社、邮政所、兽医站，有一大批吃公家饭的人，除了粗粮，他们每人每月供应三四斤白面，隔几天就能吃一顿白面馍馍。

锄地的农民肚子饿得"咕咕"叫，嗓子渴得冒烟，可是锄不完地不能回家，心里自然忍着苦，有人不经意间唱起曲子来。一个老汉平时很少唱曲，那天抬头望望南河沟，忽然冒出几句异样的山曲子："南河沟的馍馍，我呀最爱吃，想吃吃不到嘴里头，我心呀心里苦。"这曲子一出口，许多人吃惊地望向老汉，这歌词、曲子和腔调，套用了当时一首流行的革命歌曲："毛主席的书呀，我呀最爱读，越读越觉得心里头，越呀越热乎。"老汉把革命歌曲改成了吃的内容，被人叫停了："咦，你这是瞎唱些甚哩？"

老汉一愣，自己也觉得这种不加掩饰羡慕白面馍馍的赤裸裸的"表白"，把革命歌曲给歪曲了。

事情非同小可，老汉平时说话直来直往爱惹人，正好旁边是一个与他说不到一起的，脱口就说："啊呀！你怎恁大胆！一首革命歌曲被你篡改成甚了？"

那是极"左"的年代，人们习惯了大惊小怪，抓住一句话就能上纲上线。人们纷纷问老汉"你咋恁大胆？"老汉这才意识到麻烦了，吓出一头汗，知道厄运不可避免了。

当天收工后，这事不知经谁汇报，被下乡干部知道了，村里连夜召开大会要老汉做检讨，当时正兴"斗私批修"，当农民的有红高粱吃还不满足，这不是"变修"是什么？下乡干部会上数落老汉："你把革命歌曲的内容篡改成平庸低俗的内容，这是甚思想？必须好好检讨。"

另几个贫苦出身的老汉也说："看你糊涂成甚了，咱还是贫下中农呢！旧社会过的甚日子？山曲子咋能这么瞎唱呢？"

老汉检讨："我肚皮饿，私心作怪，就谋一口好吃，一时犯大糊涂了。"

有人说："肚皮再饿，也不能拿革命歌曲发牢骚撒怨气。"

接下来大家七嘴八舌，有批评老汉觉悟低的，有说他忘本的，有说他私心作怪的，还有说他思想改造不深入的，众人思想上一番"帮助"后，老汉检讨，自从过了年，天天吃山药蛋窝窝红粱面汤，好想吃一顿白面馍馍，看着南河沟的炊烟，就管不住自己嘴了，他是被"私"字一闪念搅昏头脑了，想一想也真是忘了本，说着流下两行泪。话已经说到这个份上，众人也只好作罢，批判会结束，大家拖着疲惫的身子各自回家睡觉了。

想当年，吃一顿白面馍馍真的是件幸福的事了。

不用说白面馍馍，当年比白面次一等的豆面也是稀罕吃食。我们上小学时，放学后在院子一边玩游戏，一边扯开嗓子唱童谣："搂柴柴，打炭炭；烧上火，做饭饭；吃甚呀，擀豆面；撩上醋，添上蒜，吃了一碗又一碗。"那时候，春节前后农家吃的几顿擀豆面，也算是上好的茶饭了。

我家乡六十岁以上的农村人大概还记得，过去放羊人赶着羊群出坡，山曲子唱的也是一个"吃"字：

赶上羊群要出坡，怀里头揣的是苦菜窝。

最甜不过那糖蛋蛋，最香不过那擀豆面。

还有更诱人的唱词："大黄米油糕卷枣泥，羊杂割粉汤香死个你。"唱完一句加个长长的"哎哟——"来收尾，不禁令人肚子里馋虫涌动。

公社化的时候，村人为了吃经常不安生，分粮食时打架成了家常便饭。分玉米棒子有大有小不均匀，分高粱黑豆斗平斗满有偏差，人就会恼怒，大动肝火，互相骂到七窍冒烟。秋天收完庄稼，碾打完毕，粮食分到各家各户时，用升盘斗量，会计拿个簸箕往斗里装，队长拿个刮斗刮子刮，压住斗梁使劲刮和放松手腕轻轻刮，一斗粮食的分量就有了差别。此时此刻，分粮户眼睛瞪得大大的，平时锅里一口碗里一口地节省，一斗粮食上少半斤八两那还了得，立马争辩起来，争着争着就动手。和队长打架的人今天是张三李四，明天可能是王五赵六，村人有句话"争生不争熟"，少分一把粮食就是不行！打架固然不体面，可是饥饿和自尊心比较之下，后者不值钱，哪怕争回一把粮食也值得。

可叹"穷"字对人的命运的羁绊，除了体现在"吃"上，更体现在儿女的婚嫁大事上。

村里的姑娘和小伙子们人长大了，心也大了，自然有了男情女爱。一起参加集体劳动时，后生们喜欢用酸曲子撩拨心仪的女子，既是感情的宣泄，也有试探的成分。男女青年在野外劳动，往往是男的先唱，女的跟着呼应。

男唱：五谷里就数稻秫高，满村里就数妹妹好。
女唱：大红公鸡墙头上叫，你的那心思我知道。
男唱：白格生生的脸蛋花哨哨眼，妹妹的人样真好看。
女唱：马里头挑马一打手高，人里头挑人就数哥哥好。
男唱：你妈妈打你你不要气，想好活就要自己打主意。
女唱：樱桃酸来油枣儿甜，哥哥再穷妹妹我不嫌。

互相心仪的男女青年只要搭上唱腔，心中那一股激情就控制不住，向外倾泻出来了，他们唱着唱着就胆子大起来。一起劳动的父母自然会听出头绪，父母认为灰小子不知道天高地厚，看来要得寸进尺了，做爹的于是往地上吐一口唾沫，鼓起眼睛，也插进来唱几句：

人家的女子再好看，与你小子球相干。

风言浪语你瞎挑逗，落下那灰名声抬不起头。

父母出言裁诲，来几句泼冷水的唱腔，让对方早收回心思，少生妄念。父母也难，自家女子叫本村相好勾引走了，彩礼少了怎么办？凡是男女自己搭上线的彩礼肯定少，自家女子的彩礼要少了，小子娶媳妇彩礼钱不够咋办呀？

从二十世纪六十年代中期到七十年代初，我们那一带娶媳妇儿，大多需要三百块钱上下的彩礼，这可不是个小数目。一般来说周借到这些钱的人家就捷足先登，把好姑娘给娶走了，女方父母往往也是谁家给钱多，就把闺女嫁谁家。姑娘们最终挣不脱买卖婚姻的羁绊。女子或嫁山上，或嫁河畔，嫁到山上能吃莜麦面，嫁到河畔能吃红枣。女子真正嫁过去了，才发现婆家日子并不比娘家好多少，父母彩礼钱收是收了，女子生活却面临一个大坑，婚后婆家背了不少债务，媳妇过门要分家，还得分些债务慢慢还，女子这时心里又怨恨起父母来。怎样解脱？于是山梁上常常听到这样的歌声：

我妈妈爱吃那莜麦面，硬把我嫁到那岢岚山。

我大大爱吃那山扁豆，把奴家嫁到这山背后。

我爹妈爱吃大红枣，委屈奴嫁到这河圪崂。

哭一声爹来叫一声娘，天大的冤枉奴家一肚装。

女子唱完了，收回心事，过自己的日子，该干啥还干啥。

家乡人爱说"女人难活哭鼻子，男人难活唱曲子"，可我一直认为，在生活艰难的岁月里，唱曲子就是一种抚慰心灵的方式，无论男女，唱曲子滋养了他们贫瘠的心灵，抚慰了他们受伤的感情，也让阴晦的日子多了一丝光亮。

鸡犬不宁

进入 2000 年，父母搬到忻州居住以后，有一次我回去见他们，他们竟养起了狗。母亲说养个小狗不但可以排遣寂寞，还能看家。屋里角落半箱子火腿肠，是小狗的食物。

在过去物质匮乏的时代，人都吃不上肉，更别说狗了。看着父母这般浪费，我觉得过分，只能叹口气。莫非父母年龄大了，人也糊涂了？

我细问母亲，原来是附近一家超市的火腿肠卖不完，过期要扔掉了，父亲捡回来做狗粮。父亲说，如今的人肥富了，连狗也跟着沾了光。

这句话一下子勾起我几十年前的记忆。倒退几十年，别说吃肉了，狗活着就是它们的幸运。

那是粮食歉收的年月，大约是 1969 年，老家农村忽然刮起一股打狗风。公社干部怕本村的人不忍心下手，于是成立了专业打狗队，统一灭狗。打狗队逐个村子找狗，发现狗就毫不留情地打死。打狗队一进村，先查问谁家有狗，然后开会宣布禁止养狗，谁家也不能例外。打狗的理由冠冕堂皇，人的食物都不够还养狗？人重要还是狗重要？凡是养的狗必须灭掉。

三爷爷养了一条黄狗。打狗队进村开完会，四五条壮汉来到三爷爷家，要把狗弄死。三爷爷是个单身汉，生活孤寂，那条黄色的土狗一直是他的陪伴。那狗的样子机灵，耳朵直直地竖着，也通人

性。三爷爷给生产队当过饲养员，一副罗圈腿走路慢，背也有点驼，加上衣衫破旧，样子很邋遢，可狗对他不离不弃。闲的时候，三爷爷坐在饲养院的墙根下吃烟，狗就卧在他身边，三爷爷用手抚摸狗背，狗抬头望着主人，一副相依为命的样子。狗的眼力极好，见生人就狂吠，见本村人就摇尾巴。

三爷爷年轻时心性野，胆子也大。在他十六七岁时，有一年遭了灾，冬天饿得顶不住，就大着胆子和两个后生结伙，在月黑风高之夜，抢了附近一个财主家的几袋粮食。去抢粮食时，他虽然蒙了面，由于招呼同伴时出了点声，加上那身几年不换的烂衣裳，还是被财主家的人认出来了。为了避灾躲难，三爷爷远走口外。到了口外，他拉过骆驼，放过羊，看过场子，走到哪里算哪里，一直过着居无定所的生活。到了四十几岁，新中国成立了，斗倒地主分田地，成立了人民公社，三爷爷才回了老家。他从口外牵回两头毛驴入了社，由于不擅长干农活，就一直给生产队喂牲口。

喂牲口这活儿和别人来往少，加之他一个人住在村口的小土屋，屋里又脏又乱，很少有人上门。三爷爷也很少串门，生活除了寂寞还是寂寞，于是就养了一条狗，慢慢习惯了与狗为伴的生活。

三爷爷当饲养员很尽责。常言道，马无夜草不肥。冬天夜里三爷爷起来喂牲口，狗就跟在他身边忠实陪护。那时每人一年分的口粮连皮带壳也就两三百斤，三爷爷的狗除了喝洗锅水就是吃山药蛋皮。三爷爷感念狗对他的忠诚，有时也用洗碗水拌几把麸皮做狗食，狗偶尔也能到外面捉只野鸽子吃。

打狗队来了，对三爷爷说："老汉，全公社统一打狗，你的狗也得消灭。"

三爷爷反对，求他们手下留情。

对方说："村村都打狗，留下你这一条，我们怎向上面交代？"

三爷爷用手搔着头皮，长叹一口气，知道再说啥也没用，流下两行泪。

打狗队的人到院子里用一根麻绳把狗脖子套住要拉走。狗知道末日来临，惨叫着不走，不断回头向三爷爷求救。三爷爷坐在炕愣上抽着旱烟，泪蛋子直往下滴，他知道说情也没用。狗被拉到一棵树上吊起来，有人舀几瓢凉水往狗嘴里灌，一阵凄惨的叫声中，狗被呛死了。

三爷爷前后养过几条狗，都没好结果。之前他养过一条黑狗，是被毒死的。村子周围的庄稼地里，秋天老有鸡偷吃庄稼豆荚，队干部就用高粱拌了"断肠沙"，撒在地畔，有些人家的鸡没关严实被毒死了，狗吃了死鸡，狗也死了。

自从村里消灭了狗，母亲总担心家里的鸡被狐狸吃了。果然，因为没了狗，黑漆漆的夜晚，狐狸和黄鼠狼神出鬼没进了村。有一天夜里，刚睡下不久，鸡窝里传来凄厉的惨叫，父亲赶紧走出去，堵鸡窝的石头被搬开了一块，狐狸叼走了一只鸡。有一次鸡窝里钻进了黄鼠狼，鸡群惨叫声接二连三，父亲走去一看，一只黄鼠狼藏在鸡窝角落，电筒一照，两只玻璃球样的眼珠子在黑暗中转动着。父亲用石板堵住鸡窝出口，拿来一把捅火钳子，最终黄鼠狼被擒了。那只黄鼠狼比一只猫稍大，尖尖的嘴巴，长长的胡子，我用一根长绳子拴住它的腿，拉着它在村子里玩，见到鸡时，它仍然敢扑食。

狐狸经常在夜里进村，有人在村外安放捕兽夹子，夹子上放了死老鼠、死鸽子，引诱狐狸来吃，曾经捕获了一只没经验的狐狸，它挣扎无效之后咬断自己的腿逃跑了，从那以后再也没狐狸上钩。

狐狸不是一般的狡猾。半夜里人睡得最沉最香的时候，它们才进村。我家鸡窝被大石头堵得很死，狐狸吃不到鸡，就刨兔子窝。我家喂了一窝兔子，兔子窝也算做得结实，狐狸把院子里坚硬结实的土层刨开了，再把土层下的砖头刨开，直到兔子窝完全暴露，一窝兔子全被吃光了。

村里没狗，野兽们胆子越来越大，很少出没的狼也来了。一天夜里人刚刚入睡，一只狼就钻进满驮大爷家的羊圈里，把一只绵羊

咬死了。家人听见羊叫声出来围住羊圈口，发现一只羊已经被狼吃掉了一半。狼是从羊圈顶盖掏个洞跳进去的，狼空着肚子跳进去，吃饱跳不出来，人在羊圈口的栅栏上伸铁叉扎，扎到狼毛茸茸的肚子直流血，直到将其扎死，算除了一害。

三爷爷的狗被灭后，从此他一个人孤孤单单，好像一下子老了十几岁。白天老人呆呆地坐在院子里，两只胳膊支在大腿上抽旱烟，一坐就是半天。老人天天吃饭也是少心无肠，经常不做饭，靠族人中端碗饭送点吃的。第二年春天，三爷爷去世了。

那时候的人绝没想到，几十年过去，狗能成为宠物。城市里竟然有狗粮店，卖狗粮、狗零食、狗玩具，街边有专门的狗医院、宠物店，各种照料狗的生意纷纷推出，这简直比神话还神话。

抽烟解愁

从我记事起，我们村里的成年男人和上年岁的女人都抽旱烟，爷爷奶奶抽，父亲和叔父们也抽，有的婶子和大娘也抽。

旱烟离不得，旱烟好种植，当年自留地那么宝贵，家家还是会在地畔上种一些烟苗。烟苗长大后收割、砍倒、晒干，连秆带叶子压碎了，就是乡村土旱烟。这种烟纯正、硬气，抽着过瘾。

农村男人个个腰里别个旱烟袋，凑在一起聊天时，嘴里叼一杆旱烟锅子，嘴皮子一张一合简直忙不过来，抽完旱烟，把烟灰在鞋帮子上磕掉，个个很惬意。

小时候我总看到奶奶闲下时抽旱烟，她老人家坐在炕塄上抽烟，抽着抽着两行热泪就从脸颊上淌下来了。我不知道这泪是呛得流、舒坦得流，还是难受得流，我不懂爷爷奶奶为什么一定要抽烟，又苦又呛。奶奶说："你是孩儿你不懂，吃烟能解愁哩！"

冬天，父亲早晨醒来趴在炕头上，也是先点着一袋烟有滋有味地抽完，这才穿衣服下炕，出门去劳动。劳动结束了，他拖着疲惫的身子回到家，也要先抽一袋旱烟，然后把身子放平躺在炕头上，等着母亲做好饭吃，辛劳了一天，好像抽一袋烟就困乏全消了。

我小时候晚上常住爷爷家。寒冬腊月里，煤油灯熄灭以后，爷爷奶奶睡不着时也会抽旱烟。窗外星光闪闪，院子里寒风阵阵，老人借着月光，趴在炕头上抽旱烟，讲些陈芝麻烂谷子的陈年旧事。他们说旱烟抽完了，肚里暖和了，就像喝了一杯热茶一样，然后带

着惬意进入了梦乡。

村里人遇到不如意的事情，有什么想不开时，也是靠抽烟来排解，卸下心里的包袱。那年上面来了政策，在农村"清理阶级队伍"，村里有个单身老汉，在国民党队伍当过兵，其实也是被抓壮丁去的，无奈之下穿一身黄皮在部队混了一年多，结果被扣上"历史反革命"帽子，挨起了批斗。村里连续几天召开批判会，要他交代问题，在战场上欠了多少血债。批斗会上口号震天响，又是"专政"又是"铁拳"，喊打喊杀，老汉吓得尿了裤子。在那个年代，"历史反革命"是可以送去劳改的。每次批斗会上，老汉都痛哭流涕，批斗完回到家里，只会闷头抽旱烟。有些人担心他自杀，一个普通社员一下子成了"阶级敌人"，人格上的耻辱和政治上的压力，会不会心里想不通寻短见？我们一群孩子去他家观察，每次去只见他坐在家里的炕塄上抽旱烟，面色死灰，他也不和我们搭腔，只是一边抽烟一边长长叹气，时不时自言自语，好像和那旱烟袋在沟通，就这样过了一些日子，老汉最终熬过来了。

还有一回，村里有一户富农，家里一头猪没关严实，跑出来吃了生产队的庄稼，正好被劳动的人群发现了。"地富反坏右"是当年斗争的对象，是要受管制的，让自家猪出来吃集体庄稼，这还了得！那是"阶级斗争"正热闹的年月，村人正好长时间没吃过猪肉了，一群人涌上去把猪团团围住，七嘴八舌，提出杀猪吃肉。任猪的主人怎样央求，最后还是把猪杀了分而食之。

这件事对富农老汉打击很大，人家吃了猪肉，他心里塞满了猪毛，气得心窝子疼。他憎恨自己的富农身份，直怨老祖宗害了后人，一顶富农帽子要把后人压死了。老汉和爷爷关系好，夜里他来到爷爷家，一边流泪一边诉说，说自己不想活了，倒塌①的日子过够了。爷爷劝他"吃烟吃烟，吃上旱烟咱拉撒"。他们一边抽烟一边拉话，

---

① 倒塌：指倒霉。

爷爷慢声细语地劝他，说世路很长，谁也不会一世风光，谁也不会一辈子倒霉，不要想不开。老汉说猪养大卖了钱是准备给老婆看病的，他老婆常年患病，猪没了病也看不成了，活着也没了尊严，还说他心里压着一块大石头，难过得就想死。爷爷说"死了谁，苦了谁"，劝他把眼光放长远些，活得够可怜的了，不能再给日子雪上加霜。那一夜爷爷和他一边拉话，一边一袋接一袋地抽烟，烟灰磕了一地，那满屋子的烟雾，逐渐消解着老汉心里的肝火，冲淡了他的苦闷悲凉，最后老汉收起凌乱的心情回家了，说是不寻短见了，带着再大的屈辱也会活下去。

有了旱烟袋，活着仿佛就有了寄托。

放了假我喜欢去爷爷家玩。记忆中村里的其他老人们，平时都喜欢来爷爷家坐坐，谈论谈论家长里短。村人来了，劝人抽烟是一个基本的生活礼节。尽管来人自己腰里别着烟袋，奶奶仍会取过炕头上的烟兜子，像城里人敬茶一样放在客人面前。来人把烟锅伸进烟兜里挖一锅旱烟，点火就抽，狠狠吸上几口后才开始拉家常。

乡村权力

公社化时期，农村老百姓为难的事情太多了。喂上一头猪、一只羊，想卖个公道价钱都不容易。

入冬以后，我家喂了一年的猪，到该卖的时候了。

这时节，食品收购站的收购员老贾来了。老贾肥胖的身躯顶着个大脑袋，一张油汪汪的脸，一双牛一样的大眼睛，一副很难接近的样子。老贾进村后，双手背在身后，一脸傲慢架势，满村转悠，谁人见了他都本能地点头哈腰，因为没人惹得起这尊"神"。

老贾来收猪，一个村子收一两天。不消说，猪儿牵拽着每户农家的命运。一年买盐、驮炭、打煤油、穿衣裳的钱，就指望着这头猪呢。偏偏那时候，分到的口粮少，人都不够吃，喂猪就更难了。猪儿长不大，喂不肥，家家又都争着卖出去，暗地里心上都着急着呢。

春天捉回小猪仔，家家户户都是宁愿人少吃一点，也要给猪多喝点面汤，盼望着猪能早些长大，冬天卖个好价钱。

我悄悄地观察过，收购员老贾一进村，就有好几家的男人对他笑脸相迎，有的说请他吃饭，有的说请他喝酒，老贾爱理不理。他能光临哪一家那是赏脸，当然他光临哪一家也是细心选择过的。

老贾走家串户，对各家各户的猪收与不收，定什么标准，出什么价钱，都是他一人说了算。养猪的人家抬举他，感觉就是抬举财神爷。老贾走到村西头第一户人家，这家女人常年有病，隔三岔五上医院，家里最需要钱。可偏偏她家的猪长得瘦，男主人给老贾赔着笑脸，又是递烟又是划火，百般讨好他，盼望他能买了他家的猪。猪从圈里放出来了，老贾看一眼连连摆手："太瘦了，太瘦了！不够标准，不收。"说完他转头就走。男主人追着说好话，人家腔也不搭。

老贾到了用好茶饭招待过他的人家，情况就不同了，一脸的笑容。一样的猪，本来只够个三等，老贾一句话就定成了二等。猪肚子吃得很大，汤汤水水灌了一肚子，一过秤，称出多少算多少，或者象征性地扣三两斤。为了表示照顾主家，秤砣尽量往秤杆外推，旁人看在眼里，心里暗暗嫉妒，可谁也不敢说什么。

收猪收到了没请老贾吃喝的人家，他脸上的笑容就没有了，板着僵板阴冷的脸，摸摸猪脊背，说一声："太瘦了，太瘦了，不能收。"挪步就往另一户人家走。主人求情，他却撂下一句冷冰冰的话："说甚也没用，再喂一两个月吧，给猪吃上些精饲料，下一回再收。"

主人家说："寒冬腊月的，没苦菜，糠皮秕谷吃完了，再喂不下去了。"

老贾说："那你自己想办法，自家杀了猪卖肉吧。"

主人再央求："你给算个三等收了吧。"

老贾似笑非笑，撂下一句话："不够标准我收回去，上头还不把我这个收购员给撤了？"话毕，他头也不回地走了。

轮到看我家的猪了，老贾来到院子，母亲把猪从圈里赶出来，老贾走过去摸摸猪脊梁骨，也是那句话："不够标准。"

母亲连忙央告："我那好老贾哩，你就收了吧，甚吃的也没了。"

老贾再次走过来，在猪脖子上捏一捏，一副很犯难的样子，犹豫片刻，算是开了恩，说："算了算了，勉勉强强定个三等吧。"

母亲一听，高兴得不知说啥好。这时候，老贾抬脚在猪肚子上踹踹，冒出一句话："不过，这猪得扣上十斤毛重，看这肚多大，肚里头虚货不少。"

母亲赶忙说："这猪毛重怕不到一百斤，扣上十斤过于多吧？"

老贾翻着眼皮冷笑一下："这么瘦的猪，能收就是给你面子，要不你再留着喂一两个月？"说着，他就要走。

母亲再不敢争辩，连忙说："就按你说的，就按你说的办吧。"

一根麻绳把猪拴住过台秤，总共才九十八斤，扣了十斤算八十八斤毛重，母亲站在一边，脸色灰黄灰黄。

父母平时极其自尊，拉不下脸皮去讨好别人，自然也没请老贾喝过一口水。可是卖完猪以后，母亲又觉得吃了亏。一头猪被扣了十斤，一斤生猪四毛五分钱，十斤就是四块五毛钱，那时候一个劳动日的工分值才一毛几分钱，一个月满打满算劳动下来，也不过四五块钱。老贾一句话，一个多月劳动值没了，母亲真是气呀！

是的，那天早上母亲知道收购站来收猪，特地给猪食里抓进两把高粱面，搅了一大盆子食，猪肚子撑得圆圆的，可其他人家也是这样呀，老贾对有的人家的猪扣斤秤了，有的就没扣，或者扣很少。

一头猪硬生生被扣十斤，那天我也好恨、好气呀！恨那收购员势利，恨我们无权无势，也恨家人脑筋死板，不会拉人情、套近乎。

从那以后，母亲总说我："好好念书，将来家里有个伺候公家的人就好了，像人家老贾那样的。"那时候我也想，家里没个端公家饭碗的，卖个猪都讨不到公平。

终于有一天，父亲也等到了机会，在一个吃公家饭的亲戚头上沾到了光。那个亲戚在供销社当售货员，是个勉强能算得上亲戚的远亲。供销社就两人，亲戚主事，一个新来的年轻人当他手下。那次父亲去买盐，正赶上柜台上没别的人，父亲和亲戚拉起话来，话题扯到家境困难上，父亲倒出满肚子的苦水，说粮食不够吃，家人总是饿。那个亲戚说前些时候，公社运回来一批代食品，是澄过粉的红薯渣子，堆放在供销社仓库里，代食品已经发放完了，他叫父亲去打扫一下那库房，地上犄角旮旯里兴许还能扫一些红薯渣子，可以背回去吃。父亲走进去打扫仓库，扫了大半麻袋红薯渣子。谁说天上不掉馅饼？如此好事降临，父亲高兴坏了。他把这个亲戚看成大恩人，对人家千恩万谢，说了很多感激的话，他说这些代食品，够顶半月二十天口粮了。

多少年过去了，父亲提到这件事情还是念念不忘。乡村的权力，贫困年代的权力，在农民的眼中太有价值了。

黄土地印记

褴褛时光

吃饭穿衣是人的两项基本物质需求。可穿衣问题曾经是几代农村人的痛，且不说旧社会由于衣不遮丑有过多少羞耻感，直到四十多年前，家人生活中仍没有换洗衣服这回事。我孩提时，夏天光着上身，只穿小短裤；冬天仅穿唯一的一套棉衣，衣襟袖口上淋满饭渍，从来没条件换洗，久而久之就结成黑色的污垢。第二年春天，母亲就把棉衣拆了棉花改成夹袄，让我接着穿。母亲拆洗棉衣时要使劲搓揉，洗下的污垢黏稠如墨。棉衣裤被拆去棉花改成单衣，磨破的窟窿要打很多补丁。

像所有贫苦农民家庭一样，以前我家最发愁的，除了吃就是穿。最苦时家人几年换不上一套衣服。我到十三四岁时，由于衣服破烂，走到人前时总有一种无法克制的羞涩感，尤其是看到衣着整齐的下乡干部，拘束到手脚不知该往哪里放，更不敢正面注视人家的脸，感到特别自卑。

最为难的是走亲戚行礼，没件像样的衣服，觉得很难体面地走到人前。有一年夏天去杜家塔行礼，那是一个老人的葬礼，已经是三伏天，我仍穿着那件唯一的黑夹袄。由于平时挽草、搂草、背草，夹袄前胸后背都弄得脏兮兮的，实在穿不到亲戚面前去。那天中午走到杜家塔河沟，村子下面有条清悠悠的小河流，我蹲在河边石盘上，在河里使劲搓洗衣服，洗完后把衣服晒在石盘上，自己坐在石崖下阴凉处等着，直等到晒干了才穿着走到亲戚家去。

记得少年时还有一回尴尬的情形。那次我陪四妈到石桥塔的姥娘家办事，正是大热天，我还穿着那件夹袄。中午烈日炎炎，烤得人头晕目眩。午饭在亲戚家是连汤带水的南瓜稀饭，吃得我大汗淋漓。站在一旁的四妈说："你这娃，大热天还穿件夹袄？脱下来吧，咱庄户人家谁也不讲究。"我很想把夹袄脱下来，可因长期糠菜充饥营养不良，我长得又黑又瘦，小胳膊像麻秆棍棍，胸腔两边肋骨一条一条，咋好意思当着亲戚面把衣服脱下来？我借口到外面乘凉，一个人端着饭碗走到院墙下吃饭，直到现在想起来仍感到心酸。

外面工作的人回来给家人送一件衣服，在那个年月是件很体面的事。我们村二绵的哥哥在新疆工作，有一年回来给二绵带了一条凡立丁裤子，那化纤裤子穿着笔挺漂亮，风一吹拂拂地抖动，谁见了都忍不住多看几眼。那时候村里的后生小伙，谁去相媳妇总想找二绵借裤子穿。四爹外出时就借过他的裤子。当然对方也有需要帮忙的时候。四爹有一件草绿色四个衣兜的军衣，是大爹从西藏带回来送他的，二绵外出相媳妇也跑来借着穿过。借别人衣服穿当然要爱惜，不能穿着拿轻负重，更不能弄脏搞邋遢。当时村人紧要的时候互相借衣服穿，成了一种默契。

村人互相借铺盖也成了人之常情。哪家儿子大了，订婚找对象，有外村女子来相亲，家里穷到只有一块毡，遮不住炕皮。对方上门那天，家里就赶快跑邻居家借几块毡炕上铺着，借两床新被子放着，当时图个体面，等到相亲对象走后再还回去。

农村那时候没缝纫机，穿衣服都是手工缝制，为了省布，裤子是缅裆裤，衣服是包襟袄，针迹粗大，样子难看。我上高中那年，三十里外的一个堂姑家买了一台缝纫机，堂姑父是煤矿工人，月月能挣钱，他家最先买了这贵重的家什。堂姑来了，母亲在供销社买回一块布，请堂姑用缝纫机给我做一件衣服，那是一块灰色咔叽布，那个年头除了黑色和蓝色，灰色算很时髦了，因为宣传队唱红歌演八路军穿的就是这种灰色。

那次见了堂姑，她对我说："年轻后生，人长得周正，穿上缝纫机做的衣服肯定好看。"堂姑给我量了身高尺寸，就把布拿回去做衣

服了。堂姑把布拿走时，我家没衣兜布，她说给我贴上。

十多天后堂姑来了，带来缝纫机缝的衣服。第一次穿机制衣服，我有一种无法形容的喜悦。堂姑说她是新手，没学过裁缝，衣服做得不太理想，把两个上衣兜裁得太高了，有些不好看。我说不碍事，总比手工缝的强。我脱下旧夹袄把新衣服穿上，家里有块一尺见方的墙镜，我走到镜子前，眼前是一个全新的自己，看着竟有几分陌生。我身子挺拔，鼻梁高高，一头茂密的黑发，脸上棱角分明，配上这身崭新的衣服，感到以往的邋遢形象一扫而净了。

堂姑开玩笑说："你可以穿着去相媳妇了。"

母亲按捺不住兴奋，细细欣赏着，在衣角上拽拽，后背上摸摸，一个劲儿称赞堂姑手艺好。我要把新衣服脱下来，母亲说穿着吧，我说崭新的衣服不好意思穿出去。真的，我平时穿惯了补丁衣裳，穿这么崭新的衣服，感到特别不自在。

我穿一会儿新衣服，再走到镜子前，又有些怅然。新上衣配旧裤子看着别扭。裤子是自家土布做的，染色又不均匀，显得很旧，洗过一次缩了水，高高吊着，和上衣穿在一起很不协调。我多想配一条新裤子，母亲说扯布做这件上衣已经是借了钱，做裤子的事等有了钱再说吧。母亲寻找了同样颜色的本机布，把裤腿加长了一截，这套衣服才显得协调了些。

有几年家里特别困难，国家每年给每人发几尺布票，都被父亲拿出来，让当工人的姑父拿到太原，把布票换成钱买油买盐。父亲说人不吃盐不行，衣服烂些不碍大事。

记得那时候洗衣服都在夏季，洗过衣服，躺在河边等衣服晒干。我当时想，等我将来有了钱，一定要买两条裤子、两件汗衫，冬天有棉衣棉裤，夏天有单衫长裤，在家时穿旧的，出门时穿新的，要多体面有多体面。如今我果然遂愿，家中常放着十几条裤子、十几件上衣，涤纶化纤的、麻料的、棉布的都有。冬天有皮夹克，春秋有西装、夹衫，衣服多到穿不完，多余衣物不知该如何处理。

白面的记忆

我的家乡地处贫困山区，农家自古是粗食淡饭，筋道细腻的白面，就成了人们舌尖上美的享受。过去逢年过节吃一次白面，人们心里能快活好几天。一般人家招待贵客才吃白面，比如儿女亲家、娘舅姥爷来，才不得不以白面伺奉。招待客人时，主人担心亲戚吃不饱，会一个劲地往客人碗里添，自家人却少动筷子。等着亲戚吃完了，家人剩多吃多，剩少吃少。

如今城市生活方便，白面成了生活中的大路货，街边的面食店到处有。为了多卖面食，店家也是挖空心思变花样，拉面、削面、烩面、炒面、花卷、烙饼、包子、面包、蛋糕应有尽有，包子更是花样翻新，加了奶黄、莲蓉、豆沙、各种蔬菜肉类作馅儿，吸引人们消费。如此一来，买回家的面粉总是消耗得很慢。有时白面吃着吃着就潮湿霉变了。那天老伴发现我家有小半袋白面霉变了，埋怨我一次买太多："倒了吧，以后别买那么多！"我说这白面晒干还能吃。老伴说："你这是何苦，霉变了也敢吃？"可把白生生的面粉倒掉，我良心上过不去，心里迈不过那道坎，有一种难以言说的犯罪感。

记忆中一样的春天，一样的阳光。那时我十几岁，院子里晒着的是发了霉的红薯片。1971年家乡大旱灾，冬天政府调来救灾粮，是麻袋里装着的干红薯片，大老远从南方运来。家乡受灾面积大，需要的救灾粮多，粮站的库房里堆放不下，红薯片只好露天堆放在

粮站大院里。冬天雪花纷纷扬扬，红薯片堆成的小山上，覆盖了厚厚一层雪。计划经济年代，粮站工作古板，只能按月发放救灾粮。待到春天冰雪融化，干红薯片发了霉，有的表面上已经晦暗发黑。我们买回家，洗净蒸熟了照样吃，仍然觉得又粉又香。

第二年冬天，在西藏当干部的大爹带全家回来休假，带了些全国粮票。休假期满，大爹临走时给爷爷留下 60 斤全国粮票和 20 多块钱，告诉爷爷日子熬不过去的时候，就拿粮票到粮站照当地供应标准买些粮食。那时，干部的日子比农民滋润，家乡的干部每个月有 3~5 斤白面。

来年春天，粮站传来消息，说是调剂了干部的粮食供应标准，除了供高粱面、玉米面、小米之外，当地干部每月还增加几斤白面。当时按照人均 30 斤的口粮标准，一个干部一个月可以供 9 斤白面，听说这些白面其实是连麸皮都磨进去的黑白面，但是在山区人眼中，黑白面也是高级的东西。

爷爷那几天很兴奋，他盘算着怎样用大爹留下的宝贵的全国粮票多买些白面。春天的黄风呼呼刮着，爷爷等不及了，拿了几个面袋子，揣上钱和粮票，跑去南河沟粮站购粮，我在南河沟上中学，粮站在学校隔壁，爷爷来学校找到我一起去买粮，他说买白面是大事。

那时山区生活困难，粮站的人从来没见干部一个月能供应八九斤白面，爷爷在卖粮食的人面前拿出 60 斤全国粮票，说除了买玉米面、小米、高粱面等，还要按规定买些白面。其实按标准搭配白面也总共不到 20 斤，但粮站的人却不答应了，说粗粮可以买，白面不能多买。

爷爷还在和人家争执，但对方已不耐烦，把他看成是胡搅蛮缠的老汉，催他走。

爷爷又失望又郁闷。由于气闷难受，他大口喘粗气，不住地咳嗽，几乎是含着眼泪离开粮站的。

今天看来，也许人家是故意为难爷爷，因为一个规模不小的粮站，面对好几个公社、几十个村庄，白面再紧缺也不在一二十斤；也许人家不卖是遵守规定，因为那么珍贵的白面，是优先供应给本地干部的，农民在后。如果把白面卖给一个农民，其他手头有点粮票的农民也去买，粮站的细粮可能就不够了。在那个困难的年代，不是所有人拿着粮票想买细粮就能买到的。

粮站干部深知白面珍贵，他们也许把在特殊时期提高供应标准时去买粮的人，看成是想占公家便宜，所以只能将其拒之门外。

可爷爷想的是，在共产党领导下，都是国家干部，只不过有的在本地，有的在外地，理应公平对待，凭什么就不给卖细粮？他越想越不服气，感到被严重伤害了。事实上也是，大爹一家回来休假，看到家里困难，就和家人一起吃干红薯片、山药蛋，把粮票省下来，就是想让父母能多吃几斤细粮。可粮站的人未必理解这些。

爷爷气冲冲地回家后，左思右想也想不通。儿子从十几岁跟着共产党打天下，参加了抗日战争、解放战争、抗美援朝，从朝鲜回来没几年，又到西藏打叛匪，好不容易在枪林弹雨中活下来，转业时国家还不让回家乡，留在天高地远的西藏。儿子在家乡方圆几十里也算个有点名望的干部，可是他的老爹连几斤白面也没资格买。

老实的庄稼人对事物有其独特的理解和处理方式。爷爷觉得买不到这十几斤白面，不光是白面本身的事，比这更重要的是面子，是一种被人家歧视、小看、漠视的痛苦，这事情要是传开，他的面子还往哪放？

思来想去，他给大爹写了一封信，说明自己买粮的遭遇。他说自己病重，是被粮站气病的，要大爹马上请假回来。信中还说，既然本地干部才有资格吃白面，外地干部没资格吃，大爹还留在西藏干什么？赶紧调回来算了。

后来，西藏昌都交通局一个长途电话打到了保德县粮食局，交通局的领导讲了一堆客气话，也给保德县粮食局领导讲了西藏干部

的粮食供应标准，白面、大米比例当然比内地高很多，达到了百分之七八十。长途电话交涉之后，县粮食局打电话给南河口粮站，才落实了那十几斤白面供应的问题。

两天以后，村里赶毛驴驮炭的大爷从南河口粮站给爷爷捎来口信，说他可以拿粮票去粮站按标准多买些白面了。

粮食买好后，我和爷爷一起背回来。我们当天吃了一顿那些含着麸皮的黑白面，调了酸菜，放了盐和辣子，吃得稀溜稀溜的，香得停不住嘴，最后连锅里的面汤也喝个精光。

事情过去几十年了，至今想起来仍让我感慨。如今，谁会把几斤白面当回事呢？即使是老家较贫困的人家，现在也有足够的白面吃。

寒夜听书

我童年时期，村里的文化生活实在单调沉闷。冬天，父辈们最喜欢的精神娱乐活动就是听说书人说故事。

我们村二三十户人家，记得我小时候，一到冬天老老少少就盼着二十里外的四姥爷来，其实我父亲那辈称他四姥爷，我们只能叫他姥姥爷。四姥爷会说书，他一来我们家就热闹了，整个村子里也热闹了。

村里人听说四姥爷来了，夜里要说书，大人孩子都兴奋起来。人们吃过晚饭陆陆续续来到我家，腿脚不利索的大爷拄着拐杖，上年纪的大娘拧着小脚，小媳妇怀里抱着娃娃，大姑娘、小伙子脸上带着笑意，还有上学的孩子也吵吵嚷嚷地来了，等着听四姥爷说书。

外面北风呼啸，窑洞里因烧了炕暖融融的。村里听故事的人进了屋，父母就招呼："站地上冻人哩，上炕，炕上坐。"来的人脱了鞋，光脚上炕坐定。一会儿人多了，父亲又说："再往炕里头挤挤。"农村人家里最暖和的地方就是土炕。庄户人家，不怕别人上炕弄脏生活起居环境，也不在意身上脚上黏泥带土，人们一个个脱掉鞋子，挤坐在粗糙的炕皮上。那时候的农村人，谁到了谁家也不讲究客气。来人有的在炕上盘腿坐，有的伸长腿对着炕沿，有的靠墙半躺半坐。人多了，有人就急慌慌地催四姥爷开讲。

四姥爷个头高大，忠厚的脸上有一双铜铃般的大眼睛，一脸苍白的胡子垂到胸前。他口齿清楚，声音洪亮，身上带着一种不容置

疑的庄重质朴和权威感，他的脸被炕头昏暗的煤油灯照射着，显得红扑扑的。他一边捋着长胡子，一边开讲《薛仁贵征东》。

后面仍有人来，炕上挤不下了，就在地下容身。有的坐在灶台上，有的蹲在地上，还有的靠墙站着，有的年轻妈妈抱着孩子，把孩子放在柜盖上，谁也不想错过这精神大餐。

四姥爷从唐太宗时代某年某月讲起，大家凝神静气往下听。记得四姥爷用几句诗开头："家住逍遥一点红，飘飘荡荡影无踪。三岁孩儿千金价，保主跨海去征东。"说是唐太宗做梦得诗，梦中有上苍指点，薛仁贵这员大将会辅佐他抵御外敌，颇具神秘色彩。薛仁贵生于山西绛州龙门县，年少时家境贫寒，在财主家打工伺候人，财主女儿同情他，赠给他宝衣，因此违反了家规，被父母赶出家门，于是与薛仁贵结为患难夫妻。薛仁贵后来习武练功，臂力超强，武功了得。唐朝大将军张士贵招募军人时，他应征从军，在辽东战场上成为一名赫赫骁将，勇猛善战，屡立战功。薛仁贵沙场杀敌，数度斩获敌将领首级，可是他的功劳却一次次被张士贵冒名顶替，自己屡受磨难，陷入一次又一次险境。除了薛仁贵，张士贵、程咬金、秦叔宝、秦怀玉、徐茂公等人物，在四姥爷口里，一个个栩栩如生。

当年我不知道文学有虚构一说，觉得故事中的人都是真的。我从行为判断哪些人是好的，哪些人是坏的，既憎恨坏人，也担心好人。坏人残害忠良，我心里就憋屈受不了，一定要听到善有善报、恶有恶报的结果，才能放下心来。那些夜里听四姥爷说书，我一会儿担忧，一会儿压抑，一会儿兴奋，一会儿悲哀。就是从这些故事中我知道了朴素的因果报应，知道了复杂的人性，知道了世界上贵人多磨难这些道理。

《薛仁贵征东》的话本很长，可以讲好几个晚上，每天夜里说到最关键的节点上，四姥爷便打住不讲了，吊着大家胃口，让众人明天再来听他讲。

走出门，人们就议论开了。

"这老人家说书真不赖。"

"听说这老汉不识字，古书上的事怎能记得这么清楚？"

"人家是个奇人，不光脑子好用，力气也大，年轻时能背一大瓮米上东关，连石头瓮盖都不揭。"

"他胃口也大，一顿能吃一升米，家里穷，硬是吃穷的。"

有人赶忙制止："可不敢瞎说，惹他不高兴，明儿人家不说书了。"

四姥爷来的那几天晚上，我家异常热闹，几天后四姥爷回去了，家里又变得冷清了。

不过，村里另一户人家很快又来一个说书的，这人是邻村的老弥。老弥小鼻子小眼，精瘦精瘦，一双眼珠子白多黑少。别看他形象不起眼，可记忆力超强。他说书在周围十里八乡很有名气。由于眼睛不好，老弥很少下地劳动，日子不好过。村里人请老弥来说书，要轮着管饭，临走时每家还要给他一碗糠炒面或几把黑豆作为酬劳。

《水浒传》是老弥的拿手好戏。老弥说书是连说带唱，他在炕上盘腿坐定，讲几个小时不挪动。他手拿两块竹板，兴头上打得清脆响亮。记得老弥的开场白是："丁家塔人听我言，今儿我说《水浒传》，不知想听哪一段，咱就说那林冲雪夜上梁山。"水浒传好听，尤其对我们小孩子来说，英雄好汉们打打杀杀，除暴安良，路见不平，随时出手，真是快意。我当年在山沟沟里从未走出二三十里地，想象力实在是大受局限，《水浒传》里发生的那些事，我总想象就发生在我们村子周围。"林教头风雪山神庙"中的山神庙，在我想象中就是我们村二里地以外的水神庙，那个庙比较大，里面堆了生产队的很多干草，我想象着林冲夜里就住在那里，要被奸人放火烧死，那环境氛围非常逼真。水神庙下面正好有一条河，故事讲完后我还原细节，想象林冲如何追到河边，杀了两个要置他于死地的奸人，越过河流，爬到对面山上投靠了梁山，故事里的空间细节都深深印

黄土地印记

在了我脑中。老弥也讲《小八义》，讲宋徽宗昏庸，奸臣蔡京陷害同僚，蛊惑皇帝下旨把忠臣周义全家一百多口人绑缚法场斩首，只有周义的儿子逃走了，此君结识一帮梁山后代，开始了艰难而漫长的复仇之路，与恶霸和奸臣斗，其险其难，其困其厄，担心得我几乎吃不下饭，睡不着觉。故事离奇曲折，把人带入一种很奇妙的境地。老弥还讲《聊斋志异》，聊斋故事大多与狐妖鬼魅有关，听着很怪诞，孩子们不爱听，可是大人们爱听，男人和女狐狸精的悲欢离合，竟然能够让他们听得入迷，沉浸其中。

印象中父亲也是听书迷，晚饭后常常放下手中的活儿，听书几乎一次不遗漏。那时候，老弥年年冬天来我们村说书。父亲记忆力好，听过的故事大多能记住，比如《薛仁贵征东》的故事梗概，他也能说下来。大概是听故事让他感受到了完全不同的生活。

老弥肚子里故事多，说完《水浒传》，又说起《二度梅》《粉妆楼》，那些故事里，除了奸臣害忠良，又多了才子佳人、男欢女爱的内容。讲到深夜，人们困乏了，油灯也越来越昏暗了，炕角昏暗处的男女青年，有的就互相靠近，女的往男的肩头靠，男的装瞌睡往女的身上蹭，在黑暗中享受一下青春男女的温存，甚至偷偷牵一下手，搂一下腰。老年人看见了会撇撇嘴，有的甚至大声咳嗽一声，暧昧的男女立刻会摆正姿势，做出专心听书的样子。他们都盼着老弥能多住些日子，多说几个晚上故事。

那天晚上继续说《二度梅》，开讲以前，有人说："老弥，给咱先唱个曲子吧，你的唱功不赖。"

老弥转转眼珠子左看右看，有些尴尬，说："这曲子是'四旧'东西，咱不敢唱。"

旁边人说："不怕、不怕，不用怕，唱个曲子给你抽纸烟。"一根纸烟递过去，老弥接住，点燃狠狠吸了两口，眼一眯唱开了。

黄大娘，你坐下，咱俩说上几句知心话；

那一天，我去锄地，路上遇上个当兵的；

当兵的，他不讲理，一把拉我进了高粱地……

唱到这里，老弥停下不唱了。

有人说："唱呀，接着往下唱！"

老弥犯犹豫，有人又说话了："好好往下唱，多给你一碗干炒面。"老弥脸上露出一丝难看的笑意，又唱开了。后面的唱词真是放牛放羊的都不好意思唱出口了，大抵是讲述良家妇女在高粱地里如何遭了兵痞强暴，对方干完坏事，溜之大吉，善良的农妇内心委屈，无处倾诉，只能悄悄向黄大娘诉说。

"哈哈哈哈！"老弥唱完了，人们一阵哄笑！

大家笑过了，有人吓唬老弥："你敢编排曲子骂当兵的？"

老弥说："我说的是旧社会，那是国民党的兵。"

第二天下午，公社武装部来人了，找到老弥："你跑出来说书还唱'四旧'的曲子，知道这是什么罪？"

老弥吓得浑身哆嗦，连说："不敢了，不敢了，再也不敢了。"

公社武装部的人说："老弥，曲子不用唱了，古书也不要说了，回家做你的正事吧，再敢继续，操心一绳子捆你去劳改。"老弥吓得鸡啄米一样直点头，答应马上走人。

《二度梅》讲了一半，村人本来还想继续往下听，但是老弥收拾东西走了，讲了一半的故事中断了，尽管村人听他的故事还没过足瘾，也只能留下遗憾了。

公社武装部为什么会突然来人，村里流传两种说法，那正是极"左"的年代，《三国演义》《水浒传》《西游记》《聊斋志异》《封神演义》《粉妆楼》《二度梅》《三侠五义》等当年统统被列为"禁书"。一种说法是，这些故事不是宣扬帝王将相、才子佳人，就是散布牛鬼蛇神、男情女爱毒害人民的。老弥说书，说的正是这些东西，这当

然是犯禁的。公社武装部的人经常盯着他，并定期敲打他。

另一种说法是，传言有人做了不光彩的事，据说和老弥"散黄放毒"有关。那天夜里听书，有个未婚大小伙听到一半假装出去上厕所，其实是窜去一个年轻媳妇家了。媳妇男人正在听故事，见媳妇不在场，他多了个心眼，心生疑虑，急忙跑回家去，推门进去，那小伙子正和他的媳妇半推半就，男人怒从心头起，恶向胆边生，拿起一根顶门棍，拦腰就打，好在小伙子溜得快，没酿成大祸。后来男人知道媳妇还没和小伙子犯忌，这事也就压下去了。但据说他认定是老弥唱的曲子把人给教坏了，于是跑到公社武装部告了状。

反正结果一样，故事是听不成了。

回想起来，在物质生活、精神生活双重匮乏的年代，农村人曾经生活得多么悲凉可怜。中国老百姓能走到今天，走到这个物质上丰衣足食、文化生活也丰富多彩的时代，是多么幸运啊！

酸菜缸里旧光阴

我父母那一辈人，过去很难讲究吃喝，一年四季除了有点季节性的青菜，大多数时间是吃酸菜。每年秋天地里收回的白菜、萝卜，要泡两大瓮酸菜，一冬一春新鲜蔬菜完全断绝，全靠吃酸菜顶着。

秋天白菜、萝卜收获以后，自家种的不够，父亲就要去南河沟、白家沟、舍耳塔等周围的村子买白菜。白菜背回家堆放在地上，母亲烧开一锅水，把菜去根，放在开水锅里杀青灭菌，然后压在腌菜的大缸中撒上盐，再用压菜石压着，十天半月后就成酸菜了。

过去整个冬天、春天，不光我家，全保德的农村都是没有新鲜蔬菜的，整个冬天、春天到初夏，家家都是吃酸菜。农村人眼中，酸菜是最好的下饭佐料，酸酸的，咸咸的，配任何吃食都香。尤其是每天的早饭、窝窝头、山药蛋，必须有一碗酸菜相伴才好下肚。

酸菜烩山药蛋捞饭、酸菜豆子粥、酸菜杂和饭、酸菜炒懒豆腐、酸菜调红粱面河捞，哪一样也离不开酸菜。喝豆面拌汤更要加酸菜，连待客的粉汤也要放酸菜，没有酸菜，农家日子简直无法过下去。

过去为什么不多种些新鲜蔬菜呢？很简单。那个时代主粮不够吃，填饱肚子都难，人无法顾及营养多样化，集体地里几乎全种了五谷杂粮，就这样，人均口粮也只有二百多斤。人们对新鲜蔬菜的

需要几乎成了奢求，农家除了在自留地种点南瓜、倭瓜、白菜之外，在集体地中基本只种山药蛋、萝卜两大类蔬菜。

在我们村里，当年能腌两大瓮酸菜的人家，日子算是过得精细的了。一般来说，一个瓮腌的是整棵整棵的白菜，平时吃一棵捞一棵，切碎了吃；另一个瓮腌的是切细的萝卜丝和菜叶子，捞出来就能吃。萝卜丝很好吃，在饿急的时候直接夹两筷子，倒上开水吃下去，能立刻减轻饥饿感。

我在白家沟上学住校时，吃酸菜成了问题。每个同学从家里拿些红粱面、小米、玉米糁，大家凑在一起吃饭。学校的伙夫是个单身老汉，做饭手艺差，变不出花样来，天天不是红粱面窝窝就是玉米糁杂和饭，学校没腌酸菜，饭不好吃，吃起来寡淡无味。有的同学就从自己家里提了酸菜罐子，单独加了酸菜吃。我记忆最深的是，每当吃饭的时候，同学们就端碗围着有酸菜的同学，讨要一点酸菜，有了酸菜，吃饭的胃口一下子就提起来了。

一冬一春难见新鲜蔬菜，每到三四月份生产队梁地上种的苜蓿长出来了，村里就会有人偷偷掐几把回家解馋。苜蓿又绿又嫩，开水焯一下调进盐和醋，就着窝窝头，吃得满口绿色，一嘴清香。队长知道有人偷苜蓿，常在社员会上大发脾气，说人吃了苜蓿牛驴吃什么？如果再有人偷苜蓿被捉住，秋天就扣他口粮。

我们村里畦子地少，每户人家分到的菜地不到一分大，夏季还想种多点花样，再将辣椒、茄子、黄瓜、南瓜、豆角各种几棵。家里吃红粱面的时候，到畦子地里摘一根黄瓜，切成黄瓜丝，调点盐和醋，就成了一顿下饭的青菜，每人夹一两筷子，算是有点清鲜之味。

夏天沙梁地里长出了小蒜，叶子有黄香粗细，蒜头有指甲盖儿那么大。挽两把野生小蒜，回家洗净切碎拌上盐，和蒸熟的山药蛋拌在一起，也非常好吃。记得奶奶说："天爷爷厚道哩，夏天野地里长出来的吃食多，既有苦菜，又有小蒜，还有沙奶奶^①、野酸枣，让烤炼了一冬一春的人有个盼头。"

我上南河沟中学时，同学们都来自农村，对酸菜很依恋。当时开门办学，学工学农。上课之余，我们在学校坡底下的河谷，捡碎石、垒堰、填土，造出几片畦子地。同学们自己种白菜、萝卜、卷心菜，到了秋天白菜收割下来，就腌制酸菜。学校里当时人多，没那么多大缸，就在一间平房里修了两个大大的水泥池子腌酸菜。池子里放一层白菜，撒一层盐，人穿长筒胶靴进去踩平，再放一层白菜，撒盐再踩，当时也没多少卫生可讲究。冬春两季，集体的大灶上就有了红豆子酸菜饭、红粱面锅头酸菜汤、小米山药蛋酸菜粥，总之顿顿饭都可以配上酸菜了。当时学生每月还供应三两油，酸菜汤里飘着油花子，学校饭菜给我留下了温馨的记忆。

后来，我们村取消了自留地，连种点菜的地也没了。于是只能到有菜的村子去买菜，买回来青菜不舍得吃，全腌成酸菜。我记得，村里不知谁得到消息，舍耳塔有白菜卖，三分钱一斤，于是村人相继出发去舍耳塔买菜，先去的抢到了先机，三分钱一斤；后去的，白菜涨到了四分钱一斤；最后一天又涨到了五分钱一斤。那年秋天，我家也去买菜，父亲向爷爷借来三块钱，原来是准备买回一百斤白菜的，去迟了一步，白菜涨到了四分钱一斤，结果只买回了七十多斤，父亲叹息半天说吃了大亏。

有一年秋天下了雨，生产队在道雪迳沟里种了一些水萝卜。萝卜根茎结实，可以切片或丝来吃，在那时人们的眼中，是比白菜更"高级"的蔬菜。山寒水瘦，萝卜没长大，稍微大点的萝卜都显得金贵。那天队里挽下的萝卜堆得像座小山，队长提一杆大秤，笼子钩在秤杆上，论斤给大家分配。由于萝卜大小不均匀，人人都想分大的，一堆萝卜怎么也分不开。为这事，大家还吵起来了，最后只好

---

① 沙奶奶：一种多年生草本植物，其果实呈纺锤状，可当水果食用。

把大小萝卜分类，搭配着分，折腾了很久，天黑透了才算分开。

有人说腌酸菜有亚硝酸盐，吃了有害。过去农村人听了觉得好笑，祖祖辈辈吃这东西，还不是照样活到了天年？爷爷奶奶吃了一辈子酸菜，父母吃了一辈子酸菜，也不见得身体出什么问题。谁吃酸菜出了问题，那是自己的命。农村人以前根本不信这一套。

改革开放后，农村开始实行家庭联产承包责任制，土地焕发生机，粮食多了，种的蔬菜也多了。加上农业科技大面积推广，种大棚菜、反季的蔬菜，还有交通发达的南菜北运、北菜南调，到处都不缺新鲜蔬菜了，酸菜才逐渐不再充当餐桌上的主角。

乡野路

近几年回乡，站在老家的山梁上，望着周围的一道道梁峁、一片片土地，我想寻找过去的老路。突然发现，那一条条曾被踩踏到白晃刺眼的路，竟然全没了。

父辈们聚集的农村集体化时代，一出门，放眼看去到处都有路。记忆中的路大大小小、长长短短，村前村后、沟沟坡坡上，有的路延伸到村外，有的路延伸到地头，有的路延伸到山梁背后，路像毛细血管伸展到每一处有人活动的地方。连通往边角地头的那些小路，路上的泥土都被踩得结结实实，即便下雨路边也长不出几棵草。

东西南北乡间路，承载的功能也不一样。通向荒坡野地的那些路，是放羊人赶羊群踩踏出来的，往往又窄又险，还陡峭，有的地方侧着身子才能走过去。我们村外的康家沟、道雪沟、王家沟、西北湾沟，羊群常常走，那些路弯弯曲曲，崎岖难行，是真正的羊肠小道。还有些路是挽草背柴的人踩踏出来的，秋天家家要打柴背柴，人们不走远路要抄近路，这种路也是又陡又险，虽然不小心踩空会折胳膊断腿，可还是有很多人走，因为抄近路省时间、回家快。

村外更多的路是通往庄稼地的。记得早晨上工的人群走在路上，出工时慢慢悠悠，收工回家时却急急匆匆。那时候的人们各有各的忧愁，你永远不知道哪家遇到了什么难念的经。

那时候路虽多，农村人的生活圈子却很小。农民大多数时间在地里劳作，春种夏锄，秋收冬藏，一年四季似乎永远都行走在路上。山

区人很少出远门，眼界自然也大受局限。1963 年，新修的公路延伸到了离我们村十五里以外的扒楼沟，第二年舅舅去当兵，我跟着母亲去扒楼沟送舅舅，第一次看到世上竟有那么宽的路。那是我第一次看到汽车路，当时惊讶不已，对于那辆解放牌的大卡车，更是生出一种敬畏感。我羡慕穿着光鲜、红光满面的卡车司机，心想司机开着那样一个庞然大物，走在那么宽的路上，该多么自豪，多么开心！

一家人一年中会常走村外哪条山路，带有很大的偶然性。那年春天，村里调整自留地，我家分到了梁渠背后一个偏僻地方的地。通往那里的路，是放羊人踩踏出来的，崎岖又陡峭，分到自留地的第二天晚饭后，父亲对我们说："趁着饭后身上有劲儿，咱全家都出动，往自留地里背粪去。"

尽管那是条又窄又险的路，但因为是通往自留地的，一家人走起来心里还是那么豁亮。春日傍晚乍暖还寒，冷风一阵一阵，我们背上粪，走在蜿蜒的山路上不免双腿颤抖，累到冒汗。父亲不断为我们鼓气，说眼下辛苦，多出几身汗，多送些肥料，夏天就能多吃些大南瓜。

从此那条路像纽带，把家人和自留地连在一起。我们并不觉得走那条路有多苦，心想着多往地里背几篓粪，多往地里下本钱，夏天就能多吃瓜菜，多啃玉米，秋天就能多刨几篮子红薯、山药蛋。家人在山路上多洒汗水，反而觉得心里踏实。

从春到夏，从夏到秋，自留地的路几乎天天走。父亲总是那句话："土地不欺人，只要下足力气，就一定能有好收成。"刚栽下红薯苗子，太阳一出来就晒蔫了，家人天天晚上跑去浇水；刚长出南瓜苗，怕冻伤了，就捡些干柴在地畔燃起火堆驱寒；下一场雨，高处冲下来的泥土把山药蛋苗子压住了，父亲带我们一把把刨土，把一棵棵幼苗刨出来。一家人伺候庄稼，真是冷也怕热也怕，旱也怕涝也怕。地里的南瓜叶子长到手掌大了，就盼着早些抽瓜条，瓜条长出来了，又盼着早开花，当结上毛茸茸的小南瓜后，就天天去担水浇瓜窝子。通往自留地的那条难行之路，来来回回走多了，我竟有了感情。

那时，为了整治农民的所谓"私心"，坚定地走集体化道路，政府想了很多办法。生产队每隔两三年，就把农民种熟了的自留地收回集体，再给你另分一块生地。自留地收归集体时，父亲满脸郁闷，全家人也跟着扫兴。不久，我家在道斜沟新分到一块自留地，挂在陡坡上。为了通往新分的自留地，家人又开始踩出一条新路，天天马不停蹄地往地里背粪，趁着春天有墒，种下南瓜、豆子、山药蛋，庄稼苗出不齐，又去补种，每天走来走去，把路踩得结结实实。这可真是"拳头上立得人，胳膊上走得路"，世道都是人踩踏出来的。

通往自留地的路，春天走，夏天走，秋天还在走，它背负着人世的艰辛，承载着生活的希望，记不清走过多少回。

那时候的农村人，哪家不是如此呢？

自从退耕还林，村里人大规模进城，村周围的许多路逐渐消失了。谁也没有关注过这些路是如何消失的，有的路被水冲了，有的路被草淹没了，更多的路是因为没人走自动消失了。如今少数长庄稼的地里即便找到了路，也只是印着一两个庄稼人的脚印，远不成路的形状。

乡野路没了，城里路宽了。当年村里和我一起上学的同学，如今有的在内蒙古，有的在北京，有的在新疆，有的在西安、太原、忻州，更多的住在县城。走出去的人们自然不靠土地生存，大多时间他们走在城市宽敞的大路上。黄土地上的日出日落，与他们的生活几乎无关了。

第五章

生命的突围

嘒彼小星，维参与昴。肃肃宵征，抱衾与裯。

——《诗经·召南·小星》

走向温饱

1981年，改革开放的春风吹遍城乡，农村实行了生产责任制，黄土地上农家的生存模式也跨进了新的历史时期。运行了多年的生产大队解散了，之后人民公社也被乡政府取代了，农村社会生活的"大锅饭"时代至此结束了。

家家分到了责任田。人人感叹"世道变了"，内心的高兴无法形容。分到了土地的农家，劳动积极性空前高涨，大人们天一亮就赶到自家地头，一干就是一整天，村里的懒人都变勤快了，都乐意在自家地里抛洒汗水。

一开始，对于国家这么大的政策变化，父母在惊喜之余又感到担心，担心哪一天政策又会变回去。以前从互助组、初级社、高级社到人民公社，隔几年一变，政策是一年比一年收得紧。1960年前后连续三年严重自然灾害，发生了大饥荒，政策才放松些，可是情况一好转又收紧了。到了"四清""社教"和"文革"，自然灾害加社会灾荒，老百姓一熬又是十几年。眼下政策放开了，人们对饥饿的恐惧并没有马上消失，父亲说："自古后路是黑的，眼下有了新政策，谁知道过两年又咋变呀？咱得赶紧下力气种地多攒粮，一旦政策变了，三年两载不至于再受饿。"

父母除了种村里分到的土地，还决定上井由山开荒。井由山位于高寒山区，人少荒地多，一辈子羡慕土地的父母，听说那里开荒不受限，果断上了山，从我家上井由山要走四五个小时，为了种地

方便，父母在山上临时挖了一间十来平方米的小土窑，用一些木棍扎了窗户，用黄泥土坯垒了灶台，带一口小铁锅和几个碗，临时安了家。春天，黄土高原的风任性狂放地刮着，父母开荒每天早出晚归，灰头土脸干一天，才拖着疲惫的身子回家，他们硬是在井由山上开垦出了十几亩荒地，种上了红豆、糜子、山药蛋、胡麻还有莜麦。

父母在井由山种上地，第二年又养了几头牛，山沟里草多，他们就把牛赶到沟里，白天人在地里劳动，牛在沟里吃草，晚上牛就躲到崖岩下避风遮雨的地方，几乎不用人照看。那地方偏僻，草多水足，牛吃得壮壮的，父亲高兴地说："井由山真是刨闹东西的好地方。"

那时父母正值当年，种村里的地和山上的地两不误。夏天锄地，母亲在村里，父亲在山上。大忙季节，母亲忙不过来就请我大舅帮忙，说好打了粮食一起分，父母天天风吹雨淋、摸爬滚打，一门心思就为多打粮食。其实村里家家户户都一样，把多打粮食看得至高无上。

改革后的农村，夏天山梁上高高低低到处是绿色，清风吹过，庄禾沙沙作响；秋天沟坡梁峁上遍地金黄，成熟的五谷一片片，家乡的黄土地，展现出多年来少见的喜色。

上井由山的第二年秋季，我家种地多，除了收割糜谷、黑豆、红豆，刨下的山药蛋还有五六千斤。山地偏远，山药蛋卖不出去，自家又吃不完，只好就地加工成山药蛋粉。收完秋以后，连续十几天父母汗流浃背地磨山药蛋粉，加工出粉面三十多袋，背到南河沟、魏家滩几个集场上才卖完。

当年我放寒假回去，听父亲坐在炕头上，扳着手指计数，糜子打了几布袋，黑豆打几布袋，莜麦打了几布袋，还有红豆、胡麻籽几布袋。母亲说，光是一麻袋胡麻籽，背去南河口油坊都可以换很多油吃了。

多少年来，无论冬夏，老家每天只吃两顿饭，早饭在前半晌，晚饭在后半晌。由于晚饭吃得早，又是连汤带水，夜里常常饿得睡不着，喝一碗高粱面糊糊，就算是消夜了，有时候也在未熄灭的炉膛里烧几颗山药蛋充饥。

土地分到个人手里，粮食多了起来。家家户户改变了多少年的生活习惯，每天改为吃三顿饭。过去是忙时吃干饭，闲时吃稀饭，粮多了，一天三顿饭，精粮、细面、干饭都不成问题。村里遇上红白喜事，一般都要红火热闹、放开吃喝好几天，村人族人、亲戚朋友，好吃的饭食敞开吃。农家虽不能经常吃上肉，但是只要有钱，想吃肉了，每隔几天南河沟有集，也可以偶尔解解馋。

就这样，"反修高粱"这种粗糙的农作物彻底绝迹了。油糕自古是家乡人最中意的美食。村人除了在责任田种其他五谷杂粮，也种上了自家爱吃的黍子。将打下的黍子碾成软米，想吃糕的时候，加工成糕面，再用胡麻油炸出软糯香甜的大黄米糕，这是过去逢年过节或者家有大喜事的时候才动用的吃食，这样好的吃食也能经常吃到了。

彻底摆脱了缺粮困境后，父母相信政策铁板钉钉不会再变了，才不再上山种地，村里种的粮食已绰绰有余。

白面过去是山区农家高级紧俏食物，大米更是名副其实的奢侈品，在"大锅饭"时代，村里百分之九十五以上的农户没吃过大米，自从分了地，家家粮食多了之后，村人再也不愿亏待肚子，吃白面、吃大米成了人们的向往，人们卖了黄豆、绿豆等杂粮，买进成袋成袋的大米、白面，上了岁数的老人们吃着松软的白面馍馍、光滑筋道的白面片说，这种好日子他们做梦也没想到。

那时候，每天晚饭后，村口街边的谈笑声不绝于耳，当年的喜悦记忆犹新。

父亲说："这么痛快的日子，活上十年八年，就是死也没遗憾了。"对于大多数老百姓而言，当年的愿望其实很简单，吃饱穿暖就可以了。

我的大学

最艰苦的年月，我曾经多少次幻想过要逃离家乡的黄土地，走得越远越好。黄土地耗干了一代代祖辈们的血汗，我不愿意也被耗干。

1973年夏天传来了我意想不到的喜讯。在西藏工作的大爹来信，告诉我西藏昌都公路养护段要招收一批道班工人，西藏有政策，在当地工作的老干部每人可以解决一个近亲的就业，他希望我能去。我二话没说立即赶往西藏。

我记得当时的兴奋，真叫大喜过望，就要离开家走向广阔的外部世界了，真有雄鹰离巢飞向长空的感觉，我几乎是健步如飞地穿越山梁，走向南河沟汽车站乘车远行的。

哪想到，我到了西藏后情况却发生了变故，户口办完未及就业，社会突如其来刮起一股风——"批林批孔""批正在走的走资派"，那时"四人帮"风头正劲，矛头对准老干部，全国都在搞大批判，西藏也不例外，其他工作必须让路，养路段招工暂时停止了。

可叹好梦未能成真！我只好在昌都打零工，大桥工地、养路段上，哪儿有活就在哪儿干。当时我在西藏干一天临时工一块一毛钱，这比家乡农村的收入高多了。

在养路段当临时工，一开始和脸庞晒得黑黑的正式工人一起干活，我很羡慕他们，觉得有这么一份固定的工作，即便是出体力，也是幸运的，因为每个月有工资领。青藏高原上的风吹日晒，对人也是一种磨炼，更让我明白了人生的底色就是吃苦受累。道班工人工作虽苦，却个个胸怀豁达，乐观开朗。他们对我产生了很大影响，我对于苦也就不那么害怕了。当时我盼着暂时做临时工，以后政策放松了能转成正式养路工，这样就可以一直做下去了。

有一个姓杨的道班班长，为人和善，待我很好。一天他对我说："你高中毕业有文化，不要放弃学习。眼下处境只是暂时的，一旦有机会，你要凭脑子吃饭。"他说的话句句中肯。从那以后，我到处搜寻内容积极向上的书报杂志，多看多读，为"凭脑子吃饭"做准备。

1974年冬天，命运果然迎来转机，西藏日报社和西藏广播电台缺少编辑记者，来昌都招收学员，学员考试合格后经培训可上岗。考试面向当地有户籍的年轻人，我在昌都报名考试，原想碰碰运气，竟然被录取了。我到拉萨学习一年后，被安排到西藏广播电台当实习记者，由老同志带着采写广播稿，学着照猫画虎。直到一年后粉碎"四人帮"，1977年冬天恢复高考，我知道照猫画虎不行了，决计考大学，经过一个多月紧张复习，我考进了北京广播学院（现中国传媒大学）。

1978年春天，首都百花盛开，满城春色。我来到古运河畔的北京广播学院，一切是那样新鲜，又是那样陌生。来自全国各地的同学，有北京的、上海的、广州的、武汉的，也有南京的、西安的、成都的，个个聪明伶俐，充满朝气。当年能考入高等学府的，都是些人尖子，我自己由于在西藏这偏远之地，竞争者少才侥幸考入。和同学们比较，我强烈地感觉到自己是多么的苍白、浅薄、无知。

进入大学，我犹如一块干透的海绵落入知识的海洋，贪婪地、拼命地、不知疲倦地吸收着一切来自课堂、图书馆、阅览室乃至每一场讲座的知识，恰如春风化雨，滋润着干涸的心田。

刚入校园和同学们一起打排球时，我反应迟钝，接不住球，引来笑声一片；奔跑在足球场上，我也屡屡露怯，不是传球失误，就是守门失守，因为我在黄土地长大，从来没玩过这些球类。在老家

的野坡里拦过羊，我奔跑速度是没问题的，可这和踢足球是两回事儿。我接不住球，同学的笑声让我面红耳赤，于是我对这两项体育活动也就淡了兴趣。

但是，我知道上大学是改变我、改变家庭命运的契机，从小农村艰难的历练和在青藏高原养护公路的经历教会了我吃苦，也磨炼了我的意志，更让我懂得了珍惜。

大学时光是宝贵的，阳光明澈的课室里，几乎天天有名师授课，老师讲鲁迅、巴金、郭沫若、茅盾、曹禺、朱自清、闻一多，一座座中国现代当代文学史上的丰碑在眼前竖起。以前我在农村无书可读，偶尔得到一本《林海雪原》，就反反复复看。书中华美的语言，令人神往的意境，让我觉得那就是文学的顶峰，进了大学，忽然有了"一览众山小"的感觉。

和蔼可亲、面容慈祥的外国文学老师幽默风趣，侃侃而谈，把雨果、托尔斯泰、巴尔扎克、契诃夫、普希金等世界文学巨匠，生动形象地带到了我们面前。老师往讲台上一站，我就感觉被使了定身法，他妙趣横生的讲述把我牢牢地钳住了。

专业写作课老师告诉我们什么才是形象生动，什么才叫读者喜闻乐见。对比之下，以前我写的那些所谓广播稿全是套话连篇，想起来简直令人汗颜。

那时候最奢华的享受是逛学校的大图书馆，世界上原来有那么多好书！很多过去闻所未闻的中外文学名著都可以借来阅读。我仿佛一个饿极了的孩子，闯入了盛满美味佳肴的自助餐厅，真不知道该先吃什么，后吃什么。我恨不得一天就能读完一本书，那时候我确实也有过一个月内看完二十几本《莎士比亚全集》的经历。大学四年七八次寒暑假，我只回过老家两次，不是不想回去，一方面是没买车票的钱（往返一次老家火车票和汽车票要二十来块钱），另一方面是想留校多读书。

北京广播学院有大片的核桃树林，校道两旁是笔直的白杨树，教学楼之间还有一片片迎春花、丁香花、牡丹花轮番开放。迎春花盛开时赏心悦目，丁香花盛开时香气袭人，牡丹花盛开时气氛热烈。

大学三年级的时候，我在校园里收获了爱情。那天早晨我在核桃林背诵英语单词，忽然班上有个女同学走来，寒暄两句后，她脸上带着一丝神秘，以试探的口气问我，对她的闺蜜、班上的 Z 同学印象如何？她的提问很突兀，我未解其意，随口说 Z 同学很好啊，人很朴素，性格也阳光活泼，学习挺上进。女同学说："她对你印象也不错，我给你们牵个线，你们可以试着多交往。"

女同学还透露，她们宿舍的女生谈论男生时，Z 同学对我很有好感，说我为人实在，能吃苦，不讲究吃不讲究穿，一心扑在学习上。女同学还特别强调，班上那么多家在大城市的同学，衣着光鲜的，风流倜傥的，她都不愿意往来，人家就看我为人实在。末了，她还特意叮嘱我愿不愿意交往不打紧，先要保密。

这重关系让女同学给"撮合"上了，按照那个年代大学青年男女的交往方式，我们是完全的君子之交，星期天的时候相约去核桃林背英语单词，有时也相约去书店买书，更多的时候是相约去阅览室复习功课，从不在一起吃喝玩乐。偶尔我们在校园林荫下的石凳上单独见面，为了不引人注意，坐下来时也保留点距离，不太靠近，给人的感觉是同学间在交流学习，探讨问题，事实上也是这样。

就这样我们交往了。学校饭堂里吃饭，当年粗粮细粮有固定的标准，我们私下交换饭票，她是南方人爱吃大米，我是北方人爱吃面食，我把米饭票给她，她则把面食票给我。在饭堂吃饭时，我们无声地坐在一个桌子边，她坐我对面，有时互相抬头望一眼，心里想什么只有自己明白。

入学前她是湖南知青，"文革"期间父母从广州军区下放到湖南，在洞庭湖畔的一座小城里工作，说起来也算"文革"中的受冲击者，但是不管怎么说她是干部家庭出身，而我家是晋西北黄土高原的农民。我们尽管是大学同学，两个人的关系背后毕竟牵扯到两

个家庭，我把两家差异告诉她，她说我们都上大学了，学的是新闻学，以后还能去农村当记者吗？父母在哪里又有什么要紧？

经她这一说我心里踏实了，心想反正先交往着，到时候成了是天遂人愿，如果不成就当这是一段珍贵的同学情吧。

大学毕业分配时，我们正式向校方挑明了恋爱关系，希望能分配到一地工作。不料学校公布分配结果时，她分到湖北，我分回西藏。她眉头紧锁，难过得快要哭了，问我："我们分在了两地，你说这可怎么办？"

我说："这事由你抉择，我觉得只要彼此相爱，总能走在一起。"

她说："你有信心我就有。"

湖北也好，西藏也好，只要我们坚定信念，以后就一定能走在一起。接下来，我去西藏拉萨报到，她去湖北武汉报到。我们约定两年后哪里工作顺利好扎根，人际关系好，就设法在哪里团聚。

遗憾的是，回到西藏不久，我患了一种叫高山多血症的病，血液黏稠如糨糊，这才发现我已经不适应高原生活了。四年大学生活的过分苦熬，搞坏了我的身体。有人说"死读书，读死书，读书死"，这话套我身上颇具讽刺意味。四年大学生活，我除了吃饭睡觉，不是在课室就是在图书馆、阅览室，囫囵吞枣读了不少书，最高纪录是一个月看了二十几本的《莎士比亚全集》；巴尔扎克九十多部小说组成的《人间喜剧》，我用三个月看了一大半；雨果、狄更斯、托尔斯泰、契诃夫、屠格涅夫，还有以前从未读过的《红楼梦》《东周列国志》《聊斋志异》"三言""二拍"等也是大学期间阅读的。此外，繁重的功课，《哲学》《政治经济学》《古代汉语》《古典文学》《外国文学》《逻辑学》《新闻理论》《中国新闻史》《广播史》《英语》，还有写作专业课等，由于自己心气太高，什么科目都想考高分，都拼了命地学。在北京读大学四年，我没去过北大、清华、人大、北师大等名校，首都那么多博物馆、国家级的演出场馆我也极少光顾。我过分迷恋考试分数，因为刚进校老师和校领导就说过，以后大学毕业生择优分配，学习成绩好的可以去中央人民广播电台、中央电视台、人民日报社、新华社等大新闻机构，发展前途大好，我误以为科目考高分就是"优"，每门功课都力争考全班前五名，我还急着想出成果，研究心理学后写过一本人物采访心理学的专著，满怀信心地忙着，梦想着既能赚一笔稿酬，也能早日成名，大学毕业优先分配。

忙，天天忙；累，天天累；累得头发晕，衣服十天半月不洗，头发一两个月不理，我想对自己加倍残酷些，为未来的人生打好基础。

真是"人在事中迷"，不知不觉熬坏了身体，一回到青藏高原，气候变化大、海拔高，我竟然扛不住了。

高山多血症这种病并不明显有多难受，患病的人只是胸闷头疼喘气紧，躺下来就好，站起来走几步就眼前发黑，什么事也干不成。我住进自治区人民医院，治疗一段时间后情形好转，一旦停药停输氧，情形依旧。一次去日喀则采访的路上，在海拔4 500米的浪卡子县停车午餐，下车没走几步，我就一头栽倒不省人事了，在附近医院抢救后才没出大事。我常从医院进进出出，花了单位很多医疗费，最后医生下结论，患上这种病只能到内地低海拔的地方工作了。

最终我调回内地，和爱人走在了一起，开启了在内地打拼的生活。此后我们一起生活了几十年，再也没有分开过。

走出乡土

改革开放以后，家乡人发现土里刨挖难以实现温饱之外的富裕，从 20 世纪 90 年代开始，大批乡亲们抛下曾经相依为命的土地，去城市里找生活。乡亲们发现，哪怕到城市建筑工地搬砖，到饭店里洗碗端盘子，到街边卖菜，或者开旅店、卖豆腐，都比耕种那些贫瘠的土地要好。

老家的农耕条件到底太差了。

农村人进城谋生艰难，要受很多挫折，承担很多风险，不容易站住脚，这是不言而喻的。可是话说回来，农村人性格坚韧，不怕吃苦受累，只要认真学习一技之长，总可以在城市里找到生存之道，过上比乡村优渥的日子。

我家族中一批亲人进城后的经历，他们的故事，别人可能并无多少兴趣，可是对于进城打拼的农村人而言，他们在某种程度上也许具有一定代表性。

我的一个堂弟家嘉，生于 20 世纪 70 年代末，少不更事时在农村混，长大后正赶上进城潮流。他脑筋活泛，进城生活以后早早考取了卡车驾照，靠搞运输谋生。堂弟起初受雇于当地煤运公司，北到秦皇岛海港码头，东到连云港，到处运送火电煤。保德老家是西煤东运的重要通道，这条运输线途经忻州境内好几个县区，20 世纪 90 年代时路况很差，有些路段地势险要，长距离爬坡；有些路段连续下坡，拐弯路交替出现，开大车常遇事故，但一切的险和苦，都没能吓住他。冬天是用煤旺季，数千辆卡车在周围很多煤矿排队拉煤，堂弟驾着重型卡车一排队就是十几个小时，最长排队两天两夜，这样的苦他都忍耐过来了；好不容易装上煤炭，开始运输，堵车也是常事，往往一堵就是大半天，连口热饭都吃不上；待到把煤炭运到目的地，紧接着又要返回煤矿排队装煤。堂弟说这营生苦是苦，可两个月挣到的钱超过在村里种一年地的收入。在这一行，他一直坚持干了十几年，除了日常生活开销，还供养着两个孩子上学。

另一个堂弟家文，在我的印象中比较文弱，他少年时没经历农村的重体力劳动，身体并不壮实，也不像是有闯劲的人。改革开放以后，他跟人学过汽车修理，因为文化程度低，技术不过关，后来又改学建筑装修，专门给房子墙上刮白灰、打磨和粉刷墙漆。有了这一项谋生技能，他就跟着包工头干，一天工资从十几元、几十元，后来到一百多元。由于工资收入由包工头代为管理，包工头的上层拖欠工程款时，堂弟的工资也往往被拖欠，有的欠薪到第二年反复追讨才能要回来。即便这样，他仍然咬牙在这一行干了好多年。他觉得没有别的就业门路，抱怨也无济于事。一个包工头待他不好，他藏起委屈，换一个包工头再跟着干。

后来听说广东打工好挣钱，他带妻子南下广东，在一家民营企业打工，广东的收入确实比北方高，他们一口气打工五年，五年中一次也没回过老家，担心离开后回来再找不到工位。他们硬是靠着省吃俭用，在广东打工攒下一笔钱，回到家乡在忻州市安家买房。后来堂弟还一度和亲戚合伙贷款买了一台运煤大卡车运送煤炭，可惜赶上煤炭市场不景气，运费很低，大车时不时要停歇。熬到冬天，终于进入运煤高峰期，车流量突然大起来，周围河东煤田、神府煤田，河北、山西、山东、河南等地的外来车辆也加入运煤大军，路上处处拥堵，他们为了抢时间，带上干粮食品，路上饿了吃面包饼干，喝矿泉水就当一顿饭。一次把煤炭运到目的地，回程路上遇到冰雪雾霾天气，能见度差，出了交通事故，车受损严重，大修后赔

了些钱，他只好把车转让了，再度出去打工。

为了谋生，堂弟说他什么苦活、累活、脏活都干过，他抱定吃苦受罪的打算到处闯，先后到北京、内蒙古鄂尔多斯、广东东莞打工，尽管如此，相比于老家的种地收入，城市对他仍有很大吸引力。直到有了孩子以后，妻子照料孩子，堂弟再没远走，就回到家乡一家地方煤台上做安检，检查往来运煤专列车厢，查找装载漏洞和安全隐患。这工作干一班要十二个小时，隔一天就要加夜班，即便如此，他也从没有想过要回农村种地。

我的大弟陆文，在农村长大，也是在城市里打拼过来的。改革开放后，他先到城里一家水泥厂当工人，水泥厂倒闭后，又改行做水电工，起初受雇于装修老板，每趟装修活干下来，老板挣大钱，他只能挣点小钱。往往干完活老板欠钱还不能及时要回来。在自己翅膀不硬的时候，他只好忍耐着。后来在城里干活久了，认识的人多了，结识的同行也多了，他就自己揽工，大大小小的零碎活都不嫌弃，在劳动报酬上，不开高价不争报酬，收入高的时候一天挣两三百元，收入低的时候一天只挣一百多元，只要有业务就尽心尽力替人家干好，把信誉当成一种资本。遇上经济窘迫的人家，他自己吃点亏也就认了，这样断断续续地总有事情做，不知不觉在这一行做了近三十年，虽然没挣到什么大钱，可是夫妇二人培养三个子女上了大学，他们的儿女毕业后在城市找到了稳定的工作并且安了家。

说起家里的姐妹们，也一个不落地进城扎下根来。多年前一日，一个堂妹家俊来电，电话里很焦急，说她开的食品杂货批发店刚进了一批三鹿奶粉，正赶上三鹿奶粉的三聚氰胺事件，货全部下了架。她手头压着十来万元的货，电话中问我还能不能找厂家退货讨回成本，我建议直接联系厂商，她说厂商正接受处理，连人都联系不上。我安慰她不要急，事情最终会有个结局，先耐心等待。堂妹在县城的小生意从一间小门面开始，卖糖果、饼干、糕点、奶粉、饮料之类，慢慢有了些收益，打稳了基础，就在这一行一直干下来了。堂妹小我十几岁，我上高中时她还没上小学，我周末从学校回去，见她在奶奶家玩，不声不响、胆子很小，想不到进城之后她也闯开了一条生路。受她影响，她的一个弟弟也在县城里租了个小门面，经营小食品和日用杂货，卖些饼干、点心、牛奶、酸奶、啤酒、冰激凌、卫生纸、洗衣液之类，只不过还多了一项业务，就是送货上门。做这行竞争激烈，挣钱很不容易，生意虽然时有惨淡，但他还是供养着两个孩子上学。

我最小的妹妹，到城里谋生的经历最为坎坷。她高中毕业后没考上大学，就跑出去零零散散打工，在广东打工几年，宾馆、酒楼、食品加工厂都做过，后来回到家乡结婚成家。妹妹在城里饭店做过杂工，觉得工作累还挣不到什么钱，后来自己在县城租场地开过小吃店，干了好几年，积累了经验，又跑去省城太原，在一片新区和老乡合伙租了个门面做快餐店。快餐店在一所中学对面，那有3 000多名中学生，以为是一大客源。待把门面装修好，开始营业以后，红火了没几天，对面学校一到午餐时间就锁了大门，学生只能在学校饭堂就餐。原来学校有内部饭堂，分租给了若干个商户经营，学生都到外面吃饭了，里面的商户就没生意了，于是商户一起向校方施加压力锁死大门。他们的饭店坚持了两年，想尽了各种办法，生意仍然难做，只好亏损转让了。妹妹夫妻俩再度去给人家打工。生存不易，挣钱艰难，即便这样，他们仍然顽强地供养两个孩子上学，如今一个上了大学，一个在读中学。

都说城市里扎根不容易，家族里所有的堂弟堂妹，靠着自己辛勤的汗水打工受苦，最终都在城市扎下了根。

家人进城以后，后辈们的教育条件有了大的改善。侄辈们都在城市里上学，他们成了享受城市教育的一代。到如今侄辈中年龄大的已经三十来岁，小的十几岁，都享受到了城市教育的利好。对于城市居民，这当然不算什么，可对于历来在山坡种地的农家后代，可以说是很幸运了，这只有在改革开放之后才成为可能。农村学校

管理松散，孩子们经常打打闹闹，有些孩子心思不在学习上；进入城里的学校，管得规范了、严实了，客观上为读书成才提供了良好条件，也让家族步入了良性循环的轨道。

在侄辈中，单说大弟家几个孩子。老大是闺女，小时候性格内向，人也敏感，进城后和人家比总有自卑感。她知道农村苦，从小坚定读书信念，在县城上小学，到忻州上中学，上大学时学的是旅游英语，毕业后到广东佛山的旅行社干过，因为不懂粤语，工作得不顺利，又联系同学转到福建旅行社当导游，一个女孩子经常带团很辛苦，为了转行，她一边工作一边学习，几年后经同学介绍又考进浙江一家出口型民营企业。这家企业的产品远销中东、非洲、南美，她去了既当业务员，又当翻译，工作出色，慢慢受到重用，几年下来结识了不少客户，跑了国内外不少地方，成了业务骨干。后来她在浙江结婚成家，丈夫也是一家民营企业的部门主管。浙江对于她来说已经是第二故乡了。

老二老三也是在忻州上的学。他们虽然不比城市孩子聪明，但是进城后能够专心学习，不用像农村那样放学后帮家里割草喂猪干杂活。孩子们读小学、中学时跑校，父母忙着打工挣钱，没法给他们做午饭，早上就多做些饭放在锅里，他们中午回来自己热了吃。虽然经济条件比不上城市的同学，可他们下苦功读书胜过城市孩子，一门心思要考上大学。最终两兄弟都考上了理想的专业，大学毕业后，几经辗转进入软件编程行业，在城市成家立业扎了根。

迄今为止，家族中仍有一大批孩子在城市里上学，有的上大学，有的上中学、小学。父母们辛苦打工，尽量供后辈读书，想着下一代人只有把书读好了，才能过上农村人过不上的舒展生活。

对下一代来讲，他们跟着父母走进城市的那一天，就知道老家的大门已经关闭了，走出农村以后是不可能再退回去了。

父亲进城以后

进入20世纪90年代后期，随着家族的人大量走出乡村，父母也下了忻州。

一次我去北京出差，顺路回去看望家人。下午到家，只有母亲一人在。父亲到外面卖菜去了，我坐在床头和母亲拉起家常。

家里在忻州买的是城边上农民的宅基地房。出身农民的父亲有自己的想法，如果买高层公寓房，夹在中间，上不着天下不着地，连一块瓦片也搬不走。可买农民的宅基地小楼房，有天有地，还有小院子，房子塌了重修还有块地皮，能世世代代使用。至于房子不在市中心也不碍事，城市不大，多走几步路不算什么。

母亲告诉我，父亲对新居处感到遗憾的，是院子里全铺了水泥，要能留出一块泥土，种点小葱白菜多好。农村人嘛，走到哪里都喜欢种点什么。父亲曾经想在院子里挖开一片水泥，种点白菜青葱，但又觉得挖烂院子太可惜，为这事纠结了几天，最后还是在靠墙角的地方摆了几个陶瓷盆子，种了几株西红柿和青葱蒜叶。每到夏天，院子里便有了绿意和生机。

父母既享受了城市的方便，又保留着农村人的乡趣。

母亲说，住在小南区城边上，往南走不远有很多树，杨树、柳树、榆树、槐树，冬天风刮下的干树枝不少。父亲进城以后，闲下来就去捡柴，捡回来用斧头垛成一拃长短，整整齐齐堆放好，门外的小柴炭房子都堆满了干柴。夏天煮面烧柴火就行，省了很多煤炭。

　　人常说面孔和表情往往就是生存状态的展露和呈现，父亲进城以后颇注意自己的形象，冬天不再穿包襟棉袄，换成了对襟拉链袄；夏天穿清爽透风的短袖衫，胡子刮得干干净净，走路时腰板挺直，眼神也多了一份自信。父亲见到周围的邻居，主动和人家打招呼，他把农村人的质朴带进了城市，也在吮吸着城市人的文明。

　　父亲见邻居老汉卖菜，自己也闲不住了。觉得闲下来吃了亏似的。他决定买一台三轮车到批发市场批蔬菜零卖。父亲本来就有倒腾小买卖的习惯，他说卖菜挣点钱，好歹是个精神寄托，不能坐下吃闲饭。

　　父亲买回一台三轮车，很快学会了蹬车。每天天不亮，他就蹬上三轮车到三角道蔬菜批发市场，批上茄子、西红柿、胡萝卜、菠菜、白菜之类，满脸喜色地拉回来。吃过早饭又急忙蹬车出去，走街串巷去卖菜。

　　我见父亲这么奔波有些心疼他，父亲却说卖菜这营生轻松，还说忻州这地方好，到处平平整整，不用爬一寸坡，拉着菜守在街边，谁愿意买谁买。老家农村做营生，背粪、锄地、担水、收秋、背庄稼，哪一样苦不比卖菜重啊！

　　的确如此。就说拿轻负重，在农村什么都靠背，背炭、背粪、背石头、背柴草、背庄稼，一年四季背东西，麻绳都要磨断好几根。光是春天把攒的粪背到自留地里，就足够人草鸡①了。我十几岁时就体验过背粪，大人背百八十斤，我们半大的小子也要背五六十斤，背着爬山走沟，那真是得咬牙硬撑着。

　　父亲每天晚上卖菜回来，坐在床边掏出那些一块两块、一毛两毛的零碎钱数着，说今天又赚了十大几块，古铜色的脸上洋溢着笑容。

　　父亲改变了以前严肃古板的神色，变得眉目舒展了，说话时脸

---

　　① 草鸡：保德方言，指劳动很苦，让人恐惧、害怕。

上带着一股自信，只是偶尔还有点改不掉说粗话的毛病。和城里人比，他少了一点斯文。

父亲说外出卖菜有一点不方便，就是街上厕所少，有时候找个厕所要走老远，随处找个角落小便吧，这是城市，自己也感觉不像话；扔下车子上厕所吧，又怕人家偷了，所以只能尽量少喝水，总是渴到嘴皮干裂。

父亲还和周围几个流动菜贩闹过矛盾。他刚去市场批发蔬菜，弄不清其中奥妙，整箱整箱买回来，拆开一看有许多是烂的，有的蔬菜卖相不好也容易亏损，尤其像菠菜、韭菜，很容易烂，当天卖不完，第二天就糟蹋了，所以下午回家前只好便宜卖掉，好歹回点本钱。这么一来，别的菜贩不高兴了。道理显而易见，你卖便宜了，人家的菜就被顶住了，卖少了。所以每天下午收工前，他降价卖菜，在其他同行看来是破坏了规矩。父亲惹来他们的非议和指责，他们对他联合抵制，见到就给他难看脸色，斥责他破坏行规。父亲鼻子"哼哧"一声，觉得他们管得太多了，也斜着眼角看他们。这些人对他硬是没办法。当然后来他也就尽量不再批发容易烂的品种，宁愿散买，买贵一点，也选那些最好的蔬菜。

因为挣钱不容易，父母总是精打细算。有一次叔父们来忻州，还有堂弟和弟媳。他们从太原和北京过来，正好我在家，父亲吩咐母亲给他们包饺子吃。我说人多做不了饭，家里地方又窄，坐不下十几个人。于是我们一齐去下馆子，点了一桌子菜，点完菜算了一下，需要近三百块。父亲惊讶地抬起头，直说"太贵了，太贵了"，抬腿就要走，被我强行拉住。那次出去吃饭，父亲不但没有好好享受下馆子吃饭的畅快，反倒增添了花一大笔钱感到太浪费的沉重。开始吃饭时父亲脸上一直没多少笑容，直怨贵，三百块钱在自己家里能买多少东西？这哪是农村人吃喝的地方？我告诉父亲，我们不是天天来吃，偶尔吃一次吃不穷。父亲脸上这才有了笑容。

月饼的往事

每次知道我要回去，母亲总是站在忻州街口耐心地等我。一次国庆节过后不久，我回去一进院子，见门外鸡笼子养着硕大两只母鸡。进门坐定，母亲端上的饭食是鸡蛋白面，鸡蛋和西红柿炒在一起，红黄搭配，放进大葱，很开胃。母亲一再让我多吃鸡蛋。

吃罢饭，我走进放米面食物的房间。各种口袋和盆盆罐罐里，小米、莜面、荞麦面、白面、大米、豆面、干挂面、红薯杂七杂八，食物真不少。让我诧异的是，地角还放着两箱月饼，一箱未开封，一箱已经吃掉近一半。我心里顿感忧虑，两个老人吃这么多油腻的月饼，身体岂不出大麻烦？

以我对父母的理解，他们是不会舍得一次买这么多月饼的。那这是谁送的？一问才知道，这些月饼是父亲捡回来的。前些时日，过完八月十五，附近一个超市里的月饼没人买了，商家说东西过期了，整箱子搬出来要丢垃圾桶，父亲正好路过，说丢了太可惜，他可以拿回家喂鸡，于是就搬回来了。第二天父亲就买回两只母鸡，把捡来的月饼揉碎了，拌了水喂鸡。两只母鸡吃着月饼每天下两个红皮鸡蛋。母亲高兴极了，很享受在城里如此轻松的养鸡乐趣。

圆圆的月饼烤得黄黄的。我拿起月饼闻闻，并未发霉，掰一小块嚼到嘴里，香味仍浓烈，怎么也联系不到"丢弃"二字。

多好的东西呀！两箱月饼一下把我带入对往事的回忆中。

那是五十多年前的事了。那时候农村人连个月饼的影子也难见到。记得一年中秋后姥爷来了，他带着慈祥和善的笑容，一进门就说："给孩儿们带好吃的来了。"姥爷从干粮袋里掏出两个月饼，还有几粒水果糖，要分给我们吃，想不到，在一旁的父亲竟是一副不领情的样子："他姥爷，这月饼我们吃不起，你拿回去。"

父亲知道，姥爷每次来给我们带点好吃的，临走时都要带走家里几斤谷米或几碗玉米面。姥爷村子里人多地少，粮食不够吃，我家的米和面也紧缺。父亲知道，两个月饼几口就吃完了，而几碗面能顶几天的口粮呢！

"可是——可是——饼子拿来咧！"姥爷有些尴尬了，"孩儿们嘴馋啊！"姥爷难为情地说着，声音有些颤抖。

"不是不稀罕，我们实在吃不起。"父亲好像不懂姥爷的话，"没米没面没法过，不吃月饼日子照样过。"

母亲急忙说："算了算了，他姥爷，你先上炕歇缓着，月饼不吃就不吃。"

"我想吃。"弟弟眼睛直勾勾地盯着月饼。

"我也要吃。"妹妹似乎更显得不懂事。

父亲板着脸训斥："不行！谁也不能吃！"

妹妹"哇"的一声哭了。

母亲看着眼前这一幕，泪水在眼眶里打转转。

"因为甚不叫吃？你因为甚不叫吃啊？"姥爷忽然生气了，"我来你家门上，是看我几个外孙来了，不是看你的脸色来的！"他声音里带着悲怆，眼睛甚至有些湿润，说着扭头就要走，母亲赶紧好言相劝，强行拉扯住。

倔强的父亲被触动了，不再出声。

"玉兰，把月饼给孩儿们分开吃！"姥爷态度坚决地对母亲说。

那月饼好香呀！我们兄弟姊妹几人每人分一小块，捏在手里，小口小口地咬，在嘴里慢慢咀嚼，慢慢下咽，生怕一下子吃完了。那是从未品尝过的奢侈的香味。

当天晚饭以后，姥爷和母亲坐下来说这说那，就是不说家里缺粮的事。第二天早饭以后，姥爷就匆匆回去了，母亲说家里要是缺粮就拿点，姥爷坚决拒绝了，没拿一粒米、一勺面。

我知道，姥爷被严重地伤了一回自尊，也坚决地捍卫了一回自尊。

多少年过去了，谁也没想到，情况完全变了样，生活会如此丰裕，月饼多存放些日子就让人不待见。

住忻州那些年，是父母最快乐的时光。父亲在农村时从没心思养狗。我十多岁时很想养个小狗，父亲叹口气说人都吃不饱还喂狗？可住到忻州以后，有一回我见父亲竟养了一条小狗。小狗吃剩饭，还有火腿肠。家里地上有个纸箱子，半箱子火腿肠也是从超市捡回来的过期食品，人家要扔掉。母亲告诉我："你姑舅家媳妇在一家超市上班，知道要定期清理过期食品，有过期的饼干、火腿肠、罐头，每到人家清理前就通知你大，你大看好好的，拿回来人不吃喂狗总可以，忻州这地方超市丢东西没人捡，捡过期的东西，人家嫌名声不好听。"

一旁的父亲听着叹口气说："唉！如今的人造罪哩！"我抬头看，父亲正在剥火腿肠喂狗。

院子里阳光明朗，暖融融的。小狗卧在墙角，父亲把火腿肠上包的皮撕开喂小狗，小狗吃着火腿肠，黑黑的眼睛望着主人兴奋地摇着尾巴，我在一旁看着，心里阵阵温热。

父亲非常感慨地说："活在这个年月，连鸡和狗都享了福了。"

家族徙居路

这些年，我一直居住着多年前单位分的老房子。有一段时间，朋友一上门，就问我为啥不买宽敞漂亮的新房子住，早几年房价便宜时，有大把购置机会啊。乍一听，人家说得有道理，再细想，我是从农村大山沟走出来的，现在的居住条件其实算不错了。

一个周末，一帮退休老哥们儿去广州郊区一个同事家聚会。同事家近江边，南方水多，小院子里人工水池流水淙淙，养的锦鲤有胳膊粗细；院子里种的龙眼树和荔枝树，枝叶压过墙头，硕果累累，一派生机。窗外的三角梅，花枝几乎伸到窗户里了，看到这样的房子，我也确实羡慕，不过也仅仅是羡慕而已。

2003年"非典"的时候，广州市番禺区丽江花园的二手别墅房，一套价格跌破100万，还卖不出去。那时路过中介门店前，常常被拦住，中介告诉我，如果有心思买，价钱还有商量余地。中介话语恳切，很想把生意做成，我却没心思。只因为我是山区农家出身，过去苦惯了、穷惯了，内心很容易满足，有点钱也攒得很紧。心想别墅房大是大，可每个月光管理费就要交上千块，我一个三口之家住那么大的房子干啥呢？

每当想起我的家族，想起几代人走过的路，再看当下境遇，比起祖辈们在黄土地上刨挖和居住方面受的苦、遭的罪、做的难，我们这些后人真该叩谢上苍了。

我的祖上，世世代代在老家的黄土山崖下挖窑洞而居，直到我

成长时，仍然住着黄土坡上的土窑洞。院子就是斜坡上的一小块平地，没有围墙，窑洞上方是长长的黄土坡，每到下雨时雨水就顺着斜坡往下流，带下了大量泥沙淤积在院子里，人踩上去满脚泥，家里地上都是鞋底带进的泥沙。

以前农耕社会里，农民是跟着土地居住的。我的爷爷年轻时为了种地谋生，带家人上了偏僻荒凉的潘家塝开荒种地，在野外挖窑洞住了下来。住地周围出没的有狼、狐狸、黄鼬、獾子。春天背粪，夏天锄地、挖野菜，秋天收秋背庄稼，几乎天天和野兽们见面。荒凉寂寞无以言说，那种生活，几近于在荒野里自我放逐。

听奶奶说，旧社会食不果腹，手里没钱，挖简陋的土窑洞栖身，连一副像样的门窗都做不起。挖好土窑洞，只能在窗户位置安上些木棍用泥水固定，把旧木片串起来做门，野兽钻不进来就行了。穷困潦倒的生活根本无法讲究。

土地改革时期爷爷带着家人回了丁家塔。分配土地的时候，爷爷担心家人挨饿，要了大雪梁小斜梁最偏远的土地，那土地虽偏远但肥沃。为了方便种庄稼，爷爷搬到了远离村外的山梁上，在一处山崖下又挖了土窑洞，用土坯垒了窗台，用木条钉死窗户，用柳木做成门板，然后住下来。听奶奶说，一次暴雨土崖滑坡，塌下来的土砸烂了门窗，把门口埋掉一半，差点出大事。由于土脉不好，窑洞顶上裂开长长的口子，爷爷只好砍杨木椽顶着加固。一次亲戚来，在屋里看看这儿，摸摸那儿，吓得不敢住，吃了一顿饭就走了。

到农业合作化时期，个人土地统统归集体后，爷爷才带着家人从山梁上回丁家塔，结束了"一家村"的生活。

过去，穷人住土窑洞是千年不变的原始思维。爷爷回到丁家塔，仍旧挖土窑洞住。挖窑洞只能就着山崖地形。我小时经常到爷爷家里玩，由于窑洞脑畔①太高，烟囱不畅，煤烟熏染，爷爷家里的墙面

---

① 脑畔：指窑洞顶上。

灰黑，经常弥漫着煤烟的味道。窑洞小，地上摆满了柴炭、米面、水缸等杂物，十分凌乱。四爹找媳妇时，来了西山头一个相人家的女子，看了住处，回话说，就这样的居处，谁去！奶奶无奈地说，咱这条件，娶媳妇只能娶丑差的了，人不嫌咱穷，能生儿育女就行了。

我家的窑洞稍大些，有二十多平方米，住着全家七口人。地上摆放着大大小小的米面瓮，还有水缸、腌菜缸，一张颜色斑驳的旧桌子，桌上摆了盐钵子、醋瓶子、辣罐子以及碗筷，地上还有个装衣服的板柜子，炕尾一侧摆放着南瓜、倭瓜，另一侧堆放红薯，家人早已习惯了拥挤不堪的生活。最糟糕的是糊窗纸破烂透风也没钱换，一到冬天，北风刮得"呼啦呼啦"直响。

十八岁之前，我到过最远的地方是三十里外的兴县魏家滩，过了西川河，到了滩上，感觉地势开阔，砖窑洞、石窑洞很多，当时十分羡慕人家那好居处。

我家破旧的居处曾让我感到羞愧。我上中学时，学校周末放假，就算有同学从我家门前路过，我也不好意思让同学到家里坐一坐，喝口水。因为窑洞外几米处墙根下那个猪圈，夏天发出阵阵猪粪臭，引来成群苍蝇和蚊子。破墙烂院满地泥泞，屋里屋外蚊蝇乱飞，很伤害我那幼稚的自尊和荒唐的面子。

我父亲这一辈长大弟兄四人，除了大爹抗战时参军外出，其余兄弟三人都在村里挖土窑洞住。村里地形局限，几家都住在一道阴圪崂下。那些土窑洞的墙皮，是用切碎的麦秸混合黄泥巴和了水抹上去的，住几年后，墙皮纷纷脱落，像癞痢头。那样破旧的居室，每逢过年，墙侧财神爷的位置，家人还用红纸写上"日进千样宝，月招万里财，财神爷万岁"等字样，显得很滑稽。

随着孙辈们逐渐长大，爷爷也老了，他过七十岁生日时，竟然升腾起为儿孙们改变居住条件的愿望。爷爷年轻时当过石匠，他向我父亲和三爹四爹提出，想给各家的土窑洞拾掇着接上石窑口子，

因为那些窑洞土脉不好，脑畔上常掉土，门口搭着撇①，黑黢黢的。爷爷怕住在这些破烂土窑，孙辈们娶不上媳妇。

记得在生产队中午和傍晚收工后，父亲就去后沟打石头，甩开大锤破石料。那时候的父亲强健有力，一夏一秋打下了上千块的墩子石头。

冬天，鸡一叫父亲就起来，拿一根麻绳，冒着零下二十几度的严寒，去后沟背石头。背了一冬一春，攒够了接窑面子的石头。

爷爷那时冬天咳嗽气喘，春夏天暖和了，不咳不喘了，就坐在门外铣窑面石头。老人家一锤一錾，用了一个夏天和一个秋天，硬是铣出了接窑面子的石头。

生产队收秋打完场不太忙时，我家土窑洞接上了石窑口子。之后的几年，三爹和四爹也如法仿效，为住的土窑洞接上了石窑口子，当然，几家铣面子石头的事，都由爷爷一个人承担了。20世纪70年代，保德许多农家都以为在土窑洞接上石窑口子，就是很高级的居所了。

又过了几个寒暑，中国发生了巨大的变化，农村打破大集体，农民划分了责任田，以往金贵的粮食，不再紧缺了。农家人满足温饱之后，首先生出的向往，是磕石头窑洞。由于不缺粮了，也好挣点钱了，村里人纷纷开始打石头在向阳平整的土地上磕石窑，仿佛竞争一般，谁家也不甘落后。我家粮食多了，又有了喂猪喂羊的收入，也烧石灰、打石头、磕石窑。我家新起两孔石窑还戴了砖帽子，堪比旧社会地主老财的住处了。

新磕的窑还没有住满一年，村里来了一家迁移户，是退休干部，要买窑洞住，而且一眼看上了我家的新石窑，出的价钱也很诱人。父亲经不住诱惑，要卖两孔石窑，他说卖出去够一个儿媳妇彩礼钱了。母亲流泪制止，父亲还是坚持要卖，和人家签契约时，母亲失

---

① 搭撇：保德方言，指用木棍或树枝在土窑门口上方搭起一片遮拦，防止土方掉落伤人。

声痛哭。卖了窑洞后，母亲一直埋怨父亲眼光短浅，可父亲并不后悔，他说过了大忙季节，还要打石头，熬上两年还能碹起石窑来。

之后，父亲又整整劳累了两年打石头，新的石窑又碹起来了，地址选在了向阳平整的地方，新窑整整齐齐，比原来还多了一孔。三孔新石窑连成一排，很是气派。母亲很高兴，感觉在农村实现了人生的辉煌，可以世世代代居住下去了。当时在院子里栽了梨树、枣树、花椒树，还留了一小块菜地。那些年，我们村里几乎家家户户都碹起了新窑，乡亲们感觉实现了最大的梦想。

时光流转，又过了几个春秋，转眼到了1987年。听说农民也可以进城了，不安分的父亲，有一天忽然提出想上县城东关住。父亲不识字，可是有生意头脑，以往赶集时买个羊买个猪，下次赶集卖了就能赚到几块钱。改革开放了，他想进城做点小生意。

依据当时经济条件，父亲在东关老城的山梁上和三爹合伙买了一块崖畔地，投了2 000多元合伙买砖，每家碹起一孔砖窑。碹这窑洞，因为是在城里，村人帮不上忙，自家吃的苦受的罪难以细说，但是毕竟我们在城里有了自己的居所。

住进城里那几年，父亲和别人合伙到内蒙古买羊买牛，再赶回保德转卖给别人，家里不断有些进项，全家人十分高兴。父亲每次从内蒙古回来，累得躺在炕头上喘息，脸上却漾着舒展的笑容。父亲进城以后，已经结婚的弟弟妹妹家们也陆续跟着进了城，租房子做点小生意。

又过了几年，弟弟妹妹家的孩子们快到了上学的年龄，父亲又动了搬家的意念。父亲提出想卖掉老城里的窑洞，到县城中心区域买房，在离学校近的地方住，方便孙辈们上学，老师也教得好。当时家里钱不多，只好狠狠心把梁上的窑洞卖了，去旧的县政府大院买下一孔石窑洞。那时候房产买卖已经放开，许多干部换了新居，一万元就能买一个旧窑洞，简单粉刷一下，搬进去住得很舒适。

社会在快速进步，流动的机遇也越来越多。1997年，父亲由于

在县城里接触的人多，再次动了搬家的意念。原来父亲和别人拉家常时，听说许多人家的孩子到忻州念书考上大学了，而在县城东关镇上的很多孩子不好好念书，有的退学，有的东游西逛不学好。为了培养后代成才，父亲提出全家人下忻州。一开始家人还有些犹豫，但是看到当时东关街上的风气，常有年轻人干些偷鸡摸狗、赌博吸料子的事，不往正道上走，几番商量后，家人最后决定，为了下一代，砸锅卖铁也要下忻州，让后代接受好的教育。

幸运的是，那时的父亲，上县城已经十几年，市场经济时代，他干以往在人们眼中那些属于"资本主义"的事情（倒卖牛羊）也名正言顺了。连续好几年，他走内蒙古买牛贩羊，算是攒了一点家底子。加上向亲戚们周借，这样父母和弟弟一大家人去了忻州，当时买不起新房，就买了忻州城边农民二手房。农民二手房相对实惠，且足够宽敞，还有独家独户的小院子，院子里可以推进三轮车，家人可以去卖菜卖面，更重要的是，孩子们可以在忻州好好读书了。

与此同时，三爹和四爹家有些孩子——我的堂弟堂妹们，为了孩子上学，也纷纷进城。有的随着我父亲带全家去忻州，堂弟堂妹中也有人在忻州买房子，以方便孩子读书。家族中一群人到了忻州，父亲说这下子几代人都可以在忻州住下去了。

岁月蹉跎，谁料十几年过去，侄儿侄女们在城里读书考大学，大学毕业以后，为了好就业，又分别去了西安、广州、深圳等大城市工作，他们把家安在了更远的地方。

如今，从我往下数的后辈，除了还在念书的，大学毕业以后的下一代人，都在城市里谋生。有的是软件工程师，有的当了律师，有的是公务员，有的当了外贸翻译，还有当教师、公司文员、医生的，总之，好歹都有了相对稳定的职业。而没念大学、文化程度较低的族人，或在城里打工，做小生意，或开车跑运输，不管怎么说，都算是脱离了农村生活。当然有些还背着房贷，只能慢慢还。

从我爷爷算起，家人从潘家垴出发，不知搬家挪窝多少次。如今，爷爷这一脉延续下来的后代，分散在广东深圳、广州，陕西西安，河南信阳，山西忻州、保德东关等地。家族的成员，粗略估计已发展到了七八十人。

我大学毕业以后，几经辗转定居广州，住的房子虽不算大，但是地处白云山脚下的麓湖附近，出门几分钟便可到湖边，四季榕树婆娑，紫荆花灿烂，莲雾果香，飞鸟成群；坐在居室，白天阳光灿烂，夜晚朗月凌空。我想起爷爷住的潘家塆，父亲住的道雪迮，母亲向往的丁家塔，以及后来父亲一滴血一滴汗接的石窑口子……家庭的变化，家族的变化，社会的变化，都让人感慨万千。

半年前，我和几个侄儿侄女在广州相聚，说到城市里的工作和生活，话题扯到住房问题上：他们有的抱怨住远郊，上下班不方便；有的叹息二手房面积不够大；有的诉说经济不宽裕，只买了小产权房，且钱还没付完，心里有压力。我说："我们是从山沟进城的农民，走到今天已经非常不容易，假以时日，一切都会好的。想想家族的过去，你们都应该知足。"

父亲的最后时光

八年前父亲离开了我们。

父亲走了，他的生命余晖仍亮在我心头。我至今会常常想起和他在一起时的那些细节。随着时光流逝，我对父亲除了怀念，更多了感恩、敬佩和对父子情的依恋。

我从没想过父亲会患上致命的病。秋天，父亲无端咳喘，呼吸困难，家人以为是患了肺结核。父亲早年下过煤矿，肺不好。忻州住院治疗无效果，就去了太原山大二医院，经过多次化验，查出了肺癌。我开始不相信，以为一定是搞错了，可化验单上白纸黑字，宣告了无情的事实。我拿着化验单，坐在住院部楼下花园里，眼泪止不住地流。我无法接受父亲要抛下家人离去。

母亲说八月初发现父亲身体异样。那天父亲去地下室取东西，无端摔了一跤，坐在台阶上就站不起来了。母亲去扶他，扶不动，只好呼叫邻居帮忙，才把父亲扶到家里。父亲在床上躺了几天，能走动了，白天去和平广场散步，四五百米的距离，半途要坐下歇好一阵。到了广场气喘吁吁，又要坐好一阵才能缓过气来。母亲不明白父亲身体怎么会突然衰败得这么快，如同刮来一股寒流，一夜之间将一棵大树摧残得枝叶枯黄。

父亲住进肿瘤医院，我和弟弟、妹夫轮流护理。父亲住在医院里沉闷，为了让父亲消除郁闷，我买了个小收音机，他喜欢听收音机里的晋剧，也听民歌民乐、男女声独唱。有时候父亲听着听着凄然一声叹息，好像想起什么遗憾的事情，我问他叹什么？他苦笑一下，摇摇头，不多说。

父亲年轻时爱好广泛，虽然当农民，也算是有生活情趣的。记得我几岁时，父亲有过一把二胡和一把旧唢呐。农业社收工回来，吃过饭，父亲抽一袋旱烟，就拿起唢呐吹几声，或者坐在院子里拉一阵二胡。我觉得父亲拉得并不动听，可他蛮有兴致，村里总有些人跑来听，他们坐下一边凑热闹一边拉闲话。父亲是在太原西山煤矿当工人时买的二胡，还自学了吹唢呐。三年困难时期父亲回村当农民，把这些物件带了回来。夏天的夜晚，父亲的琴声、院子周围草丛里蛐蛐的叫声、小河沟里此起彼伏的蛙鸣，混合成原始质朴的乡村交响。

父亲年轻时也爱唱曲，能苦中作乐。村里来了新老师王宪治，很爱吹拉弹唱，父亲有了知音。他和王老师晚饭后轮流拉二胡交替着唱，声音清脆洪亮，响彻整个村庄。那时候村子很小，村头到村尾不到一百米。父亲那把二胡，琴筒上蒙着蟒皮，声音尤其响亮。后来那把二胡的琴弦拉断了，就再没拉过，大概因为家里没钱配弦，或者是因为家里人口增多，生活压力加大，父亲再没心思玩乐器了。

人生沧桑中，父亲转眼老去，意外地病倒了。在肿瘤医院那间病房里，父亲住下来没几天，又住进一个刚做完大手术的病人。病人进来后输液就没停过，身上鼻子上插满管子，脚下是一个导尿袋子，一只塑料桶装抽出的胸腔积水，红红的血水看着瘆人。那病人的父亲六十来岁，乡村干部模样，穿着整洁，脸庞黑瘦，守护在病人身边。父亲和他拉话，知道病人是老人唯一的儿子，只有三十七岁，家在晋南农村。老人神色黯然，脸如霜打。父亲和老人聊天，知道他儿子患的是恶性肿瘤，刚做了大手术。老人怕得吃不下饭喝不下水，天塌了一样。父亲深深同情起这对父子来。我去打饭，父亲对那老人说："他叔，你走不开，叫我的小子顺手给你打一份饭。"对方凄惨地摇摇头，谢绝了。

　　我陪父亲到院子里散步，一出门父亲就叹息："这老汉好命苦呀，赖病怎就给他唯一的儿子摊上了！看把老汉怕的，愁也愁死了。"父亲同情别人，好像他自己是健康人一样，还说："那后生的病要是看不住，老人可咋活呀！"

　　起初我们尽量隐瞒父亲的病情，装作没多大异样。可是搬到肿瘤医院治疗后，父亲观察周围的病人，很快知道了自己的病情。他说："我的病我知道，你们不用瞒着了，都这把年纪了，我不怕死。"我心里酸楚，他好像没事一样。从知道自己病情到离开，父亲始终没流过一次眼泪。

　　父亲知道自己快到生死边界了，有一天温和地看着我说："对我的病，你弟兄们算尽了力气了，咱们回吧。"

　　我说："正在治疗，不能回。"

　　父亲带着恳切说："吃了东西不消化，身上没一丝劲儿，看来灯油快耗尽了，还等甚哩？"那些天他连续提出要回。我当时不太理解父亲，感觉他未免太心急。我去另一家大药房买过几次生物蛋白注射液，父亲说不用瞎花钱了，那东西太贵，留着钱做其他用吧，担心我们在他身上多花了钱。

　　我坚持再治疗，父亲实在不能理解，他说既然没法治了，还花这些钱做甚？我们父子争执，父亲假装生气，不理睬我。但有时候他神情又显得特别温柔慈祥，好言规劝我，央求我，要我带他早一点回家。

　　记忆中年轻时的父亲可不是这样。那时他性格粗暴，常发脾气训斥我，我做错事时他甚至拳脚相向。我到十二三岁时，放了暑假给生产队的牛驴割苜蓿草，下午我顶着西晒，去三角地用镰刀砍苜蓿。太阳红耿耿的，晒得我心急，我想尽快割完回家，着急慌忙之下一镰刀砍在脚背上，鲜血直流，抓把干黄土按伤口上还是止不住血。我一瘸一拐地回家找到爷爷，爷爷急忙找了一团旧棉花，在火上点着烧出一团灰，带着未熄的火苗，一把按在我的伤口上，一阵钻心的疼痛中，血总算止住了。

当晚父亲劳动回来，看到我砍伤了脚误了割草，非常生气。他问我："为什么不操心？眼睛长到哪里去了？养你十几年有甚用？除了会张嘴吃饭还能干什么？"我脚上伤口痛，心里伤口也痛。我恨父亲的冷酷无情，心里一阵悲凉怆然。我坐在院子里胡思乱想着，觉得父子间没有一丝亲情和温暖。家里窑洞脑畔十几米高，那一刻，我真想爬上去往下一跳，人生的一切悲苦就结束了。我这么想着，抬头望望窑洞脑畔，烟囱上白白的炊烟在升腾，快吃晚饭了，也许是留恋，也许是害怕，也许只是一时兴起，我转念一想，自己还没多吃几顿好饭呢，现在就死不是太亏了？想到这一层，我擦干眼泪，改变了主意。

今天想起来，我仍然觉得，无论生活多艰难，孩子做错事了，尤其是身体伤损，做父母的首先应该给其心灵上一点抚慰，让他们知道父母是疼惜他们的，关爱他们的，家里是有亲情温暖的，而不要急躁之下，急于指责打骂，那种心灵伤害的后果很难预料。

当然，后来我才知道，在那个年代，父亲性情柔软的一面，在生活的压力下完全消失了。

叙叨家常往事，父亲说："咱家里一代代刨黄土，好不容易你出息了，可顶了大事。你给同辈和后辈做了榜样，让他们知道念书有好处，也知道做人要上进。"父亲一直没读过书，连封简单的信都不会写，我考进大学以后，为了让我念好书，他尽最大力气支持我的学习，多吃了很多苦。

1979年春天，我在北京上大学，突然收到父亲汇来的80块钱，还来信告诉我，妹妹那一年出嫁，婆家给了160块彩礼钱，父亲拿出一半给我。父亲在信中说："一次给你邮那么多钱，要省着花。钱放在家里怕花了，家里是个穷窟窿、无底洞，多少钱也用得着。"我知道家里困难，父亲把这么多钱给我，可见对我的学习是多么看重。那时我每月的助学金是14块钱，伙食费就要吃掉12块左右，还是吃最

便宜的素菜，每月省出两块零钱，还要买书买纸，维持正常学习，钱确实很紧张。有了这些钱，我手头是阔绰了，可家里吃盐烧炭日常开支，一家人换季添置衣服，添置铁锹锄头农具，哪一样不要钱？我想到了父亲的不容易，也想到父亲刚烈背后柔情的一面。我明白父亲身上承载的生活压力，这一切，父亲多少年来都默默地承载着。

父亲的恩情永远难忘。改革开放以后，家里日子好过了，后来父亲也能做小买卖了，日子过得仍然节俭，从不舍得多花一块钱。

父亲从来好奇心强，年轻时在太原看过动物园，好多年过去，还常和我们提起动物园里的老虎、狮子、豹子、蟒蛇、大象，说起来兴致勃勃。父亲住过太原，太原宽敞的马路，公园里的鸟语花香，火车站的壮观气派，夜里璀璨的灯火，都让他惊叹。他回去和邻居们聊起来，满是见过大世面的得意。

我大学毕业以后，因为在传媒行业工作，走遍了全国各地，也去过世界好多个国家。我曾经想，等我不忙了，一定要带父母来一次全国畅游，也让他们坐坐飞机、轮船，看看北京、上海、杭州、西安、青岛、大连这些美丽的城市，目睹一番这个五光十色的世界。我当时是有这个经济条件的，可几次回去对父亲提起这事，他却说："何必花那个钱，太原我去过了，广州我和你妈也去过了，其他城市还不是一样的。"

我说不一样，这世上精彩的地方很多，迷人的地方很多，人活一回总要多看看，多些见识，开开眼界。父亲就说："咱们穷苦人家，要永远记住节俭，三个人出去旅游，这得花多少钱？"

"一两万吧。"我尽量往少里说。

父亲惊叹："啊呀，那么多的钱，出去一次就没了，留着能办多少事哩！"

我再三劝说，父亲态度仍然坚定："你就是买了票我们也不走，再说了我们人老了腿脚不利索，走出去也是花钱买罪受。"于是我没再坚持。

想起来没能完成这个愿望，我心里非常后悔。那时我想，反正以后有机会，慢慢做通老人思想工作再说吧。其实当时忻州、太原到处都有旅行社，如果我坚决果断报了团，带父母去旅游，他们还能不走吗？如今父亲病成了这样，我才懊悔起来，可懊悔还有什么用呢？

父亲走后，母亲身体也急剧衰退，她说话更直白："我想尽快跟你大走呀，哪也不去了。"我现在回想起来，满是遗憾。

父亲在太原住了几个月医院，最后医生说，父亲已没逆转可能，并且时日不多了。我们只好带父亲回了忻州。不到半个月，父亲的病越发严重，发作起来痛得大汗淋漓。弟弟给我打电话让我快回去，父亲快熬不住了。我买了飞机票回太原，再乘车回忻州，一路上我想到了父亲百年后的归宿。记得父亲住院时，我就和他商量过他以后的归宿，我说："咱们老家人都出来了，忻州和太原都有公墓，给你买个位，将来你和我妈都安葬在公墓，这样我们逢年过节上个坟给你烧几张纸也方便。"说这话我开头还有点犹豫，不知道父亲听了会不会难受，没想到父亲听我说完后很平静，他说他想回老家，不想在外面，不想孤零零地在外头。他说："城市里那些公墓再阔气，那是人家的地方，不适合咱农村人，还是回老家和祖辈们在一起，睡在老家的黄土地里最舒服。"

和先人们在一起，这是父亲的交代。父亲还说："山梁上睡的都是咱家的祖先，还有村里过世的熟人，到了那一头，也不会寂寞孤单。"父亲说这话的时候，脸上无一丝悲伤，他把死亡当成了和祖先们的相聚。

父亲急着要回老家。回村的那一天，父亲坐在面包车里精神很好。那天，父亲把身上的针管全拔了，从忻州到老家四个多小时，他一路上精神抖擞，车回到村里的山梁上，父亲叫我们停住车，在车上细望着一道道山梁，仿佛在寻找过去乡村生活的记忆：风和日暖时，他在山梁上耕过地，烈日炎炎时锄过庄稼，秋高气爽时忙过收割，北风呼啸时和村人修过大寨田。父亲说，他这一辈子乡里城里都生活过

了，很满足。

回到老家以后，父亲头两天精神尚好，第三天，他半身躺在暖屋的炕上，靠着棉被打吊针，和我们说了好长时间的话。父亲说他赶上了好时光，吃过苦也享过福，没什么遗憾，也没什么懊悔的事了。我知道他说这话并非仅仅是在离开前怕儿女们伤心，也是他的真实想法。

父亲说："几辈子的先人们没享过的福，我都享过了，自从改革开放，光大米白面吃了多少？猪羊肉吃了多少？很知足了。"

父亲还说，村子里和他同辈的人，有些到四十来岁就走了，连白面大米都没多吃几顿，和人家比较，他算福气很厚了。

父亲靠着棉被半身躺着，渐渐气息微微，他说有点累，要睡一下。人半坐着，像正睡过去突然间就没气息了。我伸手到父亲鼻子下面，呼吸停止了，把脸贴在他胸前，听不到生命迹象了。呼吸没了，心跳也停止了，就在短短的几秒之间，父亲走了。

我没有哭，也叫家人不要哭出声。我们当地有种说法，老人在走向另一个世界那一刻，如果亲人们大声号哭，老人的灵魂会牵挂亲人，缠绵人间，很难走到天堂去。我不哭，也叫亲人们都不要哭，好让父亲放心地走。

父亲走时，我们兄弟姐妹还有几个堂弟，一大群人在身边。村里也来了几个叔叔大爷老辈。一个大爷说："人已经走了，给洗脸剃头穿寿衣吧。"我和弟弟先给父亲擦洗身子，再穿寿衣，我扶父亲坐着，弟弟拿来剃刀给父亲剃头。我把父亲揽在怀中，似乎还有温热从他身上传导过来。我忽然想到父亲从生到死，我从未和他这么亲近过，要是在他生前这么抱抱他该有多好啊！想到这里，我一阵负疚，鼻子发酸。

父亲是个刚强汉子，直到病重最疼痛时，牙关都咬得紧紧的，也不发出一声呻吟，更不喊叫，怕儿女们难过。父亲有着一身北方农民的硬骨头，即便面对死亡也显得轻松平静。

父亲走之前，我们兄弟姐妹们心情沉重，他反过来安慰我们：

"人老了总是要走，再拖下去也是受罪，走了就轻松自在了。"在父亲心目中，死亡是对于痛苦的摆脱和超度。

父亲走了，那些日子我总在想，人究竟有没有灵魂？灵魂源自何处，死后又会归向何方，确实无人知道。但我愿意相信，也赞同灵魂有归宿的说法。正如有些书本上所描述的，人的肉体会消亡，但灵魂是不死的，尤其是那些精神上纯良正直的人们去世后，不论出身贵贱、地位高低，天堂是他们的归宿。

黄土地印记

枣树满梁

深秋，枣儿红了。走在家乡的山梁上，一片片的枣树地，红玛瑙般的枣儿沉甸甸地挂在枝头，看着就让人陶醉。路边随便扯住一根树枝，摘一颗红枣一口咬下去，又甜又脆。四周寂静无人，山远地阔，蓝蓝的天，红红的枣，微微的风，令人觉得很是惬意。这么多的红枣，除了随时满足路过行人的胃口，也为宁静的山梁装点上美艳的色彩。

同行的弟弟说，太可惜了，这几年山梁上红枣绝大部分没人打，糟蹋了。到了秋天，鸟儿在枝头上任意啄吃。入冬以后，风吹红枣落地，下雪覆盖，到了第二年春天，枣儿依旧在地上干着。这么多红枣，虫子吃不完，连鸟雀、老鼠也吃不完。

我家的祖坟周围，也是连片的枣树林。入冬的时候到祖坟上贡烧纸，见几只喜鹊落在枣树上，残留的枣儿仍给干枯的树枝点缀着稀疏的红色。摘一颗尝尝，干透的枣子，比秋天的果实还要浓甜。喜鹊们在枝头飞来飞去，对红枣已无兴趣，它们等待改善口味，叽叽喳喳地叫着，吵闹着，催促着上坟的人离开，以便它们尽快享受留下来的贡品——点心、肉片、火腿肠等。

鸟儿们的胃口也在变，它们过日子也懂得了挑挑拣拣。

应该说，红枣是羊群在冬天里的好吃食。羊群一出坡，放羊人往山梁上枣树地里一赶，落在地上的红枣，就是羊儿们的可口美食了。可是好几回我发现，第二年开春冰消雪化，村里有枣树的地方，依旧能看到散落的干枣。羊儿们吃枣也吃饱了、吃厌了、不稀罕了，吃得顶胃口了。羊群常常从枣树地里"呼啦啦"地走过去，几乎忘记了红枣也是美味的口粮。

山梁上的枣树，沦为了和野草蒿柴一般的命运。春天枣树静静地盛开香气淡雅的花，结上新鲜嫩绿的果实，夏天吸收阳光雨露、天地精华，到了秋天，枣子从嫩绿长到半边红、满身红！枣儿圆滚滚的身子，天生丽质的外表，却像无娘的孩子们自生自灭，无人青睐，落了一身的尴尬惆怅。

从山梁上下来到宝玉叔家，院里院外也是枣树。院子里的几棵枣树，累累果实压得枝头低垂着。宝玉叔叫我们吃红枣，说是自家嫁接的好品种。我们摘下饱满圆润、颜色深红的枣儿，嚼在嘴里果真特别甜，是一种蜜汁一样的浓甜。宝玉叔说这么好的红枣，车拉到县城也就卖一块来钱一斤，还不好卖，专人守候一天未必能卖多少，现在红枣太多了，多到烂市了。

一位远房的娘娘说红枣不值钱，秋天鲜枣一斤几毛钱也没人来收购，前几年的干枣放到了去年，由于糖化都快没用了，只好放到炉子里当柴火烧，枣子含糖分高，火焰很旺。

我永远不会忘记，在我少年时，红枣是怎样的珍贵食物。我能健康地长大，多亏了宝贵的红枣。我五六岁时候正赶上三年困难时期，春天家里吃荞麦秸秆牙糕、豆腐渣饼子、山药蛋粉渣窝窝。我在院子蹦跳着玩，到下午饿得双腿发软，就去找爷爷。爷爷会打开柜子，拿出几颗干红枣悄悄地塞给我。我把红枣握在手里，躲在家赶快吃掉。若是到外边吃被别的孩子发现了，会跟在身后抢。红枣香甜，我吃得急，有的枣核啃不干净，爷爷会叫我捡起来再啃，一点不许浪费。我那时候觉得，上天造物，红枣是最好的东西。六十多岁的爷爷自己不舍得吃红枣。每年秋天爷爷铣磨挣回来那些红枣，放在热炕上捂干，再放进柜子里锁起来，以备孙儿们度过饥饿的时刻。

那时候我一边吃红枣，一边猜测爷爷锁柜子的钥匙藏在哪里，后来我发现他总把钥匙拴在裤腰带上，任何人不许动。在我营养极度缺乏时，每隔三五天爷爷会给我一把红枣吃，红枣成了我最珍贵的记忆。

在"以粮为纲"的年代，村民全靠粮食生存。由于主粮都填不饱肚子，水果可有可无。在前塔集体地里曾经有几十棵枣树，每年可以结一些红枣，这一批集中生长的枣树，由于影响粮食生产，生产队在修梯田的时候，把它们通通刨掉了。队干部说几十棵枣树结不下多少枣，可是种上"反修高粱"能多打几布袋粮，人不吃红枣不碍事，可每天两餐填不饱肚是大麻烦。

村里没枣树，我们小孩子挽草、放羊、挖苦菜，就喜欢往邻村有枣树的地方走。杜家塔的阳塔子、白家沟的枣林塔，都是我们喜欢去的地方。秋天看看周围没人，我们就偷偷摘枣子吃。七月一过，青色的枣子长大了，虽然还不甜，但吃下去能充饥。

我们到杜家塔枣树地里偷枣吃，有一回被人家村里一伙人瞅见了，追来揪住不放，他们在我们篮子底下搜出了青色的枣儿，扣下了苦菜篮子。当时我们相跟着五六个半大小子，挖的苦菜家里还等着吃，菜篮子被扣住了，又害怕又紧张，恨不得给人家下跪，含泪求人家高抬贵手。我们几个人还是受了惩罚，有的屁股上被踢几脚，有的头上挨了几巴掌，最后对方拧住我们胳膊恫吓，让我们保证以后再也不敢来偷了，这才还回我们苦菜篮子。

那时候的农村人，视红枣如珍宝。八月十五前后，有枣树的村子，路边枣树枝丫延伸，熟透的枣子落到路上。行人路过时，照看枣的人站在地塄高处，眼睛死死盯着过路人。行人看见落在地上的枣子，假装弯腰拽鞋后跟，想顺手捡一颗枣子，不料地塄上的人立马大喊："谁偷枣儿？谁在偷，谁？"竟然连一颗也不让捡。行人只能空着手回来，气得吐口唾沫，压压晦气走开。

父亲曾经在种枣树上动了心思。有一年春天他带回一棵大拇指粗的枣树苗子，小院子外路边斜坡上有一块空地方，他用镢头挖了个大坑，倒进一桶水，把枣树苗栽到坑里，用酸枣刺葛针围起来，防止猪羊咬啃。小树苗栽活了，父亲每天给它浇水。当年夏天，枣树还开了花，到了秋天它竟长高了一大截。冬天起北风了，父亲怕把树冻死，弄了很多高粱秸秆把枣树包上，可是到来年春天发现，枣树还是被冻死了。

父亲不甘心，又栽枣树。他弄来大些的树苗，再挖坑，再浇水，还在坑底放进几锨羊粪，希望树当年能长大长壮，冬天不致冻死。枣树苗活到秋天，长得比墙头高，父亲仍然用高粱秸秆一圈一圈包起来，做了这么好的防冻措施，来年春天发现枣树仍然被冻死了。

父亲彻底死心了。他很沮丧，自家能掌控的地方，竟然种不活一棵枣树，院子外周围土地都是集体的，个人种一根草都不许。

当年我们村的人没红枣吃，有一种难以名状的伤感。想吃红枣没办法，好多人家想到了"曲线救国"，就是把自家长大的女儿嫁到有枣树的村子去。父亲说，我的女子长大了也要嫁到有枣树的地方。他托付了周围亲戚朋友，说嫁女子别的不在意，女子要嫁枣树多的人家，嫁过去能敞开吃红枣，家人串亲戚也不愁没枣吃。这个愿望是那样的朴素，那样的简单，想起来又是那样的好笑，通过亲戚们撮合，后来二妹妹嫁到了一个枣树多的村子里。

二妹妹出嫁的那年秋天，枣子刚红，她就提来了一篮子新枣。我们一家人兴高采烈，父亲也分明觉得很自豪，他说："我女子拿红枣来了，给我送红枣来了！"那几天父亲脸上一直得意着，家人吃着红枣也很高兴。村里有些人吃不上红枣，说下辈子投胎转世，也要转到有枣树的地方。

自从土地承包给个人，农民开始广泛种植枣树，房前屋后、山梁、荒坡、野地，周围的土地能种枣树的地方都种上了，越种越多，渐渐地连苹果树、桃树、杏树、梨树、核桃树也种多了。随着城乡流动放开，外出打工的、上学的、做小生意的，大多数人离开了村

子。进城的人越来越多，留在村里的人越来越少。那么多枣树，枣儿结得多了，留守的孩子大人都对枣儿失去了兴趣，秋季捡几袋枣就够吃了，大多枣树已无人照料。

已经有将近十年，地里年年有许多红枣无人收留。不管人们收留不收留，枣树一年一年地生长，一年一年地结果，人不吃，羊、鸟雀、老鼠吃，野兔和野鸡们吃。

几年前我到福建永定拍摄客家题材的电视片，县城周围的山野上，满山遍野的柿子树，把附近村庄装点成了一幅幅红绿相间的画廊。挂满果实的柿子树，在风中俯首叹息，抒发着无人理睬的荒寂。村民心目中有市场价值的柿子被采摘了，品种差、个头小、长在陡坡上或偏远处不便运输的，秋天无人采摘，和我们老家的红枣是同样的命运。村民们说，由于卖不上价钱，摘一天柿子的收入远不如打一天工的工钱。

如今物质丰裕了，尤其是居住在大城市的人们，对红枣、柿子这些土产似乎已经不屑一顾。进口水果多了，加州的提子、澳大利亚的樱桃、菲律宾的芒果、泰国的山竹，还有南方北方几十种水果，香蕉、荔枝、柑橘、橙、桃、李、杏，吃水果有太多的选择，如此这般，大自然的馈赠越是慷慨，人们越不珍惜，想想真让人感慨。

有一天夜里我做了一个梦，梦见世界大健康产业协会宣布，红枣是世界上最具开发价值的保健食品。于是，冒出一大批相关的加工企业，家乡的红枣因为地理特殊，营养价值独特，开发的红枣美容液、红枣酵素、红枣补血液、红枣抗癌王浆等产品，一夜间价格爆升，乡亲们卖完红枣，数钱累得气喘吁吁。我激动中醒来，枕头竟被泪浸湿了一片。

五洲梦

1989 年春天，我第一次乘坐可容纳 300 多人的波音 747 飞往欧洲。飞机落地，踏上德国首都柏林，繁华的街道、雄伟的教堂、辉煌的楼宇、富丽的商厦、川流不息的车辆，扑面而来的繁荣气息，突然让我想起了家乡那沟壑纵横的山梁，那黄土坡下的土窑洞，那烈日下挥汗如雨的乡亲们，那打谷场上忙忙活活、人声鼎沸中的老老少少。

那是一个秋高气爽的下午，队里打谷场上一群叔叔大爷们正在打谷扬场①。金风送爽，五谷飘香，我们一群孩子在场畔快乐地玩耍。大人们干活累了，歇下来一边抽旱烟，一边七嘴八舌谈论家长里短。前些天生产队的驴卖了，卖驴的大爷牵着驴从扒楼沟、河西沟、水裕关、娘娘庙，最后走到五寨才把毛驴卖出去。大爷直赞："啊呀！那五寨川里真是好地方！"

"看把你美的，甚时候咱也走一趟五寨。"有人插话。

"五寨是想走就能走的？你去那做甚呀？谁给你开介绍信？"

我们一群孩子在旁边听着，情绪也被牵动起来，小伙伴们纷纷夸耀自己去过哪些地方："娘娘庙我到过，河西沟我也到过。"

"我没到娘娘庙，我到过依谢塔、田家塔。"

"我到过柳树沟。"

---

① 扬场：指把脱粒后的谷粒扬向空中，让风吹开空壳秕谷，留下粮食。

另一个插话："我到过冯家川、王家畔、袁家庄。"这都是周围二三十里的小村子，只要去过，就值得夸耀了。

"我到过下川坪，那里有黄河，黄河上还有船。"

我站在小伙伴们中间，听他们炫耀，心头很惆怅。长到十二岁了，周围三十里远的村庄没去过十个。凡到过的地方，我都印象深刻：扒楼沟在一条河边上，住河畔的人家俯瞰河谷，视野开阔；石桥塔在一道山梁上，傍晚时红红的晚霞恬静优美；乔家塔脚下一片片畦子地，被井湾水浇灌得绿油油的，看着葱翠美丽；白家沟傍河畔，下暴雨时洪水铺天盖地，煞是壮观。我印象中，去过的每个村子都别有景致。可惜我走的村子太少了。我说："我还没有到过杏岭，没到过北塔，没到过营村、寨塌、姚家塌、李家梁。"我说出了周围一批村子的名字，其实都在二三十里之内，我多想看看周围的村子都长什么样子呀！

"你没去过的地方多了！"正说着，一个大爷打断了我，"大同、太原、北京、南京、上海、西安，世上多少好地方，只怕你一辈子也到不了！"

说话的大爷，年轻时当过兵，到过榆林、米脂、佳县、延安，算是见过大世面，平时他就与我父亲说不对话，奚落我时也就不留情面。

我被说得哑口无言，心情黯然。我当时既自卑，又难过，这么说来，我一辈子只能是个井底之蛙了。

从那以后，我对地图情有独钟，见了地图就看得入迷。上高小时，我在学校废品堆里捡到一幅中国地图，拿回家挂墙上好几年，没事就喜欢看看。我听大人们说书，古书里常提到山西太原府、大唐长安城、洛阳古都、江南扬州这些地方。我想象着大城市的光景，也就是扩大了若干倍的农村或乡镇。

那个年代的农村人，一辈子能上一回省城，已经是实现了最美愿望了。

不曾想到，20 世纪 80 年代，伴随祖国改革开放，国门轰然打开。我大学毕业以后，几经辗转来到改革开放前沿的广东工作，不知不觉中有了走出去的机会，连周游世界都有了可能。

1989 年，我第一次去了欧洲。感谢祖国的开放，那时我只是个电视台普通的编导，就成了东西文化交流的受益者。机遇来自当时意想不到的缘由：第二次世界大战全世界死伤近亿人，这场灾难的罪魁祸首是纳粹德国。纳粹分子的罪恶被钉在历史的耻辱柱上，战后德国恢复繁荣、日子富裕后，为补偿孽债，主动提出为发展中国家做些善事，包括培训一些技术类人员。那年我在广东电视台国际部工作，外语考核过关，被派去德国参加为期三个月的影视制作培训。

当时的柏林，街头车水马龙，商场琳琅满目，名包名表、高级首饰、时装、化妆品、家用电器、玻璃器皿和各种家饰品，富丽炫目；还有市场上的食品，丰富到惊人。那些东西虽然价格昂贵，但是不乏销路，我强烈的感受是外国的富人不在少数，偶尔也会遇到穷人，一次在柏林街头，见几个吉卜赛流浪者吹着排笛、打着手鼓乞讨，不时有人抛下纸钞和硬币，我以为那是穷人，一问才知道，这些人可能并非因贫穷而流浪，而是有一种流浪的爱好。

欧洲物质富裕之外，人文精神也昌盛。春日阳光下，柏林街头一座座哥特式教堂塔尖高耸入云，市政大厅气势庄严，街上满是恢宏大气的巨型雕塑，还有一座座街心花园和文化广场，折射着当时日耳曼民族的鼎盛。当然西方人身上那份自大也处处显露无遗：一是看不起东方人，二是意识形态偏见大，觉得社会主义国家的人封闭、保守、贫穷。确实，中国人当时能走出国门踏足欧美的不多，可大部分欧洲人每年都抽出时间到世界各地访胜探幽、游山玩水，体会异国风情。当时旅游已经是欧洲人重要的文化消费方式。

说到西方个人生活层面，一天培训中心教授格鲁特邀请学员们到他家做客。我们走进这三口之家，住房近二百平方米，地上铺着

厚厚的羊毛地毯，室内陈设着古香古色的家具，温馨而厚重。那间客厅聚集了约三十人仍显宽敞，橡木长桌像为聚会度身订做，取食自助餐进出宽松。格鲁特五十多岁，娶了位二十多岁的漂亮印度太太，经介绍，妻子也是他培训过的学员。

一个星期天，我们又去教授安格尔家做客。柏林近郊树林掩映中，教授夫妻二人居住的砖木结构房子，上下两层，黄墙朱瓦，常春藤四处攀缘，院子里草地葱翠，繁花朵朵，阳光投下斑驳的树影，很有童话色彩。一个无行政职务的教授有如此居住条件，实在没想到！那时我们国内的教授，大多居住着三四十平方米的筒子楼，至于普通市民人均居住大概只有几平方米。

我仰天叹息，上帝好不公平啊！

一个初夏的上午，德国培训方组织大家外出旅游。阵雨刚过，天空出现美丽的彩虹。豪华大巴上，年轻的女导游，棕色头发带着弯曲的波浪，身上散发着不浓不淡的香水气味。她自打出现，脸上就从未消失过自信的微笑，那柔情的、甜蜜的、充满幸福感的微笑，透着雅洁和高贵。那种笑是我以往在自己同胞的脸上很少见到的。我忽然悲哀地想，我们的同胞为什么总是缺少笑脸，抑或笑，又笑得那么勉强，那么短暂，有苦笑、惨笑、憨笑、媚笑、无奈的笑、凄冷的笑，而唯独缺少发自内心的幸福的笑。多少年来我们穷啊，我们苦啊！什么时候我们才能真正喜气洋洋，乐乐呵呵，春风满面，笑脸盈盈，让微笑天天伴随生活？那一刻我竟莫名其妙眼眶有些湿润。为不失态，赶快将头转向车窗外……

窗外的莱茵河，河面蜿蜒曲折，白天鹅浮游在水上，典雅高洁；两岸的丛林郁郁苍苍，河上豪华游船、青山和游人一起构成的景观如诗如画。

科隆国家公园林木葱茏、草坪碧绿，空气凉爽透明。鸟儿在枝叶间鸣唱，情侣们在草地上快乐奔跑，大自然的美，燃亮了每个游人的心境。当时我工作的广东，生态环境正受着污染，乡镇企业小厂林立，环境污浊，住房拥挤，人们怨气弥天。

后来我不断有了外出拍摄纪录片的机会。每一次出国，无论拍摄任务多么紧迫繁忙，我都会挤时间多走多看，饱览异域的风采。

上大学时读巴尔扎克、狄更斯、雨果、都德的小说，幻想、伤感、神秘、惆怅、高雅、浪漫，曾有多少事物让我着迷。巴黎、伦敦、柏林这些城市，早已是我心驰神往的地方。我有机会走进巴黎这座浪漫的城市，登高极目远望，塞纳河、凯旋门、巴黎圣母院、埃菲尔铁塔、协和广场，整个城市尽收眼底。我想象着巴尔扎克笔下那些人物，忽然有了穿越感；举世闻名的卢浮宫中，无数熠熠生辉的艺术珍品，更是让我流连忘返。游览郁金香飘香的荷兰、金色弥散的伦敦、园林国家瑞士、阳光灿烂的罗马、文艺复兴发源地佛罗伦萨、美丽的水城威尼斯，我终于见识了比想象中更广阔、更有魅力的世界。

二十多年中，我不知不觉走过了二十几个国家，或因公出国，或拍摄纪录片，抑或自己旅游，时间从容时我尽情游览，日程匆促时走马观花。欧洲的几条大河，给我留下了美好印象。莱茵河之旅，青山葱郁，河水蜿蜒，一路风光旖旎；多瑙河之旅，那些如梦似幻的青山碧水，明媚阳光下的小城小镇，弥漫着诗情画意。荷兰农村有绿茵茵的牧场、清澈的河流；瑞士农村有蓝幽幽的湖泊、典雅美丽的农舍，那是和我们黄土地农村反差甚大的风景，让我领略了不同地域文化差异，也感受了生活的多彩和韶光的美好。

随着时间的推移，出国次数多了，我也见证了祖国一步步崛起、走向繁荣强大，西方国家开始不可逆转地走向衰落的事实。

1998 年，我南去澳大利亚。相形之下，仍会感到作为一个中国人经济上的窘迫。那天在悉尼海湾拍完片，但见一家家海鲜餐馆内，红光满面、脑满肠肥的西方人在满足着口腹之乐。摄像师提出想进去体验一下，哪怕简单吃点东西，而我只能说服大家默默走开了。我们买了三澳元一个的汉堡填饱肚子。海鲜当然好吃，可当时我们

黄土地印记

每人每天外汇额度才十美元，我们在外二十天每人也才两百美元，够进几次餐馆呢？

悉尼这座世界名城，有著名的情侣海湾。海面上行进着大大小小的风帆，成群的海鸥戏波逐浪，还有沙滩排球、享受日光浴的男女、美味的小吃、欢快奔跑的儿童……我们没条件享受，没时间观赏，拍完海湾景点，太阳正猛，摄制组却要抢时间，赶往下一个拍摄点，我们的出国开销和滞留时间均有限，我们的经济条件不允许我们哪怕多停留几天。

进入21世纪，中国走上加速发展的快车道，仿佛一下子攒足了强大的前进动力，如地平线上的朝阳，亚洲腾飞的巨龙，千里马般日夜兼程，创造着一个又一个奇迹，让人切身感受着祖国的发展成就。

2003年，为拍摄大型人文纪录片《客家》，追踪拍摄采访全球的客家人，我带摄制队到泰国、马来西亚、印度尼西亚、新加坡等南洋诸国，此时中国的发展成就已初见端倪。中国与南洋诸国不但缩小了差距，经济、社会、民生许多方面甚至远远超越了他们。

时光过得飞快，转眼到了2007年秋天，我随广东广电考察团再次前往欧洲。这时感觉明显不同了，中国出国旅游的人数迅速增长，一波一波出国游客，如同海洋里卷起的浪花川流不息，温州人、广州人、上海人、北京人，全国东南西北各个大城市的人，尤其是商人们，出国经商旅游几乎和走亲戚一般方便，中国人出去可以住高级宾馆，也可以大方地去商场购物，买回自己喜欢的东西了，这时我感觉中国人衣兜里明显有钱了。

风水轮流转。从2007年起，全世界经济开始走下坡，金融危机蔓延至欧美各国，伴随金融危机、高负债、高失业率，西方人也开始觉得艰辛，欧洲盛极而衰，失去昔日的辉煌，游行示威、抗议罢工不断，那个时候，从奥地利、匈牙利、捷克经波兰到俄罗斯的沿途，我感觉了无生气，草木飘零，到处可以看到愁眉苦脸的失业者和生活窘迫的穷苦人。

波兰参观几天，我们的地陪是一个广东老乡，他毕业于广州外语学院（现广东外语外贸大学），十年前与一个波兰姑娘相爱成婚，移民波兰。那几天他带我们穿越波兰四五个城市，沿途有大片成熟的玉米地、南瓜园、土豆田，还有成片的冷杉树林、休耕的牧场，处处是东欧乡野风情画，唯独难见大工业。我问地陪在波兰生活得快乐吗？他说谈不上快不快乐，反正有团带团，无团闲着。我又问他在欧洲过上理想中的生活了吗？他说差得远，温饱而已。问到对于出国的境遇满意吗？他直言后悔，说国内的广东同乡这些年风生水起，自己在外只能干着急；问他为什么不回去，他说他和太太已有三个孩子，全家回去开销太大，他一人想回去，太太哭着死活不让他走，怕他走了再不回来。谈到国内改革开放经济快速发展，人们手疾眼快地赚钱，他流露出无奈加羡慕的复杂表情。

西方走下坡的同时，从 2005 年到 2010 年，中国经济陆续超过法国、英国、德国、日本，成为世界第二大经济体，中国在全球的地位显著提升，这时候走出去的中国人越来越多。

从 2010 年开始，中国成为世界第一大旅游客源国，2012 年中国出境旅游的人数达到 8 300 多万人次，人们纷纷前往日本、东南亚、欧洲各国以及美国、加拿大等国观光，千山无际，大洋阻隔，停不下脚步。我这才发现，在我们这个时代，中国人真的开始扬眉吐气了。

2014 年冬天，退休以后，我加入自由行的队伍，再次游览西欧诸国。那天在瑞士阿尔卑斯群峰中的铁力士雪山上，不巧风雪交汇，寒风凛冽。但仍然有滑雪者飞翔在银白的山谷，以肉食为主的欧洲人着实耐寒。山顶有几处小商店，其中一处店内暖气很足，一个中年妇女卖旅游食杂品。外面太冷，我几次进小店取暖。当我第三次进去时，店主不再乐意，拉长脸问我："你进店三次了，为什么不买一样东西？"我脸上露出尴尬，说外面太冷只想进来取取暖，她显出一副卖不出东西又被白白打扰的生气模样。我抬头看一圈，只好买了一个十几欧元的购物袋，我知道我不需要它，但还是买了。

　　离开瑞士，我到了比利时，再游布鲁塞尔城市广场。我曾于1993 年、2003 年来过这里。1993 年那次，这座广场给我留下很美好的印象，酒吧、露天餐厅、咖啡厅人潮涌涌，游客如云，气氛热烈，消费特别旺，但这次明显减了印象分，市政广场上虽然古迹依旧，却满是苍凉味道，精致的哥特式尖顶建筑下面，卖艺者、流浪狗、乞丐时不时出现。我正拍照，一个三十多岁的白人妇女抱着孩子，说她的孩子饿急了，请给点小钱买个面包，我掏出两欧元硬币给她，她说自己也饿一天了，请再多给一点。中午进餐时，在一家潮州人开的餐厅门口，一个怀抱婴儿的妇女在寒风中乞讨，等待人们怜悯施舍，客人进进出出，很少人施舍，仿佛见怪不怪。

　　也是那次欧洲游，在伦敦通往巴黎的火车上，我和一位希腊青年聊起来。他大学毕业，家住雅典，棱角分明的脸上有一双睿智的眼睛。他说世界经济衰退，希腊是最大受害者，二三十年前，他父母那一代，平均二十三岁就能结婚成家，到他们这一代，推迟十几年，还未必有条件结婚。我问他为什么？他说没工作怎么可能成家？他是三十六岁结婚的，算幸运，他的许多同学，失业多年至今无法组建家庭，只能过单身日子。

　　西方社会的衰落、没落，也伴随着人的堕落。失去人生方向、轻贱生命也轻贱自己的铤而走险之徒时有所见。2016 年秋天，我赴美国旅游。进入美国，第一站到加州，在洛杉矶东区一酒店住下，也算在闹市区。晚上八点，我想到马路对面超市买点东西，大堂服务生提醒我小心，治安不太好。我没多想，才出门走过酒店游泳池，我就听到几十米外马路上女人的尖叫声，还有黑人小伙子的追赶和喝骂声，我吓一跳后匆匆返回房间，反锁房门。

　　在世界著名的赌城拉斯维加斯，傍晚我们一行人参观风情老街。热闹地段游人如织，街头狂欢的、卖艺的、兜售小吃和旅游纪念品的，当然都是为了挣点小钱。离开拉斯维加斯第二天，我在微信看到一条凶讯：广州一个赴美旅游团的导游，收了全团的餐费、小费、门票开支等杂费一人保管，被歹徒盯上，才下午六点多，导游走出酒店，在门口被歹徒连打三枪，抢走了全部财物。这位大学毕业才三年多的导游命殒他乡。

2017年春天，我到了加拿大。那里的景气也远非想象中模样。在加拿大东部名城蒙特利尔，除了城市中心，许多城郊社区很难找到一家餐馆。加拿大人的家庭，平均两家就有一家离异。和许多人交谈才知道，懒汉比比皆是，多年福利社会，不少人早已经形成了坐享其成的思维定式，除了少数精英在奋斗，一个庞大的社会群体好吃懒做。打不破的福利，除不去的懒惰，根深蒂固的白吃意识，他们的的人生理念就是国家应该养着他们。既然有国家福利，何必去奋斗？国家财政赤字再大，他们的福利不能中断。听说政府介绍工作给一些吃福利的肥胖的穷人：离家门远的，走不动，不去；坐车可以去的，工作岗位需要站着，因为太胖站不动，不干。他们吃惯了社会福利，想让他们回头拼搏，实在难上加难。

看过西方，再看看中国，我们就会在对比中发现，从20世纪80年代发展至今，全社会充溢着强烈的竞争意识和拼搏态势，大多数的劳动者勤劳坚韧、不畏劳苦，包括我家乡黄土地上的父老乡亲们，人人不惜流血流汗，各尽所能，各施其力，推动着国家日新月异的变化。三十多年的时间，国家从贫困落后发展成世界第二大经济体，消除了绝对贫困，全面建成小康社会，三十多年中全国减少了三亿多贫困人口，这其中就包括我家族中人和我家乡黄土地上的父老乡亲们。

诚然，我们的国家还有这样那样的问题，但是这个国家在战胜艰难坎坷中强势崛起，走在有史以来发展最强劲的一个时代，日益培养和加强着每一个中国人的文化自信，包括我们这些黄土地上的农家子孙。正是在这样一个时代，我怀着儿时的向往，在辛勤工作的同时，涉足游览了世界上一批国家，领略了这个世界的多元文化和丰富多彩的生活，也实现了少年时梦寐以求的愿望。

后　记

我自幼生长在晋西北农村，对黄土地上的祖辈们一向怀着深厚的情感，但从未想过要专门写他们。本来我只是搞电视的，退休多年，文笔也生疏了。2019年前后，发现家乡网络文学园地"保德新青年"不断有乡土味浓郁的文章出现，我很喜欢这类文字，尤其看到家族、家乡、家人的变化，于是也产生了写一写的念头。之后两年中，我陆陆续续写了20多篇文章，大部分在"保德新青年"发表了，文章发多了，便产生了整理成书的想法——于是在原有文字的基础上拓展，打算以家族发展为背景，以反映社会进步为主题，整理成这本书。

我想我的家族历经百般艰难，走得跟跟跄跄，从农耕时代走到今天，从贫穷落后走进温饱小康，在某种程度上也是千千万万个农村家族的集体记忆。这里也包含了我的人生足迹。

人生经历了严寒，才更加珍惜暖阳。于我而言，经历的苦和难，是我生命的基础、成长的营养；于晚辈们而言，当他们遭遇挫折时，当他们心情落寞时，看看祖辈们走过的路，也许能汲取一点精神滋养，明白自己并非不幸的人，并把家族拼搏奋斗的精神一代一代传承下去。

我非专业写作者，很多遗憾来自个人认知的局限和文字表达的笨拙。感谢泛珠研究院院长王廉先生，第一个抽时间阅读书稿并提出宝贵修改意见；感谢文友梁江南先生，在我书稿内容的取舍增删上不吝赐教，尤其是看过初稿后，江南先生代为润色，选择《诗经》隽永文句，在每一部分开头点题，突出要旨，为拙作增色不少。

还要特别感谢暨南大学出版社张晋升社长的大力支持，感谢编辑武艳飞、刘蓓女士，在收到文稿后为我提出整合意见并纠正偏差，突出主题，从而让本书更有条理性。

最后想说一句，本书文字内容大多带着特定历史时期的痕迹，读来或许枯燥沉闷，但是它们是真实的，饱含着我的真情实感。如果读者，尤其是我的家族后辈们能从中获得点滴精神滋养，则幸甚。

张陆游

2022 年 12 月

　　本书为 2022 年广东省教育科学规划课题（高等教育专项）"教育人类学视域下传统成年礼俗与大学校园成人仪式建构研究"（2022GXJK147）、广州市哲学社科规划 2021 年度课题"传统成年礼俗与当代校园成人仪式建构研究"（2021GZGJ212）和 2020 年华南农业大学社会实践课程建设项目"乡村非物质文化遗产调研"的项目成果。